U0073332

STS

山田社

STS

山田社

STS

山田社

·3

精修版

根據日本國際交流基金考試相關概要

袖珍本

絕對合格
日檢必背單字

N3

新制對應！

山田社日檢題庫小組
吉松由美・田中陽子
西村惠子 ◎合著

山田社

前言 preface

忙碌的您，只要活用「瑣碎的時間」，也能「倍增單字量」考上日檢喔！

這時候小巧實用、攜帶方便、隨時查閱的「袖珍本」，就是好幫手！

讓您在等公車、坐捷運…，任何時刻、任何地方，

都能一手掌握 N3 單字！

交叉學習！

N3 所有 1579 單字 × N3 所有 150 文法 × 實戰光碟

全新三合一學習法，霸氣登場！

單字背起來就是鑽石，與文法珍珠相串成鍊，再用聽力鑲金加倍，

史上最貪婪的學習法！讓你快速取證、搶百萬年薪！

《增訂版 新制對應 絕對合格！日檢單字 N3》再進化出精修版了，精修內容有：

1. 短句加長，例句更豐富，句子內容包括時事、職場、生活等貼近 N3 所需程度。

2. 例句加入 N3 所有文法 150 項，單字 · 文法交叉訓練，得到黃金的相乘學習效果。

　　史上最強的新日檢 N3 單字集《袖珍本 精修版 新制對應 絕對合格！日檢必背單字 N3》，是根據日本國際交流基金（JAPAN FOUNDATION）舊制考試基準及新發表的「新日本語能力試驗相關概要」，加以編寫彙整而成的。除此之外，精心分析從 2010 年開始的最新日檢考試內容，增加了過去未收錄的 N3 程度常用單字，接近 400 字，也據此調整了單字的程度，可說是內容最紮實 N3 單字書。無論是累積應考實力，或是考前迅速總複習，都是您高分合格最佳利器。

內容包括：

1. **單字王**—高出題率單字全面強化記憶：根據新制規格，由日籍金牌教師群所精選高出題率單字。每個單字所包含的詞性、意義、解釋、類、對義詞、中譯、用法、語源、補充資料等等，讓您精確瞭解單字各層面的字義，活用的領域更加廣泛，也能全面強化記憶，幫助學習。

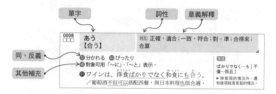

2. **文法王**—單字 · 文法交叉相乘黃金雙效學習：書中單字所帶出的例句，還搭配日籍金牌教師群精選 N3 所有文法，並補充近似文法，幫助您單字 · 文法交叉訓練，得到黃金的相乘學習效果！建議搭配《增訂版 新制對應 絕對合格！日檢文法 N3》，以達到最完整的學習！

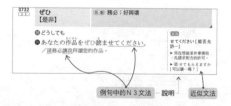

例句中的 N3 文法 ── 說明 ── 近似文法

3. **得分王**—貼近新制考試題型學習最完整：新制單字考題中的「替換類義詞」題型，是測驗考生在發現自己「詞不達意」時，是否具備「換句話說」的能力，以及對字義的瞭解度。此題型除了須明白考題的字義外，更需要知道其他替換的語彙及說法。為此，書中精關點出該單字的類義詞，對應新制內容最紮實。

4. **例句王**—活用單字的勝者學習法：活用單字才是勝者的學習法，怎麼活用呢？
書中每個單字下面帶出一個例句，例句精選該單字常接續的詞彙、常使用的場
合、常見的表現、配合 N3 所有文法，還有時事、職場、生活等內容貼近 N3 所
需程度等等。從例句來記單字，加深了對單字的理解，對根據上下文選擇適切
語彙的題型，更是大有幫助，同時也紮實了文法及聽說讀寫的超強實力。

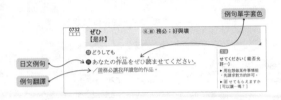

5. **測驗王**—全真新制模試密集訓練：本書最後附三回模擬考題（文字、語彙部
份），將按照不同的題型，告訴您不同的解題訣竅，讓您在演練之後，不僅能
立即得知學習效果，並充份掌握考試方向，以提升考試臨場反應。就像上合格
保證班一樣，成為新制日檢測驗王！如果您想挑戰綜合模擬試題，推薦完全
遵照日檢規格的《合格全攻略！新日檢 6 回全真模擬試題 N3》進行練習喔！

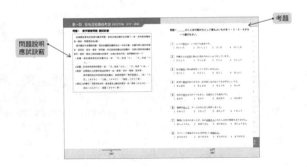

6. **聽力王**—合格最短距離：新制日檢考試，把聽力的分數提高了，合格最短距離就是加強聽力學習。為此，書中還附贈光碟，幫助您熟悉日籍教師的標準發音及語調，**內容並分「前半慢速，後半正常速度」**，讓您循序漸進累積聽力實力。為打下堅實的基礎，建議您搭配《增訂版 新制對應 絕對合格！日檢聽力 N3》來進一步加強練習。

軌數

```
あ あい～あける
0001 あい           愛 漢造 愛，愛情；友情，恩情；愛好，熱愛；喜愛；
      【愛】            喜歡；愛惜
1
      類 愛情                           文法
      例 愛をこめてセーターを編む。    をこめて［傾注］
        ／滿懷愛意地打毛衣。           ▶ 表示對某事物傾注思
                                        念或愛。
```

7. **計畫王**—讓進度、進步完全看得到：每個單字旁都標示有編號及小方格，可以讓您立即了解自己的學習量。每個對頁並精心設計讀書計畫小方格，您可以配合自己的學習進度填上日期，建立自己專屬讀書計畫表！

背過一次，就打一個勾吧！

讀書計劃

```
讀
書    0006 アイディア       意 主意，想法，構想；（哲）觀念
計          【idea】
劃
      類 思い付き                           文法
      例 そう簡単にいいアイディアを思いつくわけがない。  わけがない［不
        ／哪有可能那麼容易就想出好主意。              ▶ 表示從道理上沒
                                                      主張不可能或某事
```

《精修版 新制對應 絕對合格！日檢必背單字 N3》本著利用「喝咖啡時間」，也能「倍增單字量」「通過新日檢」的意旨，搭配文法與例句快速理解、學習，附贈日語朗讀光碟，還能讓您隨時隨地聽 MP3，無時無刻增進日語單字能力，走到哪，學到哪！怎麼考，怎麼過！

目錄
contents

符號說明

1 品詞略語

呈現	詞性	呈現	詞性
名	名詞	副	副詞
形	形容詞	副助	副助詞
形動	形容動詞	終助	終助詞
連體	連體詞	接助	接續助詞
自	自動詞	接續	接續詞
他	他動詞	接頭	接頭詞
四	四段活用	接尾	接尾語
五	五段活用	造語	造語成分（新創詞語）
上一	上一段活用	漢造	漢語造語成分（和製漢語）
上二	上二段活用	連語	連語
下一	下一段活用	感	感動詞
下二	下二段活用	慣	慣用語
サ・サ變	サ行變格活用	寒暄	寒暄用語
變	變格活用		

2 其他略語

呈現	詞性	呈現	詞性
反	反義詞	比	比較
類	類義詞	補	補充說明
近	文法部分的相近文法補充	敬	敬語

N3
新制對應手冊！

＊以上內容摘譯自「國際交流基金日本國際教育支援協會」的「新しい『日本語能力試験』ガイドブック」。

一、什麼是新日本語能力試驗呢

1. 新制「日語能力測驗」

從2010年起實施的新制「日語能力測驗」（以下簡稱為新制測驗）。

1-1 實施對象與目的

新制測驗與舊制測驗相同，原則上，實施對象為非以日語作為母語者。其目的在於，為廣泛階層的學習與使用日語者舉行測驗，以及認證其日語能力。

1-2 改制的重點

改制的重點有以下四項：

1　測驗解決各種問題所需的語言溝通能力

新制測驗重視的是結合日語的相關知識，以及實際活用的日語能力。因此，擬針對以下兩項舉行測驗：一是文字、語彙、文法這三項語言知識；二是活用這些語言知識解決各種溝通問題的能力。

2　由四個級數增為五個級數

新制測驗由舊制測驗的四個級數（1級、2級、3級、4級），增加為五個級數（N1、N2、N3、N4、N5）。新制測驗與舊制測驗的級數對照，如下所示。最大的不同是在舊制測驗的2級與3級之間，新增了N3級數。

N1	難易度比舊制測驗的1級稍難。合格基準與舊制測驗幾乎相同。
N2	難易度與舊制測驗的2級幾乎相同。
N3	難易度介於舊制測驗的2級與3級之間。（新增）
N4	難易度與舊制測驗的3級幾乎相同。
N5	難易度與舊制測驗的4級幾乎相同。

＊「N」代表「Nihongo（日語）」以及「New（新的）」。

3 施行「得分等化」

由於在不同時期實施的測驗，其試題均不相同，無論如何慎重出題，每次測驗的難易度總會有或多或少的差異。因此在新制測驗中，導入「等化」的計分方式後，便能將不同時期的測驗分數，於共同量尺上相互比較。因此，無論是在什麼時候接受測驗，只要是相同級數的測驗，其得分均可予以比較。目前全球幾種主要的語言測驗，均廣泛採用這種「得分等化」的計分方式。

4 提供「日本語能力試驗Can-do 自我評量表」（簡稱JPT Can-do）

為了瞭解通過各級數測驗者的實際日語能力，新制測驗經過調查後，提供「日本語能力試驗Can-do 自我評量表」。該表列載通過測驗認證者的實際日語能力範例。希望通過測驗認證者本人以及其他人，皆可藉由該表格，更加具體明瞭測驗成績代表的意義。

1－3 所謂「解決各種問題所需的語言溝通能力」

我們在生活中會面對各式各樣的「問題」。例如，「看著地圖前往目的地」或是「讀著說明書使用電器用品」等等。種種問題有時需要語言的協助，有時候不需要。

為了順利完成需要語言協助的問題，我們必須具備「語言知識」，例如文字、發音、語彙的相關知識、組合語詞成為文章段落的文法知識、判斷串連文句的順序以便清楚說明的知識等等。此外，亦必須能配合當前的問題，擁有實際運用自己所具備的語言知識的能力。

舉個例子，我們來想一想關於「聽了氣象預報以後，得知東京明天的天氣」這個課題。想要「知道東京明天的天氣」，必須具備以下的知識：「晴れ（晴天）、くもり（陰天）、雨（雨天）」等代表天氣的語彙；「東京は明日は晴れでしょう（東京明日應是晴天）」的文句結構；還有，也要知道氣象預報的播報順序等。除此以外，尚須能從播報的各地氣象中，分辨出哪一則是東京的天氣。

如上所述的「運用包含文字、語彙、文法的語言知識做語言溝通，進而具備解決各種問題所需的語言溝通能力」，在新制測驗中稱為「解決各種問題所需的語言溝通能力」。

新制測驗將「解決各種問題所需的語言溝通能力」分成以下「語言知識」、「讀解」、「聽解」等三個項目做測驗。

語言知識	各種問題所需之日語的文字、語彙、文法的相關知識。
讀 解	運用語言知識以理解文字內容，具備解決各種問題所需的能力。
聽 解	運用語言知識以理解口語內容，具備解決各種問題所需的能力。

作答方式與舊制測驗相同，將多重選項的答案劃記於答案卡上。此外，並沒有直接測驗口語或書寫能力的科目。

2. 認證基準

新制測驗共分為N1、N2、N3、N4、N5五個級數。最容易的級數為N5，最困難的級數為N1。

與舊制測驗最大的不同，在於由四個級數增加為五個級數。以往有許多通過3級認證者常抱怨「遲遲無法取得2級認證」。為因應這種情況，於舊制測驗的2級與3級之間，新增了N3級數。

新制測驗級數的認證基準，如表1的「讀」與「聽」的語言動作所示。該表雖未明載，但應試者也必須具備為表現各語言動作所需的語言知識。

N4與N5主要是測驗應試者在教室習得的基礎日語的理解程度；N1與N2是測驗應試者於現實生活的廣泛情境下，對日語理解程度；至於新增的N3，則是介於N1與N2，以及N4與N5之間的「過渡」級數。關於各級數的「讀」與「聽」的具體題材（內容），請參照表1。

	級數	認證基準 各級數的認證基準，如以下【讀】與【聽】的語言動作所示。各級數亦必須具備為表現各語言動作所需的語言知識。
困 難 ＊ ↑	N1	能理解在廣泛情境下所使用的日語 【讀】・可閱讀話題廣泛的報紙社論與評論等論述性較複雜及較抽象的文章，且能理解其文章結構與內容。 　　　・可閱讀各種話題內容較具深度的讀物，且能理解其脈絡及詳細的表達意涵。 【聽】・在廣泛情境下，可聽懂常速且連貫的對話、新聞報導及講課，且能充分理解話題走向、內容、人物關係、以及說話內容的論述結構等，並確實掌握其大意。
	N2	除日常生活所使用的日語之外，也能大致理解較廣泛情境下的日語 【讀】・可看懂報紙與雜誌所刊載的各類報導、解說、簡易評論等主旨明確的文章。 　　　・可閱讀一般話題的讀物，並能理解其脈絡及表達意涵。 【聽】・除日常生活情境外，在大部分的情境下，可聽懂接近常速且連貫的對話與新聞報導，亦能理解其話題走向、內容、以及人物關係，並可掌握其大意。
	N3	能大致理解日常生活所使用的日語 【讀】・可看懂與日常生活相關的具體內容的文章。 　　　・可由報紙標題等，掌握概要的資訊。 　　　・於日常生活情境下接觸難度稍高的文章，經換個方式敘述，即可理解其大意。 【聽】・在日常生活情境下，面對稍微接近常速且連貫的對話，經彙整談話的具體內容與人物關係等資訊後，即可大致理解。

＊ 容 易 ↓	N4	能理解基礎日語 【讀】・可看懂以基本語彙及漢字描述的貼近日常生活相關話題的 　　　文章。 【聽】・可大致聽懂速度較慢的日常會話。	
	N5	能大致理解基礎日語 【讀】・可看懂以平假名、片假名或一般日常生活使用的基本漢字 　　　所書寫的固定詞句、短文、以及文章。 【聽】・在課堂上或周遭等日常生活中常接觸的情境下，如為速度 　　　較慢的簡短對話，可從中聽取必要資訊。	

＊N1最難，N5最簡單。

3. 測驗科目

　　新制測驗的測驗科目與測驗時間如表2所示。

■ 表2　測驗科目與測驗時間 ＊①

級數	測驗科目 （測驗時間）			
N1	語言知識（文字、語彙、文法）、讀解 （110分）		聽解 （60分）	→
N2	語言知識（文字、語彙、文法）、讀解 （105分）		聽解 （50分）	→
N3	語言知識（文字、語彙） （30分）	語言知識（文法）、讀解 （70分）	聽解 （40分）	→
N4	語言知識（文字、語彙） （30分）	語言知識（文法）、讀解 （60分）	聽解 （35分）	→
N5	語言知識（文字、語彙） （25分）	語言知識（文法）、讀解 （50分）	聽解 （30分）	→

右欄（N1、N2）：測驗科目為「語言知識（文字、語彙、文法）、讀解」；以及「聽解」共2科目。

右欄（N3、N4、N5）：測驗科目為「語言知識（文字、語彙）」；「語言知識（文法）、讀解」；以及「聽解」共3科目。

　　N1與N2的測驗科目為「語言知識（文字、語彙、文法）、讀解」以及「聽解」共2科目；N3、N4、N5的測驗科目為「語言知識（文字、語彙）」、「語言知識（文法）、讀解」、「聽解」共3科目。

　　由於N3、N4、N5的試題中，包含較少的漢字、語彙、以及文法項目，因此當與N1、N2測驗相同的「語言知識（文字、語彙、文法）、讀解」科目時，有時會使某幾道試題成為其他題目的提示。為避免這個情況，因此將「語言知識（文字、語彙、文法）、讀解」，分成「語言知識（文字、語彙）」和「語言知識（文法）、讀解」施測。

＊①：聽解因測驗試題的錄音長度不同，致使測驗時間會有些許差異。

4. 測驗成績

4-1 量尺得分

舊制測驗的得分，答對的題數以「原始得分」呈現；相對的，新制測驗的得分以「量尺得分」呈現。

「量尺得分」是經過「等化」轉換後所得的分數。以下，本手冊將新制測驗的「量尺得分」，簡稱為「得分」。

4-2 測驗成績的呈現

新制測驗的測驗成績，如表3的計分科目所示。N1、N2、N3的計分科目分為「語言知識（文字、語彙、文法）」、「讀解」、以及「聽解」3項；N4、N5的計分科目分為「語言知識（文字、語彙、文法）、讀解」以及「聽解」2項。

會將N4、N5的「語言知識（文字、語彙、文法）」和「讀解」合併成一項，是因為在學習日語的基礎階段，「語言知識」與「讀解」方面的重疊性高，所以將「語言知識」與「讀解」合併計分，比較符合學習者於該階段的日語能力特徵。

■ 表3 各級數的計分科目及得分範圍

級數	計分科目	得分範圍
N1	語言知識（文字、語彙、文法）	0～60
	讀解	0～60
	聽解	0～60
	總分	0～180
N2	語言知識（文字、語彙、文法）	0～60
	讀解	0～60
	聽解	0～60
	總分	0～180
N3	語言知識（文字、語彙、文法）	0～60
	讀解	0～60
	聽解	0～60
	總分	0～180

N4	語言知識（文字、語彙、文法）、讀解	0〜120
	聽解	0〜60
	總分	0〜180
N5	語言知識（文字、語彙、文法）、讀解	0〜120
	聽解	0〜60
	總分	0〜180

　　各級數的得分範圍，如表3所示。N1、N2、N3的「語言知識（文字、語彙、文法）」、「讀解」、「聽解」的得分範圍各為0〜60分，三項合計的總分範圍是0〜180分。「語言知識（文字、語彙、文法）」、「讀解」、「聽解」各占總分的比例是1：1：1。

　　N4、N5的「語言知識（文字、語彙、文法）、讀解」的得分範圍為0〜120分，「聽解」的得分範圍為0〜60分，二項合計的總分範圍是0〜180分。「語言知識（文字、語彙、文法）、讀解」與「聽解」各占總分的比例是2：1。還有，「語言知識（文字、語彙、文法）、讀解」的得分，不能拆解成「語言知識（文字、語彙、文法）」與「讀解」二項。

　　除此之外，在所有的級數中，「聽解」均占總分的三分之一，較舊制測驗的四分之一為高。

4−3　合格基準

　　舊制測驗是以總分作為合格基準；相對的，新制測驗是以總分與分項成績的門檻二者作為合格基準。所謂的門檻，是指各分項成績至少必須高於該分數。假如有一科分項成績未達門檻，無論總分有多高，都不合格。

新制測驗設定各分項成績門檻的目的，在於綜合評定學習者的日語能力，須符合以下二項條件才能判定為合格：①總分達合格分數（＝通過標準）以上；②各分項成績達各分項合格分數（＝通過門檻）以上。如有一科分項成績未達門檻，無論總分多高，也會判定為不合格。

　　N1~N3及N4、N5之分項成績有所不同，各級總分通過標準及各分項成績通過門檻如下所示：

級數	總分		分項成績					
			言語知識 （文字・語彙・文法）		讀解		聽解	
	得分範圍	通過標準	得分範圍	通過門檻	得分範圍	通過門檻	得分範圍	通過門檻
N1	0～180分	100分	0～60分	19分	0～60分	19分	0～60分	19分
N2	0～180分	90分	0～60分	19分	0～60分	19分	0～60分	19分
N3	0～180分	95分	0～60分	19分	0～60分	19分	0～60分	19分

級數	總分		分項成績					
			言語知識 （文字・語彙・文法）		讀解		聽解	
	得分範圍	通過標準	得分範圍	通過門檻	得分範圍	通過門檻	得分範圍	通過門檻
N4	0～180分	90分	0～120分	38分	0～60分	19分	0～60分	19分
N5	0～180分	80分	0～120分	38分	0～60分	19分	0～60分	19分

※上列通過標準自2010年第1回(7月)【N4、N5為2010年第2回(12月)】起適用。

　　缺考其中任一測驗科目者，即判定為不合格。寄發「合否結果通知書」時，含已應考之測驗科目在內，成績均不計分亦不告知。

4-4 測驗結果通知

依級數判定是否合格後，寄發「合否結果通知書」予應試者；合格者同時寄發「日本語能力認定書」。

■ N1, N2, N3

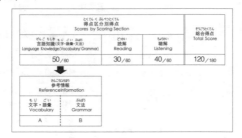

■ N4, N5

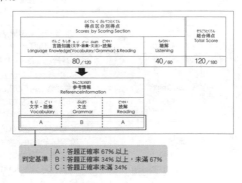

| 判定基準 | A：答題正確率 67% 以上
B：答題正確率 34% 以上，未滿 67%
C：答題正確率未滿 34% |

※ 各節測驗如有一節缺考就不予計分，即判定為不合格。雖會寄發「合否結果通知書」但所有分項成績，含已出席科目在內，均不予計分。各欄成績以「＊」表示，如「＊＊／60」。

※ 所有科目皆缺席者，不寄發「合否結果通知書」。

二、新日本語能力試驗的考試內容

N3 題型分析

測驗科目 (測驗時間)			試題內容		
			題型	小題 題數 *	分析
語言知識 (30分)	文字、語彙	1	漢字讀音	◇ 8	測驗漢字語彙的讀音。
		2	假名漢字寫法	◇ 6	測驗平假名語彙的漢字寫法。
		3	選擇文脈語彙	○ 11	測驗根據文脈選擇適切語彙。
		4	替換類義詞	○ 5	測驗根據試題的語彙或說法,選擇類義詞或類義說法。
		5	語彙用法	○ 5	測驗試題的語彙在文句裡的用法。
語言知識、讀解 (70分)	文法	1	文句的文法1 (文法形式判斷)	○ 13	測驗辨別哪種文法形式符合文句內容。
		2	文句的文法2 (文句組構)	◆ 5	測驗是否能夠組織文法正確且文義通順的句子。
		3	文章段落的文法	◆ 5	測驗辨別該文句有無符合文脈。
	讀解 *	4	理解內容 (短文)	○ 4	於讀完包含生活與工作等各種題材的撰寫說明文或指示文等,約150～200字左右的文章段落之後,測驗是否能夠理解其內容。
		5	理解內容 (中文)	○ 6	於讀完包含撰寫的解說與散文等,約350字左右的文章段落之後,測驗是否能夠理解其關鍵詞或因果關係等等。
		6	理解內容 (長文)	○ 4	於讀完解說、散文、信函等,約550字左右的文章段落之後,測驗是否能夠理解其概要或論述等等。

讀解*	7	薹整資訊	◆	2	測驗是否能夠從廣告、傳單、提供各類訊息的雜誌、商業文書等資訊題材（600字左右）中，找出所需的訊息。
聽解(40分)	1	理解問題	◇	6	於聽取完整的會話段落之後，測驗是否能夠理解其內容（於聽完解決問題所需的具體訊息之後，測驗是否能夠理解應當採取的下一個適切步驟）。
	2	理解重點	◇	6	於聽取完整的會話段落之後，測驗是否能夠理解其內容（依據剛才已聽過的提示，測驗是否能夠抓住應當聽取的重點）。
	3	理解概要	◇	3	於聽取完整的會話段落之後，測驗是否能夠理解其內容（測驗是否能夠從整段會話中理解說話者的用意與想法）。
	4	適切話語	◆	4	於一面看圖示，一面聽取情境說明時，測驗是否能夠選擇適切的話語。
	5	即時應答	◆	9	於聽完簡短的詢問之後，測驗是否能夠選擇適切的應答。

＊「小題題數」為每次測驗的約略題數，與實際測驗時的題數可能未盡相同。此外，亦有可能會變更小題題數。

＊有時在「讀解」科目中，同一段文章可能會有數道小題。

資料來源：《日本語能力試驗JLPT官方網站：分項成績・合格判定・合否結果通知》。2016年1月11日，取自：http://www.jlpt.jp/tw/guideline/results.html

MEMO

| 0001 | **あい**【愛】 | (名・漢造) 愛，愛情；友情，恩情；愛好，熱愛；喜愛；喜歡；愛惜 |

類 愛情

例 愛をこめてセーターを編む。
／滿懷愛意地打毛衣。

文法
をこめて [傾注]
▶ 表示對某事物傾注思念或愛。

| 0002 | **あいかわらず**【相変わらず】 | (副) 照舊，仍舊，和往常一樣 |

類 変わりもなく

例 相変わらず、ゴルフばかりしているね。
／你還是老樣子，常打高爾夫球！

| 0003 | **あいず**【合図】 | (名・自サ) 信號，暗號 |

類 知らせ

例 あの煙は、仲間からの合図に違いない。
／那道煙霧，一定是同伴給我們的暗號。

文法
に違いない [一定是]
▶ 說話者根據經驗或直覺，做出非常肯定的判斷。

| 0004 | **アイスクリーム**【ice cream】 | (名) 冰淇淋 |

例 アイスクリームを食べ過ぎたせいで、おなかを壊した。
／由於吃了太多冰淇淋，鬧肚子了。

文法
せいで [由於]
▶ 發生壞事或會導致某種不利情況或責任的原因。

| 0005 | **あいて**【相手】 | (名) 夥伴，共事者；對方，敵手；對象 |

反 自分
類 相棒（あいぼう）

例 結婚したいが、相手がいない。
／雖然想結婚，可是找不到對象。

文法
たい [想]
▶ 說話者的內心願望，想要的事物用「が」表示。

| 0006 | **アイディア**【idea】 | (名) 主意，想法，構想；(哲) 觀念 |

類 思い付き

例 そう簡単にいいアイディアを思いつくわけがない。
／哪有可能那麼容易就想出好主意。

文法
わけがない [不可能…]
▶ 表示從道理上而言，強烈地主張不可能或沒有理由成立。

0007 □□□	アイロン 【iron】	名 熨斗、烙鐵

例 妻がズボンにアイロンをかけてくれます。
／妻子為我熨燙長褲。

0008 □□□	あう 【合う】	自五 正確，適合；一致，符合；對，準；合得來； 合算

反 分かれる　類 ぴったり
補 對象可用「～に」、「～と」表示。

例 ワインは、洋食ばかりでなく和食にも合う。
／葡萄酒不但可以搭配西餐，與日本料理也很合適。

0009 □□□	あきる 【飽きる】	自上一 夠，滿足，厭煩，煩膩

類 満足；いやになる
補 に飽きる

例 ごちそうを飽きるほど食べた。
／已經吃過太多美食，都吃膩了。

例 付き合ってまだ3か月だけど、もう彼氏に
飽きちゃった。
／雖然和男朋友才交往三個月而已，但是已經膩了。

0010 □□□	あくしゅ 【握手】	名・自サ 握手；和解，言和；合作，妥協；會師， 會合

例 CDを買うと、握手会に参加できる。
／只要買CD就能參加握手會。

0011 □□□	アクション 【action】	名 行動，動作；（劇）格鬥等演技

類 身振り
例 いまアクションドラマが人気を集めている。／現在動作連續劇人氣很高。

0012 □□□	あける 【空ける】	他下一 倒出，空出；騰出（時間）

類 空かす（すかす）
例 10時までに会議室を空けてください。／請十點以後把會議室空出來。

| 0013 □□□ | **あける**
【明ける】 | (自下一)（天）明，亮；過年；（期間）結束，期滿 |

❷ あけましておめでとうございます。
　　／元旦開春，恭賀新禧。

| 0014 □□□ | **あげる**
【揚げる】 | (他下一) 炸，油炸；舉，抬；提高；進步 |

⊗ 降ろす　㉺ 引き揚げる
❷ これが天ぷらを上手に揚げるコツです。
　　／這是炸天婦羅的技巧。

| 0015 □□□ | **あご**
【顎】 | (名)（上、下）顎；下巴 |

❷ 太りすぎて、二重あごになってしまった。
　　／太胖了，結果長出雙下巴。

| 0016 □□□ | **あさ**
【麻】 | (名)（植物）麻，大麻；麻紗，麻布，麻纖維 |

❷ このワンピースは麻でできている。
　　／這件洋裝是麻紗材質。

| 0017 □□□ | **あさい**
【浅い】 | (形)（水等）淺的；（顏色）淡的；（程度）膚淺的，少的，輕的；（時間）短的 |

⊗ 深い
❷ 子ども用のプールは浅いです。／孩童用的游泳池很淺。

| 0018 □□□ | **あしくび**
【足首】 | (名) 腳踝 |

❷ 不注意で足首をひねった。
　　／因為不小心而扭傷了腳踝。

| 0019 □□□ | **あずかる**
【預かる】 | (他五) 收存，（代人）保管；擔任，管理，負責處理；保留，暫不公開 |

㉺ 引き受ける
❷ 人から預かった金を、使ってしまった。
　　／把別人託我保管的錢用掉了。

0020 □□□	**あずける** 【預ける】	他下一 寄放，存放；委託，託付

類 託する

例 あんな銀行に、お金を<u>預ける</u><u>ものか</u>。

／我<u>絕不</u>把錢存到那種銀行！

文法
ものか [絕不…]
▶ 説話者絕不做某事的決心。

0021 □□□	**あたえる** 【与える】	他下一 給與，供給；授與；使蒙受；分配

反 奪う（うばう）
類 授ける（さずける）

例 手塚治虫は、後の漫画家に大きな影響を与えた。

／手塚治虫帶給了漫畫家後進極大的影響。

0022 □□□	**あたたまる** 【暖まる】	自五 暖，暖和；感到溫暖；手頭寬裕

類 暖かくなる

例 これだけ寒いと、部屋が暖まるのにも時間がかかる。

／像現在這麼冷，必須等上一段時間才能讓房間變暖和。

0023 □□□	**あたたまる** 【温まる】	自五 暖，暖和；感到心情溫暖

類 温かくなる

例 外は寒かったでしょう。早くお風呂に入って温まりなさい。

／想必外頭很冷吧。請快點洗個熱水澡暖暖身子。

0024 □□□	**あたためる** 【暖める】	他下一 使溫暖；重溫，恢復

類 暖かくする

例 ストーブと扇風機を一緒に使うと、部屋が早く暖められる。

／只要同時開啟暖爐和電風扇，房間就會比較快變暖和。

文法
られる [能；會]
▶ 表示根據某狀況，是有某種可能性的。

0025 □□□ **2**	**あたためる** 【温める】	他下一 溫，熱；擱置不發表

類 熱する

例 冷めた料理を温めて食べました。／我把已經變涼了的菜餚加熱後吃了。

0026 □□□	**あたり** 【辺り】	名·造語 附近，一帶；之類，左右

近く；辺（へん）

例 この<ruby>辺<rt>あた</rt></ruby>りから<ruby>あ<rt></rt></ruby>の<ruby>辺<rt>へん</rt></ruby>にかけて、<ruby>畑<rt>はたけ</rt></ruby>が<ruby>多<rt>おお</rt></ruby>いです。

/從這邊到那邊，有許多田地。

文法
から-にかけて[從…到…]
► 表示兩地點、時間之間一直連續發生某事或某狀態。

0027 □□□	**あたりまえ** 【当たり前】	名 當然，應然；平常，普通

もっとも

例 <ruby>学生<rt>がくせい</rt></ruby>なら、<ruby>勉強<rt>べんきょう</rt></ruby>するのは<ruby>当<rt>あ</rt></ruby>たり<ruby>前<rt>まえ</rt></ruby>です。

/既然身為學生，讀書就是應盡的本分。

0028 □□□	**あたる** 【当たる】	自五·他五 碰撞；擊中；合適；太陽照射；取暖，吹（風）；接觸；（大致）位於；當…時候；（粗暴）對待

ぶつかる

例 この<ruby>花<rt>はな</rt></ruby>は、よく<ruby>日<rt>ひ</rt></ruby>の<ruby>当<rt>あ</rt></ruby>たるところに<ruby>置<rt>お</rt></ruby>いてください。

/請把這盆花放在容易曬到太陽的地方。

0029 □□□	**あっというま（に）** 【あっという間（に）】	慣 一眨眼的功夫

例 あっという<ruby>間<rt>ま</rt></ruby>の7<ruby>週間<rt>しゅうかん</rt></ruby>、<ruby>本当<rt>ほんとう</rt></ruby>にありがとうございました。

/七個星期一眨眼就結束了，真的萬分感激。

0030 □□□	**アップ** 【up】	名·他サ 增高，提高；上傳（檔案至網路）

例 <ruby>姉<rt>あね</rt></ruby>はいつも<ruby>収入<rt>しゅうにゅう</rt></ruby>アップのことを<ruby>考<rt>かんが</rt></ruby>えていた。

/姊姊老想著提高年收。

0031 □□□	**あつまり** 【集まり】	名 集會，會合；收集（的情況）

集い（つどい）

例 <ruby>親戚<rt>しんせき</rt></ruby>の<ruby>集<rt>あつ</rt></ruby>まりは、<ruby>美人<rt>びじん</rt></ruby>の<ruby>妹<rt>いもうと</rt></ruby>と<ruby>比<rt>くら</rt></ruby>べられるから<ruby>嫌<rt>いや</rt></ruby>だ。

/我討厭在親戚聚會時被拿來和漂亮的妹妹做比較。

文法
られる[被…]
► 表示某事物或人承受到別人的動作。

0032 □□□	あてな【宛名】	（名）收信（件）人的姓名住址

（類）宛所
（例）宛名を書きかけて、間違いに気がついた。
／正在寫收件人姓名的時候，發現自己寫錯了。

0033 □□□	あてる【当てる】	（他下一）碰撞，接觸；命中；猜，預測；貼上，放上；測量；對著，朝向

（例）布団を日に当てると、ふかふかになる。
／把棉被拿去曬太陽，就會變得很膨鬆。

0034 □□□	アドバイス【advice】	（名・他サ）勸告，提意見；建議

（類）諫める（いさめる）；注意
（例）彼はいつも的確なアドバイスをくれます。
／他總是給予切實的建議。

0035 □□□	あな【穴】	（名）孔，洞，窟窿；坑；穴，窩；礦井；藏匿處；缺點；虧空

（類）洞窟（どうくつ）
（例）うちの犬は、地面に穴を掘るのが好きだ。
／我家的狗喜歡在地上挖洞。

0036 □□□	アナウンサー【announcer】	（名）廣播員，播報員

（類）アナ
（例）彼は、アナウンサーにしては声が悪い。
／就一個播音員來說，他的聲音並不好。

文法
にしては［作為…，相對來說］
▶ 表示現實情況跟前項提的標準相差大。

0037 □□□	アナウンス【announce】	（名・他サ）廣播；報告；通知

（例）機長が、到着予定時刻をアナウンスした。
／機長廣播了預定抵達時刻。

アニメ～あれっ・あれ

0038 □□□

アニメ【animation】 [名] 卡通，動畫片

[類]動画；アニメーション

[例]私（わたし）の国（くに）でも日本（にほん）のアニメがよく放送（ほうそう）されています。
／在我的國家也經常播映日本的卡通。

0039 □□□

あぶら【油】 [名] 脂肪，油脂

[比]常溫液體的可燃性物質，由植物製成。

[例]えびを油（あぶら）でからりと揚（あ）げる。
／用油把蝦子炸得酥脆。

0040 □□□

あぶら【脂】 [名] 脂肪，油脂；（喻）活動力，幹勁

[類]脂肪（しぼう）

[比]常溫固體的可燃性物質，肉類所分泌油脂。

[例]肉（にく）は脂（あぶら）があるからおいしいんだ。／肉就是富含油脂所以才好吃呀。

0041 □□□

アマチュア【amateur】 [名] 業餘愛好者；外行

[反]プロフェッショナル　[類]素人（しろうと）

[例]最近（さいきん）は、アマチュア選手（せんしゅ）もレベルが高（たか）い。
／最近非職業選手的水準也很高。

0042 □□□

あら【粗】 [名] 缺點，毛病

[例]人（ひと）の粗（あら）を探（さが）すより、よいところを見（み）るようにしよう。
／與其挑別人的毛病，不如請多看對方的優點吧。

[文法]
ように［請…］
▸表示希望、勸告或輕微的命令。

0043 □□□

あらそう【争う】 [他五] 爭奪；爭辯；奮鬥，對抗，競爭

[類]競う（きそう）

[例]各地区（かくちく）の代表（だいひょう）、計（けい）6チームが優勝（ゆうしょう）を争（あらそ）う。
／將由各地區代表總共六隊來爭奪冠軍。

讀書計劃：□□／□□

0044
☐☐☐
あらわす
【表す】
(他五) 表現出，表達；象徵，代表

類示す
批將思想、情感等抽象的事物表現出來。
例計画を図で表して説明した。
／透過圖表說明了計畫。

0045
☐☐☐
あらわす
【現す】
(他五) 現，顯現，顯露

類示す 批將情況、狀態、真相或事件等具體呈現。
例彼は、8時ぎりぎりに、ようやく姿を現した。
／快到八點時，他才終於出現了。

0046
☐☐☐
あらわれる
【表れる】
(自下一) 出現，出來；表現，顯出

類明らかになる
例彼は何も言わなかったが、不満が顔に表れていた。
／他雖然什麼都沒說，但臉上卻露出了不服氣的神情。

0047
☐☐☐
あらわれる
【現れる】
(自下一) 出現，呈現，顯露

類出現
例意外な人が突然現れた。
／突然出現了一位意想不到的人。

0048
☐☐☐
アルバム
【album】
(名) 相簿，記念冊

例娘の七五三の記念アルバムを作ることにしました。
／為了記念女兒七五三節，決定做本記念冊。

0049
☐☐☐
あれっ・あれ
(感) 哎呀

例「あれ？」「どうしたの」「財布忘れてきたみたい」
／「咦？」「怎麼了？」「我好像忘記帶錢包了。」

文法
みたい [好像]
▶表示不是很確定的推測或判斷。

0050 あわせる 【合わせる】

（他下一）合併；核對，對照；加在一起，混合；配合，調合

類 一致させる（いっちさせる）

例 みんなで力を合わせたとしても、彼に勝つことはできない。

／就算大家聯手，也是沒辦法贏過他。

文法

としても［就算…，也…］

▶ 假設前項是事實或成立，後項也不會起有效的作用。

0051 あわてる 【慌てる】

（自下一）驚慌，急急忙忙，匆忙，不穩定

反 落ち着く

類 まごつく

例 突然質問されて、少し慌ててしまった。

／突然被問了問題，顯得有點慌張。

0052 あんがい 【案外】

（副・形動）意想不到，出乎意外

類 意外

例 難しいかと思ったら、案外易しかった。

／原以為很難，結果卻簡單得叫人意外。

0053 アンケート 【（法）enquête】

（名）（以同樣內容對多數人的）問卷調查，民意測驗

例 皆様にご協力いただいたアンケートの結果をご報告します。

／現在容我報告承蒙各位協助所完成的問卷調查結果。

0054 い 【位】

（接尾）位；身分，地位

例 今度のテストでは、学年で一位になりたい。

／這次考試希望能拿到全學年的第一名。

文法

たい［想要…］

▶ 表示說話者的內心想做、想要的。

0055 いえ

（感）不，不是

例 いいえ、違います。

／不，不是那樣。

0056 □□□	いがい 【意外】	(名・形動) 意外，想不到，出乎意料

(類) 案外

(例) 雨による被害は、意外に大きかった。

／大雨意外地造成嚴重的災情。

文法

による [因…造成的…]
▶ 造成某種事態的原因。

0057 □□□	いかり 【怒り】	(名) 憤怒，生氣

(類) いきどおり

(例) 子どもの怒りの表現は親の怒りの表現のコピーです。

／小孩子生氣的模樣正是父母生氣時的翻版。

0058 □□□	いき・ゆき 【行き】	(名) 去，往

(例) まもなく、東京行きの列車が発車します。

／前往東京的列車即將發車。

0059 □□□	いご 【以後】	(名) 今後，以後，將來；(接尾語用法)(在某時期) 以後

(反) 以前 (類) 以来

(例) 夜11時以後は電話代が安くなります。

／夜間十一點以後的電話費率比較便宜。

0060 □□□	イコール 【equal】	(名) 相等；(數學) 等號

(類) 等しい (ひとしい)

(例) 失敗イコール負けというわけではない。

／失敗並不等於輸了。

文法

わけではない [並不是]
▶ 不能簡單地對現在的狀況下某種結論，也有其它情況。

0061 □□□	いし 【医師】	(名) 醫師，大夫

(類) 医者

(例) 医師に言われた通りに薬を飲む。

／按照醫師開立的藥囑吃藥。

文法

とおりに [按照]
▶ 按照前項的方式或要求，進行後項的行為、動作。

0062 いじょうきしょう
【異常気象】

(名) 氣候異常

例 異常気象が続いている。
／氣候異常正持續著。

文法
▶ 近 つづける [繼續…]
▶ 近 っ放しで [⋯著 (表持續)]

0063 いじわる
【意地悪】

(名・形動) 使壞，刁難，作弄

類 虐待 (ぎゃくたい)

例 意地悪な人といえば、高校の数学の先生を思い出す。
／說到壞心眼的人，就讓我想到高中的數學老師。

0064 いぜん
【以前】

(名) 以前；更低階段 (程度) 的；(某時期) 以前

反 以降 對 以往

例 以前、東京でお会いした際に、名刺をお渡
ししたと思います。
／我記得之前在東京跟您會面時，有遞過名片給您。

文法
際に [在⋯時]
▶ 表示動作、行為進行的時候。

0065 いそぎ
【急ぎ】

(名・副) 急忙，匆忙，緊急

類 至急

例 部長は大変お急ぎのご様子でした。
／經理似乎非常急的模樣。

0066 いたずら
【悪戯】

(名・形動) 淘氣，惡作劇；玩笑，消遣

類 戯れ (たわむれ)；ふざける

例 彼女は、いたずらっぽい目で笑った。
／她眼神淘氣地笑了。

文法
っぽい [感覺像⋯]
▶ 表示有這種感覺或傾向。

0067 いためる
【傷める・痛める】

(他下一) 使 (身體) 疼痛，損傷；使 (心裡) 痛苦

例 桃をうっかり落として傷めてしまった。
／不小心把桃子掉到地上摔傷了。

0068 □□□	いちどに 【一度に】	副 同時地，一塊地，一下子

類 同時に

例 そんなに一度に食べられません。

／我沒辦法一次吃那麼多。

0069 □□□	いちれつ 【一列】	名 一列，一排

例 一列に並んで、順番を待つ。

／排成一列依序等候。

0070 □□□	いっさくじつ 【一昨日】	名 前一天，前天

類 一昨日（おとつい）

例 一昨日アメリカから帰ってきました。

／前天從美國回來了。

0071 □□□	いっさくねん 【一昨年】	連語 前年

類 一昨年（おととし）

例 一昨年、北海道に引っ越しました。

／前年・搬去了北海道。

0072 □□□	いっしょう 【一生】	名 一生，終生，一輩子

類 生涯（しょうがい）

例 あいつとは、一生口をきくものか。

／我這輩子，決不跟他講話。

> **文法**
> ものか［決不…］
> ▶ 絕不做某事的決心、
> 強烈否定對方的意見。

0073 □□□	いったい 【一体】	名・副 一體，同心合力；一種體裁；根本，本來； 大致上；到底，究竟

類 そもそも

例 一体何が起こったのですか。

／到底發生了什麼事？

0074 □□□

いってきます
【行ってきます】

（意）我出門了

例 8時だ。行ってきます。
／八點了！我出門囉。

0075 □□□

いつのまにか
【何時の間にか】

（副）不知不覺地，不知什麼時候

例 いつの間にか、お茶の葉を使い切りました。
／茶葉不知道什麼時候就用光了。

0076 □□□

いとこ
【従兄弟・従姉妹】

（名）堂表兄弟姊妹

例 日本では、いとこ同士でも結婚できる。
／在日本，就算是堂兄妹／堂姊弟、表兄妹／表姊弟也可以結婚。

0077 □□□

いのち
【命】

（名）生命，命；壽命

類 生命

例 命が危ないところを、助けていただきました。／在我性命危急時，他救了我。

文法
ところを［正當…時］
► 表示正當 A 的時候，發生了 B 的狀況。

0078 □□□

いま
【居間】

（名）起居室

類 茶の間

例 居間はもとより、トイレも台所も全部掃除しました。
／別說是客廳，就連廁所和廚房也都清掃過了。

文法
はもとより［不僅…而且…］
► 表示一般程度的前項自然不用說，就連程度較高的後項也不例外。

0079 □□□

イメージ
【image】

（名）影像，形象，印象

例 企業イメージの低下に伴って、売り上げも落ちている。
／隨著企業形象的滑落，銷售額也跟著減少。

文法
に伴って［隨著…］
► 表示隨著前項事物的變化而進展。

0080 □□□

いもうとさん【妹さん】

[名] 妹妹，令妹（「妹」的鄭重說法）

[例] 予想(よそう)に反(はん)して、遠藤(えんどう)さんの妹(いもうと)さんは美人(びじん)でした。

／與預料相反，遠藤先生的妹妹居然是美女。

[文法] に反(はん)して [與…相反…]

▶ 接「期待」、「予想」等詞後面，表後項結果與前項所預料相反。

0081 □□□

いや

[感] 不；沒什麼

[例] いや、それは違(ちが)う。

／不，不是那樣的。

0082 □□□

いらいら【苛々】

[名・副・他サ] 情緒急躁、不安；焦急，急躁

[類] 苛立つ（いらだつ）

[例] 何(なん)だか最近(さいきん)いらいらしてしょうがない。

／不知道是怎麼搞的，最近老是焦躁不安的。

0083 □□□

いりょうひ【衣料費】

[名] 服裝費

[類] 洋服代

[例] 子(こ)どもの衣料費(いりょうひ)に一人月(ひとりつき)どれくらいかけていますか。

／小孩的治裝費一個月要花多少錢？

0084 □□□

いりょうひ【医療費】

[名] 治療費，醫療費

[類] 治療費

[例] 今年(ことし)は入院(にゅういん)したので医療費(いりょうひ)が多(おお)くかかった。

／今年由於住了院，以致於醫療費用增加了。

0085 □□□

いわう【祝う】

[他五] 祝賀，慶祝；祝福；送賀禮；致賀詞

[類] 祝する（しゅくする）

[例] みんなで彼(かれ)の合格(ごうかく)を祝(いわ)おう。

／大家一起來慶祝他上榜吧！

0086 □□□	インキ 【ink】	名 墨水

動 インク

例 万年筆のインキがなくなったので、サインのしようがない。

/因為鋼筆的墨水用完了，所以沒辦法簽名。

文法
ようがない [沒辦法]
▶ 表示不管用什麼方法都不可能，已經沒有其他方法了。

0087 □□□	インク 【ink】	名 墨水，油墨（也寫作「インキ」）

動 インキ

例 この絵は、ペンとインクで書きました。

/這幅畫是以鋼筆和墨水繪製而成的。

0088 □□□	いんしょう 【印象】	名 印象

動 イメージ

例 台湾では、故宮の白菜の彫刻が一番印象に残った。

/這趟台灣之行，印象最深刻的是故宮的翠玉白菜。

0089 □□□	インスタント 【instant】	名・形動 即席，稍加工即可的，速成

例 昼ご飯はインスタントラーメンですませた。

/吃速食麵打發了午餐。

0090 □□□	インターネット 【internet】	名 網路

例 説明書に従って、インターネットに接続しました。

/照著說明書，連接網路。

0091 □□□	インタビュー 【interview】	名・自サ 會面，接見；訪問，採訪

動 面会

例 インタビューを始めた<u>とたん</u>、首相は怒り始めた。

/採訪剛開始，首相就生氣了。

文法
とたん [剛…就…]
▶ 表示前項動作和變化完成的一瞬間，發生了後項的動作和變化。

0092 □□□	**いんりょく** 【引力】	ⓝ 物體互相吸引的力量

例 万有引力の法則は、ニュートンが発見した。
／萬有引力定律是由牛頓發現的。

う

0093 □□□ ⑤	**ウイルス** 【virus】	ⓝ 病毒，濾過性病毒

類 菌

例 メールでウイルスに感染しました。
／因為收郵件導致電腦中毒了。

0094 □□□	**ウール** 【wool】	ⓝ 羊毛，毛線，毛織品

例 そろそろ、ウールのセーターを出さな<u>くちゃ</u>。
／看這天氣，再<u>不</u>把毛衣拿出來就<u>不行</u>了。

> **文法**
> なくちゃ[不…不行]
> ▶ 表示受限於某個條件而必須要做，如果不做，會有不好的結果發生。

0095 □□□	**ウェーター・ウェイター** 【waiter】	ⓝ（餐廳等的）侍者，男服務員

例 ウェーターが注文を取りに来た。
／服務生過來點菜了。

0096 □□□	**ウェートレス・ウェイトレス** 【waitress】	ⓝ（餐廳等的）女侍者，女服務生

類 メード

例 あの店のウエートレスは態度が悪くて、腹が立つ<u>ほど</u>だ。
／那家店的女服務生態度之差，可說是<u>令人</u>火冒三丈。

> **文法**
> ほど[得令人]
> ▶ 比喻或舉出具體的例子，來表示動作或狀態處於某種程度。

0097 □□□	**うごかす** 【動かす】	ⓥ五 移動，挪動，活動；搖動，搖撼；給予影響，使其變化，感動

反 止める

例 たまには体を動かした方がいい。／偶爾活動一下筋骨比較好。

0098 うし【牛】

名 牛

例 いつか北海道に自分の牧場を持って、牛を飼いたい。
／我希望有一天能在北海道擁有自己的牧場養牛。

文法
たい［想要…］
▶ 表示説話者的内心想做、想要的。

0099 うっかり

副・自サ 不注意，不留神；發呆，茫然

類 うかうか
例 うっかりしたものだから、約束を忘れてしまった。
／因為一時不留意，而忘了約會。

文法
ものだから［就是因為…，所以…］
▶ 常用在因為事態的程度很厲害，因此做了某事。

0100 うつす【写す】

他五 抄襲，抄寫；照相；摹寫

例 友達に宿題を写させてもらったら、間違いだらけだった。
／我抄了朋友的作業，結果他的作業卻是錯誤連篇。

文法
だらけ［全是…］
▶ 表示數量過多。

0101 うつす【移す】

他五 移，搬；使傳染；度過時間

類 引っ越す
例 鼻水が止まらない。弟に風邪を移されたに違いない。
／鼻水流個不停。一定是被弟弟傳染了感冒，錯不了。

文法
に違いない［一定是］
▶ 説話者根據經驗或直覺，做出非常肯定的判斷。

0102 うつる【写る】

自五 照相，映顯；顯像；（穿透某物）看到

類 転写する（てんしゃする）
例 私の隣に写っているのは姉です。
／照片中，在我旁邊的是姊姊。

0103 うつる【映る】

自五 映，照；顯得，映入；相配，相稱；照相，映現

類 映ずる（えいずる）
例 山が湖の水に映っています。／山影倒映在湖面上。

讀書計劃：□□／□□□

0104 ☐☐☐	うつる 【移る】	自五 移動；推移；沾到

麵 移動する（いどうする）

例 都会は家賃が高いので、引退してから郊外に移った。
/由於大都市的房租很貴，退下第一線以後搬到郊區了。

0105 ☐☐☐	うどん 【饂飩】	名 烏龍麵條，烏龍麵

例 安かったわりには、おいしいうどんだった。
/這碗烏龍麵雖然便宜，但出乎意料地好吃。

> **文法**
> わりには〔（比較起來）
> 雖然…但是…〕
> ▶ 表示結果跟前項條件
> 不相稱，結果劣於或優
> 於應有程度。

0106 ☐☐☐	うま 【馬】	名 馬

例 生まれて初めて馬に乗った。
/我這輩子第一次騎了馬。

0107 ☐☐☐	うまい	形 味道好，好吃；想法或做法巧妙，擅於；非常適宜，順利

反 まずい **類** おいしい

例 山は空気がうまいなあ。/山上的空氣真新鮮呀。

0108 ☐☐☐	うまる 【埋まる】	自五 被埋上；填滿，堵住；彌補，補齊

例 小屋は雪に埋まっていた。/小屋被雪覆蓋住。

0109 ☐☐☐	うむ 【生む】	他五 產生，產出

例 その発言は誤解を生む可能性がありますよ。
/你那發言可能會產生誤解喔！

0110 ☐☐☐	うむ 【産む】	他五 生，產

例 彼女は女の子を産んだ。/她生了女娃兒。

0111
□□□

うめる
【埋める】

他下一 埋，掩埋；填補，彌補；佔滿

🈯 埋める（うずめる）

例 犯人は、木の下にお金を埋めたと言っている。
　　／犯人自白說他將錢埋在樹下。

0112
□□□

うらやましい
【羨ましい】

形 羨慕，令人嫉妒，眼紅

🈯 羨む（うらやむ）

例 お金のある人が羨ましい。
　　／好羨慕有錢人。

0113
□□□

うる
【得る】

他下二 得到；領悟

例 この本はなかなか得るところが多かった。
　　／從這本書學到了相當多東西。

0114
□□□

うわさ
【噂】

名・自サ 議論，閒談；傳說，風聲

🈯 流言（りゅうげん）

例 本人に聞かないと、うわさが本当かどうか
　　わからない。
　　／傳聞是真是假，不問當事人是不知道的。

文法
ないと［不…不行］
▶ 表示受限於某個條件、
規定，必須要做某件事情。

0115
□□□

うんちん
【運賃】

名 票價；運費

🈯 切符代

例 運賃は当方で負担いたします。
　　／運費由我方負責。

0116
□□□

うんてんし
【運転士】

名 司機；駕駛員，船員

例 私は JR で運転士をしています。
　　／我在 JR 當司機。

0117 □□□	うんてんしゅ 【運転手】	名 司機

類 運転士

例 タクシーの運転手に、チップをあげた。
／給了計程車司機小費。

え

0118 □□□ 6	エアコン 【air conditioning】	名 空調；溫度調節器

類 冷房（れいぼう）

例 家具とエアコンつきの部屋を探しています。
／我在找附有家具跟冷氣的房子。

0119 □□□	えいきょう 【影響】	名・自サ 影響

類 反響（はんきょう）

例 鈴木先生には、大変影響を受けました。
／鈴木老師給了我很大的影響。

0120 □□□	えいよう 【栄養】	名 營養

類 養分（ようぶん）

例 子供の栄養には気をつけています。
／我很注重孩子的營養。

0121 □□□	えがく 【描く】	他五 畫，描繪；以…為形式，描寫；想像

類 写す（うつす）

例 この絵は、心に浮かんだものを描いたにすぎません。
／這幅畫只是將內心所想像的東西，畫出來的而已。

0122 □□□	えきいん 【駅員】	名 車站工作人員，站務員

例 駅のホームに立って、列車を見送る駅員さんが好きだ。
／我喜歡站在車站目送列車的站員。

0123 □□□
エスエフ（SF）【science fiction】 [名] 科學幻想

[例] 以前に比べて、少女漫画のＳＦ作品は随分増えた。
／相較於從前，少女漫畫的科幻作品增加了相當多。

[文法] に比べて［與…相比］
▶ 表示比較、對照。

0124 □□□
エッセー・エッセイ【essay】 [名] 小品文，隨筆；(隨筆式的) 短論文

[類] 随筆（ずいひつ）
[例] 彼女は CD を発売するとともに、エッセーも出版した。
／她發行 CD 的同時，也出版了小品文。

[文法] とともに［與…同時］
▶ 表示後項的動作或變化，跟著前項同時進行或發生。
▶ [近] にしたがって［伴隨…］

0125 □□□
エネルギー【(德)energie】 [名] 能量，能源，精力，氣力

[類] 活力（かつりょく）
[例] 国内全体にわたって、エネルギーが不足しています。
／就全國整體來看，能源是不足的。

[文法] にわたって［在…範圍內］
▶ 表示動作、行為所涉及到的時間範圍，或空間範圍非常之大。

0126 □□□
えり【襟】 [名]（衣服的）領子；脖頸，後頸；（西裝的）硬領

[例] コートの襟を立てている人は、山田さんです。
／那位豎起外套領子的人就是山田小姐。

0127 □□□
える【得る】 [他下一] 得，得到；領悟，理解；能夠

[類] 手に入れる
[例] そんな簡単に大金が得られるわけがない。
／怎麼可能那麼容易就得到一大筆錢。

[文法] わけがない［不可能…］
▶ 表示從道理上而言，強烈地主張不可能或沒有理由成立。

0128 □□□
えん【園】 [接尾] 園

[例] 弟は幼稚園に通っている。／弟弟上幼稚園。

讀書計劃：□□／□□

0129 □□□

えんか【演歌】 [名] 演歌（現多指日本民間特有曲調哀愁的民謠）

[例] 演歌がうまく歌えたらいいのになあ。

／要是能把日本歌謠唱得動聽，不知該有多好呀。

[文法] たらいいのになあ［就好了］

▸ 前項是難以實現或是與事實相反的情況，表現說話者遺憾、不滿、感嘆的心情。

0130 □□□

えんげき【演劇】 [名] 演劇，戲劇

[類] 芝居（しばい）

[例] 演劇の練習をしている最中に、大きな地震が来た。

／正在排演戲劇的時候，突然來了一場大地震。

[文法] 最中に［正在…］

▸ 表示某一行為在進行中。常用在突發什麼事的場合。

0131 □□□

エンジニア【engineer】 [名] 工程師，技師

[類] 技師（ぎし）

[例] あの子はエンジニアを目指している。

／那個孩子立志成為工程師。

0132 □□□

えんそう【演奏】 [名・他サ] 演奏

[類] 奏楽（そうがく）

[例] 彼の演奏はまだまだだ。

／他的演奏還有待加強。

[お]

0133 □□□

Track 7

おい [感]（主要是男性對同輩或晚輩使用）打招呼的喂，唉；（表示輕微的驚訝）呀！啊！

[例]（道に倒れている人に向かって）おい、大丈夫か。

／（朝倒在路上的人說）喂，沒事吧？

おい～おきる

0134 □□□

おい【老い】

[名] 老；老人

[例] こんな階段でくたびれるなんて、老いを感じるなあ。
／區區爬這幾階樓梯居然累得要命，果然年紀到了啊。

[文法]
なんて［真是太…］
▶ 表示前面的事是出乎意料的，後面多接驚訝或是輕視的評價。

0135 □□□

おいこす【追い越す】

[他五] 超過，趕過去

[類] 抜く（ぬく）

[例] トラックなんか、追い越しちゃえ。
／我們快追過那卡車吧！

[文法]
なんか［之類的］
▶ 用輕視的語氣，談論主題。口語用法。
▶ [近] など［才不（輕視的語氣）］

0136 □□□

おうえん【応援】

[名・他サ] 援助，支援；聲援，助威

[類] 声援

[例] 今年は、私が応援している野球チームが優勝した。
／我支持的棒球隊今年獲勝了。

0137 □□□

おおく【多く】

[名・副] 多數，許多；多半，大多

[類] 沢山

[例] 日本は、食品の多くを輸入に頼っている。
／日本的食品多數仰賴進口。

0138 □□□

オーバー（コート）【overcoat】

[名] 大衣，外套，外衣

[例] まだオーバーを着るほど寒くない。
／還沒有冷到需要穿大衣。

[文法]
ほど…ない［沒那麼…］
▶ 表示程度並沒有那麼高。

0139 □□□	オープン 【open】	(名・自他サ・形動) 開放，公開；無蓋，敞篷；露天，野外

例 そのレストランは3月にオープンする。
／那家餐廳將於三月開幕。

0140 □□□	おかえり 【お帰り】	(寒暄)（你）回來了

例「ただいま」「お帰り」
／「我回來了。」「回來啦！」

0141 □□□	おかえりなさい 【お帰りなさい】	(寒暄) 回來了

例 お帰りなさい。お茶でも飲みますか。
／你回來啦。要不要喝杯茶？

0142 □□□	おかけください	(敬) 請坐

例 どうぞ、おかけください。
／請坐下。

0143 □□□	おかしい 【可笑しい】	(形) 奇怪，可笑；不正常

類 滑稽（こっけい）

例 いくらおかしくても、そんなに笑うことない<u>でしょう</u>。
／就算好笑、也<u>不</u>必笑成那個樣子吧。

文法
ことはない [用不著…]
▶ 表示鼓勵或勸告別人，沒有做某一行為的必要。

0144 □□□	おかまいなく 【お構いなく】	(敬) 不管，不在乎，不介意

例 どうぞ、お構いなく。／請不必客氣。

0145 □□□	おきる 【起きる】	(自上一) （倒著的東西）起來，立起來；起床；不睡；發生

類 立ち上がる（たちあがる）
例 昨夜はずっと起きていた。
／昨天晚上一直都醒著。

| 0146 □□□ | **おく**【奥】 | (名) 裡頭，深處；裡院；盡頭 |

例 のどの奥に魚の骨が引っかかった。
／喉嚨深處哽到魚刺了。

| 0147 □□□ | **おくれ**【遅れ】 | (名) 落後，晚；畏縮，怯懦 |

例 台風のため、郵便の配達に二日の遅れが出ている。
／由於颱風，郵件延遲兩天送達。

| 0148 □□□ | **おげんきですか**【お元気ですか】 | (寒暄) 你好嗎？ |

例 ご両親はお元気ですか。
／請問令尊與令堂安好嗎？

| 0149 □□□ | **おこす**【起こす】 | (他五) 扶起；叫醒；引起 |

類 目を覚まさせる（めをさまさせる）

例 父は、「明日の朝、6時に起こしてくれ」と言った。
／父親說：「明天早上六點叫我起床」。

文法

てくれと [給我…]
▶ 表示引用某人下的強烈命令的內容。

と [（表示命令內容）]
▶ 前面接動詞命令形，表示引用命令的內容。

| 0150 □□□ | **おこる**【起こる】 | (自五) 發生，鬧；興起，興盛；（火）著旺 |

反 終わる
類 始まる

例 この交差点は事故が起こりやすい。
／這個十字路口經常發生交通事故。

例 世界の地震の約1割が日本で起こっている。
／全世界的地震大約有一成發生在日本。

| 0151 □□□ | **おごる**【奢る】 | (自五・他五) 奢侈，過於講究；請客，作東 |

例 ここは私がおごります。／這回就讓我作東了。

0152 □□□	おさえる【押さえる】	（他下一）按，壓；扣住，勒住；控制，阻止；捉住；扣留；超群出眾

類 押す

例 この釘を押さえていてください。

／請按住這個釘子。

0153 □□□	おさきに【お先に】	（副）先離開了，先告辭了

例 お先に、失礼します。

／我先告辭了。

0154 □□□	おさめる【納める】	（他下一）交，繳納

例 税金を納めるのは国民の義務です。

／繳納税金是國民的義務。

0155 □□□	おしえ【教え】	（名）教導，指教，教誨；教義

例 神の教えを守って生活する。

／遵照神的教誨過生活。

0156 □□□	おじぎ【お辞儀】	（名・自サ）行禮，鞠躬，敬禮；客氣

類 挨拶

例 目上の人にお辞儀をしなかったので、母にしかられた。

／因為我沒跟長輩行禮，被媽媽罵了一頓。

0157 □□□	おしゃべり【お喋り】	（名・自サ・形動）閒談，聊天；愛說話的人，健談的人

反 無口　**類** 無駄口（むだぐち）

例 友だちとおしゃべりをしているところへ、先生が来た。

／當我正在和朋友閒談時，老師走了過來。

文法

ところへ［正當…的時候］

▶ 表示正在做某事時，偶發了另一件事，並產生某種影響。

おじゃまします～おめでとう

0158 □□□
おじゃまします【お邪魔します】 [敬] 打擾了

[例]「どうぞお上がりください」「お邪魔します」
／「請進請進」「打擾了」

0159 □□□
おしゃれ【お洒落】 [名·形動] 打扮漂亮，愛漂亮的人

[例]おしゃれしちゃって、これからデート？
／瞧你打扮得那麼漂亮／帥氣，等一下要約會？

0160 □□□
おせわになりました【お世話になりました】 [敬] 受您照顧了

[例]いろいろと、お世話になりました。
／感謝您多方的關照。

0161 □□□
おそわる【教わる】 [他五] 受教，跟…學習

[例]パソコンの使い方を教わったとたんに、もう忘れてしまった。
／才剛請別人教我電腦的操作方式，現在就已經忘了。

[文法]
とたんに［剛…就…］
▸表示前項動作和變化完成的一瞬間，發生了後項的動作和變化。

0162 □□□
おたがい【お互い】 [名] 彼此，互相

Track 8

[例]二人はお互いに愛し合っている。
／兩人彼此相愛。

0163 □□□
おたまじゃくし【お玉杓子】 [名] 圓杓，湯杓；蝌蚪

[例]お玉じゃくしでスープをすくう。
／用湯杓舀湯。

0164 □□□
おでこ [名] 凸額，額頭突出（的人）；額頭，額骨

[類]額（ひたい）
[例]息子が転んで机の角におでこをぶつけた。
／兒子跌倒時額頭撞到了桌角。

0165 □□□	おとなしい【大人しい】	彤 老實，溫順；(顔色等) 樸素，雅致

類 穏やか（おだやか）
例 彼女はおとなしいですが、とてもしっかりしています。
　／她雖然文靜，但非常能幹。

0166 □□□	オフィス【office】	名 辦公室，辦事處；公司；政府機關

類 事務所（じむしょ）
例 彼のオフィスは、3階だと思ったら4階でした。
　／原以為他的辦公室是在三樓，誰知原來是在四樓。

0167 □□□	オペラ【opera】	名 歌劇

類 芝居
例 オペラを観て、主人公の悲しい運命に涙が出ました。
　／觀看歌劇中主角的悲慘命運，而熱淚盈眶。

0168 □□□	おまごさん【お孫さん】	名 孫子，孫女，令孫（「孫」的鄭重説法）

例 そちら、お孫さん？何歳ですか。
　／那一位是令孫？今年幾歲？

0169 □□□	おまちください【お待ちください】	敬 請等一下

例 少々、お待ちください。
　／請等一下。

0170 □□□	おまちどおさま【お待ちどおさま】	敬 久等了

例 お待ちどおさま、こちらへどうぞ。
　／久等了，這邊請。

0171 □□□	おめでとう	寒暄 恭喜

例 大学合格、おめでとう。／恭喜你考上大學。

0172 おめにかかる 【お目に掛かる】

働（謙讓語）見面，拜會

例 社長にお目に掛かりたいのですが。
/想拜會社長。

文法

たい [想要…]
▶ 表示說話者的內心想做、想要的。

0173 おもい 【思い】

名（文）思想，思考；感覺，情感；想念，思念；願望，心願

類 考え

例 彼女には、申し訳ないという思いでいっぱいだ。
/我對她滿懷歉意。

0174 おもいえがく 【思い描く】

他五 在心裡描繪，想像

例 将来の生活を思い描く。
/在心裡描繪未來的生活。

0175 おもいきり 【思い切り】

名・副 斷念，死心；果斷，下決心；狠狠地，盡情地，徹底的

例 試験が終わったら、思い切り遊びたい。
/等考試結束後，打算玩個夠。（副詞用法）

文法

たい [想要…]
▶ 表示說話者的內心想做、想要的。

例 別れた彼女が忘れられない。俺は思い切りが悪いのか。
/我忘不了已經分手的女友，難道是我太優柔寡斷了？（名詞用法）

0176 おもいつく 【思い付く】

自他五（忽然）想起，想起來

類 考え付く（かんがえつく）

例 いいアイディアを思い付くたびに、会社に提案しています。
/每當我想到好點子，就提案給公司。

文法

たびに [每當…就…]
▶ 表示前項的動作、行為都伴隨後項。

0177 おもいで 【思い出】

名 回憶，追憶，追懷；紀念

例 旅の思い出に写真を撮る。/旅行拍照留念。

0178
□□□

おもいやる
【思いやる】

(他五) 體諒，表同情；想像，推測

例 夫婦は、お互いに思いやることが大切です。
/夫妻間相互體貼很重要。

0179
□□□

おもわず
【思わず】

(副) 禁不住，不由得，意想不到地，下意識地

鬩 うっかり

例 頭にきて、思わず殴ってしまった。
/怒氣一上來，就不自覺地揍了下去。

0180
□□□

おやすみ
【お休み】

(寒暄) 休息；晚安

例 お休みのところをすみません。
/抱歉，在您休息的時間來打擾。

文法
ところを [正當…時]
► 表示正當 A 的時候，
發生了 B 的狀況。

0181
□□□

おやすみなさい
【お休みなさい】

(寒暄) 晚安

例 さて、そろそろ寝ようかな。お休みなさい。
/好啦！該睡了。晚安！

0182
□□□

おやゆび
【親指】

(名)（手腳的）的拇指

例 親指に怪我をしてしまった。
/大拇指不小心受傷了。

0183
□□□

オリンピック
【Olympics】

(名) 奧林匹克

例 オリンピックに出るからには、金メダルを
目指す。
/既然參加奧運，目標就是得金牌。

文法
からには [既然…，就
…]
► 表示既然到了這種情
況，後面就要「貫徹到
底」的說法。

| 0184 □□□ | **オレンジ**【orange】 | 名 柳橙，柳丁；橙色 |

例 オレンジはもう全部食べたんだ<u>っけ</u>。
／柳橙好像全都吃光了吧？

文法
っけ [是不是…呢]
▶ 用在想確認自己記不清，或已經忘掉的事物時。

| 0185 □□□ | **おろす**【下ろす・降ろす】 | 他五（從高處）取下，拿下，降下，弄下；開始使用（新東西）；砍下 |

反 上げる　類 下げる
例 車から荷物を降ろすとき、腰を痛めた。
／從車上搬貨下來的時候弄痛了腰。

| 0186 □□□ | **おん**【御】 | 接頭 表示敬意 |

例 御礼申し上げます。
／致以深深的謝意。

| 0187 □□□ | **おんがくか**【音楽家】 | 名 音樂家 |

類 ミュージシャン
例 プロの音楽家になりたい。
／我想成為專業的音樂家。

文法
たい [想要…]
▶ 表示說話者的內心想做、想要的。

| 0188 □□□ | **おんど**【温度】 | 名（空氣等）溫度，熱度 |

例 冬の朝は、天気がいいと温度が下がります。
／如果冬天早晨的天氣晴朗，氣溫就會下降。

0189 □□□ TRACK 9

か
【課】

[名·漢造]（教材的）課；課業；（公司等）課，科

[例] 会計課(かいけいか)で学費(がくひ)を納(おさ)める。／在會計處繳交學費。

0190 □□□

か
【日】

[漢造] 表示日期或天數

[例] 私(わたし)の誕生日(たんじょうび)は四月二十日(しがつはつか)です。／我的生日是四月二十日。

0191 □□□

か
【下】

[漢造] 下面；屬下；低下；下，降

[例] この辺(あた)りでは、冬(ふゆ)には気温(きおん)が零下(れいか)になることもある。
／這一帶的冬天有時氣溫會到零度以下。

0192 □□□

か
【化】

[漢造] 化學的簡稱；變化

[例] この作家(さっか)の小説(しょうせつ)は、たびたび映画化(えいがか)されている。
／這位作家的小說經常被改拍成電影。

0193 □□□

か
【科】

[名·漢造]（大專院校）科系；（區分種類）科

[例] 英文科(えいぶんか)だから、英語(えいご)を勉強(べんきょう)しないわけにはいかない。
／因為是英文系，總不能不讀英語。

[文法] ないわけにはいかない［不能不…］
▶ 表示根據情理、一般常識或的經驗，有做某事的義務。

0194 □□□

か
【家】

[漢造] 家庭；家族；專家

[例] 芸術家(げいじゅつか)になって食(た)べていくのは、容易(ようい)なことではない。
／想當藝術家餬口過日，並不是容易的事。

0195 □□□

か
【歌】

[漢造] 唱歌；歌詞

[例] 年(とし)のせいか、流行歌(りゅうこうか)より演歌(えんか)が好(す)きだ。
／大概是因為上了年紀，比起流行歌曲更喜歡傳統歌謠。

[文法] せいか［可能是（因為）…］
▶ 表示發生壞事或不利的原因，但這一原因也不很明確。

0196 ☐☐☐	カード 【card】	名 卡片；撲克牌

例 単語を覚えるには、カードを使うといいよ。
　/想要背詞彙，利用卡片的效果很好喔。

0197 ☐☐☐	カーペット 【carpet】	名 地毯

例 カーペットにコーヒーをこぼしてしまった。
　/把咖啡灑到地毯上了。

0198 ☐☐☐	かい 【会】	名 會，會議，集會

類 集まり

例 毎週 金曜日の夜に、『源氏物語』を読む会をやっています。
　/每週五晚上舉行都《源氏物語》讀書會。

0199 ☐☐☐	かい 【会】	接尾 …會

例 展覧会は、終わってしまいました。　/展覽會結束了。

0200 ☐☐☐	かいけつ 【解決】	名・自他サ 解決，處理

反 決裂（けつれつ）
類 決着（けっちゃく）
例 問題が小さいうちに、解決しましょう。
　/趁問題還不大的時候解決掉吧！

> 文法
>
> うちに［趁…之內］
> ▶ 表示在前面的環境、狀態持續的期間，做後面的動作。

0201 ☐☐☐	かいごし 【介護士】	名 專門照顧身心障礙者日常生活的專門技術人員

例 介護士の仕事内容は、患者の身の回りの世話などです。
　/看護士的工作内容是照顧病人周邊的事等等。

0202 ☐☐☐	かいさつぐち 【改札口】	名 （火車站等）剪票口

類 改札
例 JRの改札口で待っています。　/在JR的剪票口等你。

0203 □□□
かいしゃいん【会社員】 [名] 公司職員

[例] 会社員なんかじゃなく、公務員になればよかった。
／要是能當上公務員，而不是什麼公司職員，該有多好。

[文法]
なんか［之類的］
▶ 用輕視的語氣，談論主題。口語用法。
ばよかった［就好了］
▶ 表示説話者對於過去事物的惋惜、感慨。

0204 □□□
かいしゃく【解釈】 [名・他サ] 解釋，理解，說明

[類] 釈義（しゃくぎ）
[例] この法律は、解釈上、二つの問題がある。
／這條法律，在解釋上有兩個問題點。

0205 □□□
かいすうけん【回数券】 [名]（車票等的）回數票

[例] 回数券をこんなにもらっても、使いきれません。
／就算拿了這麼多的回數票，我也用不完。

0206 □□□
かいそく【快速】 [名・形動] 快速，高速度

[類] 速い
[例] 快速電車に乗りました。
／我搭乘快速電車。

0207 □□□
TRACK 10
かいちゅうでんとう【懐中電灯】 [名] 手電筒

[例] この懐中電灯は電池がいらない。振ればつく。
／這種手電筒不需要裝電池，只要甩動就會亮。

0208 □□□
かう【飼う】 [他五] 飼養（動物等）

[例] うちではダックスフントを飼っています。
／我家裡有養臘腸犬。

0209 □□□	**かえる** 【代える・換える・替える】	他下一 代替，代理：改變，變更，變換

> **類** 改変（かいへん）
> **例** この子は私の命に代えても守る。／我不惜犠牲性命也要保護這個孩子。
> **例** 窓を開けて空気を換える。／打開窗戶透氣。
> **例** 台湾元を日本円に替える。／把台幣換成日圓。

0210 □□□	**かえる** 【返る】	自五 復原；返回；回應

> **類** 戻る
> **例** 友達に貸したお金が、なかなか返ってこない。
> ／借給朋友的錢，遲遲沒能拿回來。

0211 □□□	**がか** 【画家】	名 畫家

> **例** 彼は小説家であるばかりでなく、画家でもある。
> ／他不單是小説家，同時也是個畫家。

文法

ばかりでなく [不僅…]

▶ 表示除前項的情況之外，還有後項程度更甚的情況。

0212 □□□	**かがく** 【化学】	名 化學

> **例** 君、専攻は化学だったのか。道理で薬品に詳しいわけだ。
> ／原來你以前主修化學喔。難怪對薬品知之甚詳。

文法

わけだ [怪不得…]

▶ 表示按事物的發展、事實、狀況合乎邏輯地必然導致這樣的結果。

0213 □□□	**かがくはんのう** 【化学反応】	名 化學反應

> **例** 卵をゆでると固まるのは、熱による化学反応である。
> ／雞蛋經過烹煮之所以會凝固，是由於熱能所産生的化學反應。

0214 □□□	**かかと** 【踵】	名 腳後跟

> **例** かかとがガサガサになって、靴下が引っかかる。
> ／腳踝變得很粗糙，會勾到襪子。

0215 □□□ | **かかる** | 自五 生病；遭受災難

⊕例 小さい子供は病気にかかりやすい。
/年紀小的孩子容易生病。

0216 □□□ | **かきとめ**
【書留】 | 名 掛號郵件

⊕例 大事な書類ですから書留で郵送してください。
/這是很重要的文件，請用掛號信郵寄。

0217 □□□ | **かきとり**
【書き取り】 | 名・自サ 抄寫，記錄；聽寫，默寫

⊕例 明日は書き取りのテストがある。
/明天有聽寫考試。

0218 □□□ | **かく**
【各】 | 接頭 各，每人，每個，各個

⊕例 各クラスから代表を一人出してください。
/請每個班級選出一名代表。

0219 □□□ | **かく**
【掻く】 | 他五 （用手或爪）搔，撥；拔，推；攪拌，攪和

⊕類 擦る（する）
⊕例 失敗して恥ずかしくて、頭を掻いていた。
/因失敗感到不好意思，而搔起頭來。

0220 □□□ | **かぐ**
【嗅ぐ】 | 他五 （用鼻子）聞，嗅

⊕例 この花の香りをかいでごらんなさい。
/請聞一下這花的香味。

0221 □□□ | **かぐ**
【家具】 | 名 家具

⊕類 ファーニチャー
⊕例 家具といえば、やはり丈夫なものが便利だと思います。
/說到家具，我認為還是耐用的東西比較方便。

| 0222 □□□ | **かくえきていしゃ**
【各駅停車】 | ㊇ 指電車各站都停車，普通車 |

㊉ 急行（きゅうこう）
㊗ 鈍行（どんこう）
㊾ あの駅は各駅停車の電車しか止まりません。
　／那個車站只有每站停靠的電車才會停。

| 0223 □□□ | **かくす**
【隠す】 | ㊟他五 藏起來，隱瞞，掩蓋 |

㊗ 隠れる
㊾ 事件のあと、彼は姿を隠してしまった。
　／案件發生後，他就躲了起來。

| 0224 □□□ | **かくにん**
【確認】 | ㊟名·他サ 證實，確認，判明 |

㊗ 確かめる（たしかめる）
㊾ まだ事実を確認しきれていません。
　／事實還沒有被證實。

| 0225 □□□ | **がくひ**
【学費】 | ㊇ 學費 |

㊗ 費用
㊾ 子どもたちの学費を考えると不安でしょうがない。
　／只要一想到孩子們的學費，我就忐忑不安。

| 0226 □□□ | **がくれき**
【学歴】 | ㊇ 學歷 |

㊾ 結婚相手は、学歴・収入・身長が高い人がいいです。
　／結婚對象最好是學歷、收入和身高三項都高的人。

| 0227 ⑪ □□□ | **かくれる**
【隠れる】 | ㊟自下一 躲藏，隱藏，隱遁；不為人知，潛在的 |

㊗ 隠す（かくす）
㊾ 息子が親に隠れてたばこを吸っていた。
　／兒子以前瞞著父母偷偷抽菸。

0228 □□□	**かげき**【歌劇】	名 歌劇

類 芝居
例 宝塚歌劇に夢中なの。だって男役がすてきなんだもん。／我非常迷寶塚歌劇呢。因為那些女扮男裝的演員實在太帥了呀。

文法
んだもん [因為…嘛]
▶ 用來解釋理由，語氣偏任性、撒嬌，在說明時常帶一種辯解的意味。

0229 □□□	**かけざん**【掛け算】	名 乘法

反 割り算（わりざん）
類 乗法（じょうほう）
例 まだ5歳だが、足し算・引き算はもちろん、掛け算もできる。／雖然才五歲，但不單是加法和減法，連乘法也會。

文法
はもちろん [不僅…]
▶ 表示一般程度的前項自然可以說，就連程度較高的後項也不例外。

0230 □□□	**かける**【掛ける】	他下一・接尾 坐；懸掛；蓋上，放上；放在…之上；提交；澆；開動；花費；寄託；鎖上；（數學）乘

類 ぶら下げる
例 椅子に掛けて話をしよう。／讓我們坐下來講吧！

0231 □□□	**かこむ**【囲む】	他五 圍上，包圍；圍攻

類 取り巻く（とりまく）
例 やっぱり、庭があって自然に囲まれた家がいいわ。／我還是比較想住在那種有庭院，能沐浴在大自然之中的屋子耶。

0232 □□□	**かさねる**【重ねる】	他下一 重疊堆放；再加上，蓋上；反覆，重複，屢次

例 本がたくさん重ねてある。／書堆了一大疊。

0233 □□□	**かざり**【飾り】	名 裝飾（品）

例 道にそって、クリスマスの飾りが続いている。／沿街滿是聖誕節的裝飾。

0234 □□□ かし【貸し】

[名] 借出，貸款；貸方；給別人的恩惠

[反] 借り

[例] 山田君をはじめ、たくさんの同僚に貸しがある。
／山田以及其他同事都對我有恩。

[文法] をはじめ［以及…］
▸ 表示由核心的人或物擴展到很廣的範圍。

0235 □□□ かしちん【貸し賃】

[名] 租金，賃費

[例] この料金には、車の貸し賃のほかに保険も含まれています。
／這筆費用，除了車子的租賃費，連保險費也包含在內。

0236 □□□ かしゅ【歌手】

[名] 歌手，歌唱家

[例] きっと歌手になってみせる。
／我一定會成為歌手給大家看。

[文法] てみせる［做給…看］
▸ 表示說話者強烈的意志跟決心，含有顯示自己能力的語氣。

0237 □□□ かしょ【箇所】

[名·接尾]（特定的）地方；（助數詞）處

[例] 残念だが、一箇所間違えてしまった。／很可惜，錯了一個地方。

0238 □□□ かず【数】

[名] 數，數目；多數，種種

[例] 羊の数を 1,000 匹まで数えたのにまだ眠れない。
／數羊都數到了一千隻，還是睡不著。

0239 □□□ がすりょうきん【ガス料金】

[名] 瓦斯費

[例] 一月のガス料金はおいくらですか。／一個月的瓦斯費要花多少錢？

0240 □□□ カセット【cassette】

[名] 小暗盒：（盒式）錄音磁帶，錄音帶

[例] 授業をカセットに入れて、家で復習する。
／上課時錄音，帶回家裡複習。

讀書計劃：□□／□□

| 0241 □□□ | かぞえる
【数える】 | 他下一 數，計算；列舉，枚舉 |

類 勘定する（かんじょうする）

例 10 から 1 まで逆に数える。／從 10 倒數到 1。

| 0242 □□□ | かた
【肩】 | 名 肩，肩膀；（衣服的）肩 |

例 このごろ運動不足の<u>せいか</u>、どうも肩が凝
っている。
／大概是因為最近運動量不足，肩膀非常僵硬。

文法
せいか [可能是（因為）
…]
▶ 表示發生壞事或不利
的原因，但這一原因也
不很明確。

| 0243 □□□ | かた
【型】 | 名 模子，形，模式；樣式 |

類 かっこう

例 車の型としては、ちょっと古いと思います。
／就車型來看，我認為有些老舊。

| 0244 □□□ | かたい
【固い・硬い・堅い】 | 形 硬的，堅固的；堅決的；生硬的；嚴謹的，頑
固的；一定，包准；可靠的 |

反 柔らかい 類 強固（きょうこ）

例 父は、真面目というより頭が固いんです。
／父親與其說是認真，還不如說是死腦筋。

文法
というより [與其說…，
還不如說…]
▶ 表示在相比較的情況
下，後項的說法比前項
更恰當。

| 0245 □□□ | かだい
【課題】 | 名 提出的題目；課題，任務 |

例 明日までに課題を仕上げて提出しないと落第して
しまう。
／如果明天之前沒有完成並繳交作業，這個科目就會被當掉。

| 0246 □□□ 12 | かたづく
【片付く】 | 自五 收拾，整理好；得到解決，處裡好；出嫁 |

例 母親によると、彼女の部屋はいつも片付い
ているらしい。
／就她母親所言，她的房間好像都有整理。

文法
によると [據…說]
▶ 表示消息、信息的來
源，或推測的依據。

0247 かたづけ
【片付け】

(名) 整理，整頓，收拾

例 ずいぶん暖かくなったので、冬服の片付けをしましょう。
/天氣已相當緩和了，把冬天的衣服收起來吧！

0248 かたづける
【片付ける】

(他下一) 收拾，打掃；解決

例 教室を片付けようとしていたら、先生が来た。
/正打算整理教室的時候，老師來了。

0249 かたみち
【片道】

(名) 單程，單方面

例 小笠原諸島には、船で片道 25 時間半もかかる。
/要去小笠原群島，單趟航程就要花上二十五小時又三十分鐘。

0250 かち
【勝ち】

(名) 勝利

對 負け (まけ)
類 勝利
例 3 対 1 で、白組の勝ち。/以三比一的結果由白隊獲勝。

0251 かっこういい
【格好いい】

(連語・形) (俗) 真棒，真帥，酷（口語用「かっこいい」)

類 ハンサム
例 今、一番かっこいいと思う俳優は？/現在最帥氣的男星是誰？

0252 カップル
【couple】

(名) 一對，一對男女，一對情人，一對夫婦

例 お似合いのカップルですね。お幸せに。
/新郎新娘好登對喔！祝幸福快樂！

0253 かつやく
【活躍】

(名・自サ) 活躍

例 彼は、前回の試合において大いに活躍した。
/他在上次的比賽中大為活躍。

文法
において [在…]
▶ 表示動作或作用的時間、地點、範圍、狀況等。是書面語。

0254 □□□	かていか 【家庭科】	名（學校學科之一）家事，家政

例 家庭科は小学校5年生から始まる。
／家政課是從小學五年級開始上。

0255 □□□	かでんせいひん 【家電製品】	名 家用電器

例 今の家庭には家電製品があふれている。
／現在的家庭中，充滿過多的家用品。

0256 □□□	かなしみ 【悲しみ】	名 悲哀，悲傷，憂愁，悲痛

反 喜び
類 悲しさ
例 彼の死に悲しみを感じない者はいない。
／人們都對他的死感到悲痛。

0257 □□□	かなづち 【金槌】	名 釘錘，槌頭；旱鴨子

例 金づちで釘を打とうとして、指をたたいてしまった。
／拿鐵鎚釘釘子時敲到了手指。

0258 □□□	かなり	副・形動・名 相當，頗

類 相当
例 先生は、かなり疲れていらっしゃいますね。
／老師您看來相當地疲憊呢！

0259 □□□	かね 【金】	名 金屬；錢，金錢

類 金銭（きんせん）
例 事業を始めるとしたら、まず金が問題になる。
／如果要創業的話，首先金錢就是個問題。

文法
としたら［如果…的話］
▶ 在認清現況或得來的信息的前提條件下，據此條件進行判斷。

0260 かのう 【可能】

□□□

（名・形動）可能

例 可能な範囲でご協力いただけると助かります。

／若在不為難的情況下能得到您的鼎力相助，那就太好了。

0261 かび

□□□

（名）霉

例 かびが生えないうちに食べてください。

／請趁發霉前把它吃完。

文法

うちに［趁…之內］

▶ 表示在前面的環境、狀態持續的期間，做後面的動作。

0262 かまう 【構う】

□□□

（自他五）介意，顧忌，理睬；照顧，招待；調戲，逗弄；放逐

（類）気にする

例 あの人は、あまり服装に構わない人です。

／那個人不大在意自己的穿著。

0263 がまん 【我慢】

□□□

（名・他サ）忍耐，克制，將就，原諒；（佛）饒恕

（類）辛抱（しんぼう）

例 買いたいけれども、給料日まで我慢します。

／雖然想買，但在發薪日之前先忍一忍。

文法

たい［想要…］

▶ 表示說話者內心想做、想要的。

0264 がまんづよい 【我慢強い】

□□□

（形）忍耐性強，有忍耐力

例 入院生活、よくがんばったね。本当に我慢強い子だ。

／住院的這段日子實在辛苦了。真是個勇敢的孩子呀！

0265 かみのけ 【髪の毛】

□□□

（名）頭髮

例 高校生のくせに髪の毛を染めるなんて、何考えてるんだ！

／區區一個高中生居然染頭髮，你在想什麼啊！

文法

くせに［明明…，卻…］

▶ 根據前項的條件，出現後項讓人覺得可笑的、不相稱的情況。

0266 13	ガム 【(英)gum】	名 口香糖；樹膠

例 運転中、眠くなってきたので、ガムをかんだ。

/由於開車時愈來愈睏，因此嚼了口香糖。

0267	カメラマン 【cameraman】	名 攝影師；（報社、雜誌等）攝影記者

例 日本にはとてもたくさんのカメラマンがいる。

/日本有很多攝影師。

0268	がめん 【画面】	名（繪畫的）畫面；照片，相片；（電影等）畫面，鏡頭

類 映像（えいぞう）

例 コンピューターの画面を見すぎて目が疲れた。

/盯著電腦螢幕看太久了，眼睛好疲憊。

0269	かもしれない	連語 也許，也未可知

例 あなたの言う通りかもしれない。

/或許如你說的。

0270	かゆ 【粥】	名 粥，稀飯

例 おなかを壊したから、おかゆしか食べられない。

/因為鬧肚子了，所以只能吃稀飯。

0271	かゆい 【痒い】	形 癢的

類 むずむず

例 なんだか体中かゆいです。

/不知道為什麼，全身發癢。

0272	カラー 【color】	名 色，彩色；（繪畫用）顏料；特色

例 今ではテレビはカラーが当たり前になった。

/如今，電視機上出現彩色畫面已經成為理所當然的現象了。

かり～かん

0273 □□□

かり【借り】

[名] 借，借入；借的東西；欠人情；怨恨，仇恨

[例] 伊藤（いとう）さんには、借（か）りがある。

／我欠伊藤小姐一份情。

0274 □□□

かるた【carta・歌留多】

[名] 紙牌；寫有日本和歌的紙牌

[補] 撲克牌（トランプ）

[例] お正月（しょうがつ）には、よくかるたで遊（あそ）んだものだ。

／過年時經常玩紙牌遊戲呢。

[文法] ものだ［真…啊］

▶ 表示說話者對於過去常做某件事情的感慨、回憶。

0275 □□□

かわ【皮】

[名] 皮，表皮；皮革

[類] 表皮（ひょうひ）

[例] 包丁（ほうちょう）でりんごの皮（かわ）をむく。

／拿菜刀削蘋果皮。

0276 □□□

かわかす【乾かす】

[他五] 曬乾；晾乾；烤乾

[類] 乾く（かわく）

[例] 雨（あめ）でぬれたコートを吊（つ）るして乾（かわ）かす。

／把淋到雨的濕外套掛起來風乾。

0277 □□□

かわく【乾く】

[自五] 乾，乾燥

[類] 乾燥（かんそう）

[例] 雨（あめ）が少（すく）ないので、土（つち）が乾（かわ）いている。

／因雨下得少，所以地面很乾。

0278 □□□

かわく【渇く】

[自五] 渴，乾渴；渴望，內心的要求

[補] 「のどが渇いた」（○）

「私が渇いた」　（×）

[例] のどが渇（かわ）いた。何（なに）か飲（の）み物（もの）ない？

／我好渴，有什麼什麼可以喝的？

| 0279 □□□ | かわる
【代わる】 | 自五 代替，代理，代理 |

類 代理（だいり）

例「途中、どっかで運転代わるよ」「別にいいよ」

／「半路上找個地方和你換手開車吧？」「沒關係啦！」

| 0280 □□□ | かわる
【替わる】 | 自五 更換，交替 |

類 交替

例 石油に替わる新しいエネルギーはなんですか。

／請問可用來替代石油的新能源是什麼呢？

| 0281 □□□ | かわる
【換わる】 | 自五 更換，更替 |

類 交換（こうかん）

例 すみませんが、席を換わってもらえませんか。

／不好意思，請問可以和您換個位子嗎？

| 0282 □□□ | かわる
【変わる】 | 自五 變化；與眾不同；改變時間地點，遷居，調任 |

類 変化する

例 人の考え方は、変わるものだ。

／人的想法，是會變的。

| 0283 □□□ | かん
【缶】 | 名 罐子 |

例 缶はまとめてリサイクルに出した。

／我將罐子集中，拿去回收了。

| 0284 □□□ | かん
【刊】 | 漢造 刊，出版 |

例 うちは朝刊だけで、夕刊は取っていません。

／我家只有早報，沒訂晚報。

文法

だけ［只；僅僅］

▶ 表示只限於某範圍，除此以外沒有別的了。

0285 □□□ 14	かん【間】	名・接尾 間，機會，間隙

例 五日間の九州旅行も終わって、明日からはまた仕事だ。

／五天的九州之旅已經結束，從明天起又要上班了。

0286 □□□	かん【館】	漢造 旅館；大建築物或商店

例 大英博物館は、無料で見学できる。

／大英博物館可以免費參觀。

0287 □□□	かん【感】	名・漢造 感覺，感動；感

例 給料も大切だけれど、満足感が得られる仕事がしたい。

／薪資雖然重要，但我想從事能夠得到成就感的工作。

文法

たい［想要…］
▶ 表示說話者的內心想做、想要的。

0288 □□□	かん【観】	名・漢造 觀感，印象，樣子；觀看；觀點

例 アフリカを旅して、人生観が変わりました。

／到非洲旅行之後，徹底改變了人生觀。

0289 □□□	かん【巻】	名・漢造 卷，書冊；(書畫的) 手卷；卷曲

例 (本屋で) 全3巻なのに、上・下だけあって中がない。

／ (在書店) 明明全套共三集，但只有上下兩集，找不到中集。

文法

だけ［只有］
▶ 表示除此之外，別無其他。

0290 □□□	かんがえ【考え】	名 思想，想法，意見；念頭，觀念，信念；考慮，思考；期待，願望；決心

例 その件について自分の考えを説明した。

／我來說明自己對那件事的看法。

0291 □□□	かんきょう 【環境】	名 環境

例 環境の**せいか**、彼の子どもたちはみなスポーツが好きだ。
/可能是因為環境的關係，他的小孩都很喜歡運動。

> 文法
> せいか[可能是（因為）…]
> ▶ 表示積極的原因。另也可表示發生壞事的原因，但這一原因也不很明確。

0292 □□□	かんこう 【観光】	名・他サ 観光，遊覽，旅遊

類 旅行

例 まだ天気がいい**うちに**、観光に出かけました。
/趁天氣還晴朗時，出外観光去了。

> 文法
> うちに[趁…之内]
> ▶ 表示在前面的環境、狀態持續的期間，做後面的動作。

0293 □□□	かんごし 【看護師】	名 護士，看護

例 男性の看護師は、女性の看護師**ほど**多く**ない**。
/男性護理師沒有女性護理師那麼多。

> 文法
> ほど…ない[沒那麼…]
> ▶ 表示程度並沒有那麼高。

0294 □□□	かんしゃ 【感謝】	名・自他サ 感謝

類 お礼

例 本当は感謝している**くせに**、ありがとうも言わない。
/明明就很感謝，卻連句道謝的話也沒有。

> 文法
> くせに[明明…，卻…]
> ▶ 根據前項的條件，出現後項讓人覺得可笑的、不相稱的情況。

0295 □□□	かんじる・かんずる 【感じる・感ずる】	自他上一 感覺，感到；感動，感觸，有所感

サ 感ずる

例 子供が生まれてうれしい**反面**、責任も感じる。
/孩子出生後很高興，但相對地也感受到責任。

> 文法
> 反面[另一方面；相反]
> ▶ 表示同一種事物，同時兼具兩種不同性格的兩個方面。

| 0296 □□□ | かんしん 【感心】 | 名・形動・自サ 欽佩；贊成；(貶) 令人吃驚 |

類 驚く（おどろく）

例 彼はよく働くので、感心させられる。

／他很努力工作，<u>真是令人欽佩</u>。

文法
させられる[令人…]
▶ 受到某事物的觸動，而不自覺地產生某心理狀態，或感情色彩。

| 0297 □□□ | かんせい 【完成】 | 名・自他サ 完成 |

類 出来上がる（できあがる）

例 ビルが完成したら、お祝いのパーティーを開こう。

／等大樓竣工以後，來開個慶祝酒會吧。

| 0298 □□□ | かんぜん 【完全】 | 名・形動 完全，完整；完美，圓滿 |

反 不完全　類 完璧

例 もう病気は完全に治りました。

／病症已經完全治癒了。

| 0299 □□□ | かんそう 【感想】 | 名 感想 |

類 所感（しょかん）

例 全員、明日までに研修の感想を書いてきてください。

／你們全部，在明天以前要寫出研究的感想。

| 0300 □□□ | かんづめ 【缶詰】 | 名 罐頭；關起來，隔離起來；擁擠的狀態 |

補 に缶詰（かんづめ）：在（某場所）閉關

例 この缶詰は、缶切りがなくても開けられます。

／這個罐頭不需要用開罐器也能打開。

| 0301 □□□ | かんどう 【感動】 | 名・自サ 感動，感激 |

類 感銘（かんめい）

例 予想に反して、とても感動した。

／出乎預料之外，受到了極大的感動。

文法
に反して[與…相反…]
▶ 表示後項的結果，跟前項所預料的相反，形成對比的關係。

あ
か
さ
た
な
は
ま
や
ら
わ
ん
練習

0302
□□□
15
き
【期】

漢造 時期；時機；季節；（預定的）時日

例 うちの子、反抗期で、なんでも「やだ」って言うのよ。
／我家小孩正值反抗期，問他什麼都回答「不要」。

0303
□□□
き
【機】

名・接尾・漢造 機器；時機；飛機；（助數詞用法）
架

例 20年使った洗濯機が、とうとう壊れた。／用了二十年的洗衣機終於壞了。

0304
□□□
キーボード
【keyboard】

名（鋼琴、打字機等）鍵盤

例 コンピューターのキーボードをポンポンと叩いた。
／「砰砰」地敲打電腦鍵盤。

0305
□□□
きがえ
【着替え】

名・自サ 換衣服；換洗衣物

例 着替えを忘れたものだから、また同じのを
着るしかない。
／由於忘了帶換洗衣物，只好繼續穿同一套衣服。

文法
しかない［只好…］
▶ 表示只有這唯一可行
的、沒有別的選擇。

0306
□□□
きがえる・きかえる
【着替える】

他下一 換衣服

例 着物を着替える。／換衣服。

0307
□□□
きかん
【期間】

名 期間，期限內

類 間
例 夏休みの期間、塾の講師として働きます。
／暑假期間，我以補習班老師的身份在工作。

0308
□□□
きく
【効く】

自五 有效，奏效；好用，能幹；可以，能夠；起作用；
（交通工具等）通，有

例 この薬は、高かったわりに効かない。
／這服藥雖然昂貴，卻沒什麼效用。

文法
わりに［雖然…但是］
▶ 表示結果跟前項條件
不成比例、有出入，或
不相稱。

| 0309 □□□ | **きげん**【期限】 | ⓝ 期限 |

㊞ 締め切り（しめきり）

㊞ 支払いの期限を忘れるなんて、非常識というものだ。
／竟然忘記繳款的期限，真是離譜。

| 0310 □□□ | **きこく**【帰国】 | ⓝ・自サ 回國，歸國；回到家鄉 |

㊞ 帰京（ききょう）

㊞ 夏に帰国して、日本の暑さと湿気の多さにびっくりした。
／夏天回國，對日本暑熱跟多濕，感到驚訝！

| 0311 □□□ | **きじ**【記事】 | ⓝ 報導，記事 |

㊞ 新聞記事によると、2020 年のオリンピック
は東京でやるそうだ。
／據報上說，二○二○年的奧運將在東京舉行。

> **文法**
> によると［據…說］
> ▶ 表示消息、信息的來
> 源，或推測的依據。

| 0312 □□□ | **きしゃ**【記者】 | ⓝ 執筆者，筆者；（新聞）記者，編輯 |

㊞ レポーター

㊞ 首相は記者の質問に答えなかった。
／首相答不出記者的提問。

| 0313 □□□ | **きすう**【奇数】 | ⓝ（數）奇數 |

㊞ 偶数（ぐうすう）

㊞ 奇数の月に、この書類を提出してください。
／請在每個奇數月交出這份文件。

| 0314 □□□ | **きせい**【帰省】 | ⓝ・自サ 歸省，回家（省親），探親 |

㊞ 里帰り（さとがえり）

㊞ お正月に帰省しますか。
／請問您元月新年會不會回家探親呢？

0315 □□□	きたく 【帰宅】	（名・自サ）回家

（反）出かける （類）帰る

（例）あちこちの店でお酒を飲んで、夜中の１時にやっと帰宅した。
／到了許多店去喝酒，深夜一點才終於回到家。

0316 □□□	きちんと	（副）整齊，乾乾淨淨；恰好，洽當；如期，準時； 好好地，牢牢地

（類）ちゃんと

（例）きちんと勉強していたわりには、点が悪かった。
／雖然努力用功了，但分數卻不理想。

> 文法
> わりには［雖然…但是］
> ▶ 表示結果跟前項條件
> 不成比例，有出入，或
> 不相稱。

0317 □□□	キッチン 【kitchen】	（名）廚房

（類）台所

（例）キッチンは流し台がすぐに汚れてしまいます。
／廚房的流理台一下子就會變髒了。

0318 □□□	きっと	（副）一定，必定；（神色等）嚴厲地，嚴肅地

（類）必ず

（例）あしたはきっと晴れるでしょう。／明天一定會放晴。

0319 □□□	きぼう 【希望】	（名・他サ）希望，期望，願望

（類）望み

（例）あなたのおかげで、希望を持つことができました。
／多虧你的加油打氣，我才能懷抱希望。

> 文法
> おかげで［多虧…］
> ▶ 由於受到某種恩惠，
> 導致後面好的結果。常
> 帶有感謝的語氣。

0320 □□□	きほん 【基本】	（名）基本，基礎，根本

（類）基礎

（例）平仮名は日本語の基本ですから、しっかり覚えてください。
／平假名是日文的基礎，請務必背誦起來。

0321 □□□	きほんてき（な） 【基本的（な）】	形動 基本的

例 中国語は、基本的な挨拶ができるだけです。
／中文只會最簡單的打招呼而已。

文法
だけ［只；僅僅］
▶ 表示只限於某範圍，除此以外沒有別的了。

0322 □□□	きまり 【決まり】	名 規定，規則；習慣，常規，慣例；終結；收拾整頓

類 規則（きそく）

例 グループに加わるからには、決まりはちゃんと守ります。
／既然加入這團體，就會好好遵守規則。

文法
からには［既然…，就…］
▶ 表示既然到了這種情況，後面就要「貫徹到底」的說法

0323 □□□	きゃくしつじょうむいん 【客室乗務員】	名（車、飛機、輪船上）服務員

類 キャビンアテンダント

例 どうしても客室乗務員になりたい、でも身長が足りない。
／我很想當空姐，但是個子不夠高。

文法
たい［想要…］
▶ 表示說話者的內心想做、想要的。

0324 □□□	きゅうけい 【休憩】	名・自サ 休息

類 休息（きゅうそく）

例 休憩どころか、食事する暇もない。
／別說是吃飯，就連休息的時間也沒有。

0325 □□□	きゅうこう 【急行】	名・自サ 急忙前往，急趕；急行列車

反 普通
類 急行列車（きゅうこうれっしゃ）

例 たとえ急行に乗ったとしても、間に合わない。
／就算搭上了快車也來不及。

文法
たとえ…ても［即使…也…］
▶ 表示讓步關係，即使是在前項極端的條件下，後項結果仍然成立。

としても［即使…，也…］
▶ 表示假設前項是事實或成立，後項也不會起有效的作用。

0326	きゅうじつ 【休日】	名 假日，休息日

類 休み

例 せっかくの休日に、何もしないでだらだら過ごすのは嫌です。

／我討厭在難得的假日，什麼也不做地閒晃一整天。

0327	きゅうりょう 【丘陵】	名 丘陵

例 多摩丘陵は、東京都から神奈川県にかけて
広がっている。

／多摩丘陵的分布範圍從東京都遍及神奈川縣。

文法
から~にかけて [從…
到…]
▶ 表示兩地點、時間之
間一直連續發生某事或
某狀態。

0328	きゅうりょう 【給料】	名 工資，薪水

例 来年こそは給料が上がるといいなあ。

／真希望明年一定要加薪啊。

文法
こそ [無論如何]
▶ 特別強調某事物。

といいなあ [就好了]
▶ 前項是難以實現或是
與事實相反的情況，表
現說話者遺憾、不滿、
感嘆的心情。

0329	きょう 【教】	漢造 教，教導；宗教

例 信仰している宗教はありますか。

／請問您有宗教信仰嗎？

0330	ぎょう 【行】	名・漢造 （字的）行；（佛）修行；行書

例 段落を分けるには、行を改めて頭を一字分空けます。

／分段時請換行，並於起頭處空一格。

0331	ぎょう 【業】	名・漢造 業，職業；事業；學業

例 父は金融業で働いています。 ／家父在金融業工作。

| 0332 □□□ | **きょういん**
【教員】 | ⓝ 教師，教員 |

類 教師

例 小学校の教員になりました。
　　/我當上小學的教職員了。

| 0333 □□□ | **きょうかしょ**
【教科書】 | ⓝ 教科書，教材 |

例 今日は教科書の 21 ページからですね。
　　/今天是從課本的第二十一頁開始上吧？

| 0334 □□□ | **きょうし**
【教師】 | ⓝ 教師，老師 |

類 先生

例 両親とも、高校の教師です。
　　/我父母都是高中老師。

| 0335 □□□ | **きょうちょう**
【強調】 | ⓝ・他サ 強調；權力主張；(行情) 看漲 |

類 力説 (りきせつ)

例 先生は、この点について特に強調していた。
　　/老師曾特別強調這個部分。

| 0336 □□□ | **きょうつう**
【共通】 | ⓝ・形動・自サ 共同，通用 |

類 通用 (つうよう)

例 成功者に共通している 10 の法則はこれだ！
　　/成功者的十項共同法則就是這些！

| 0337 □□□ | **きょうりょく**
【協力】 | ⓝ・自サ 協力，合作，共同努力，配合 |

類 協同 (きょうどう)

例 友達が協力してくれたおかげで、彼女とデートができた。
　　/多虧朋友們從中幫忙撮合，所以才有辦法約她出來。

文法

おかげで [多虧…]

▶ 由於受到某種恩惠，導致後面好的結果。常帶有感謝的語氣。

| 0338 □□□ | **きょく**
【曲】 | 名・漢造 曲調；歌曲；彎曲 |

例 妹が書いた歌詞に私が曲をつけて、ネットで発表しました。
／我把妹妹寫的詞譜成歌曲後，放到網路上發表了。

| 0339 □□□ | **きょり**
【距離】 | 名 距離，間隔，差距 |

類 隔たり（へだたり）

例 距離は遠い<u>といっても</u>、車で行けばすぐです。
／雖說距離遠，但開車馬上就到了。

文法
といっても[雖說…，但…]
▶ 表示承認前項的說法，但同時在後項做部分的修正。

| 0340 □□□ | **きらす**
【切らす】 | 他五 用盡，用光 |

類 絶やす（たやす）

例 恐れ入ります。今、名刺を切らしておりまして……。
／不好意思，現在手邊的名片正好用完……。

| 0341 □□□ | **ぎりぎり** | 名・副・他サ（容量等）最大限度，極限；（摩擦的）嘎吱聲 |

類 少なくとも

例 期限ぎりぎりまで待ちましょう。
／我們就等到最後的期限吧！

| 0342 □□□ | **きれる**
【切れる】 | 自下一 斷；用盡 |

例 たこの糸が切れてしまった。
／風箏線斷掉了。

| 0343 □□□ | **きろく**
【記録】 | 名・他サ 記錄，記載，（體育比賽的）紀錄 |

類 記述（きじゅつ）

例 記録からして、大した選手じゃないのはわかっていた。
／就紀錄來看，可知道他並不是很厲害的選手。

| 0344 □□□ | **きん**【金】 | （名・漢造）黄金，金子；金錢 |

例 彼なら、金メダルが取れる<u>んじゃないかと</u>思う。
／如果是他，我想應該可以奪下金牌。

> **文法**
> んじゃないかと思う［ 應該可以 ］
> ▶ 表示意見跟主張。

| 0345 □□□ | **きんえん**【禁煙】 | （名・自サ）禁止吸菸；禁菸，戒菸 |

例 校舎内は禁煙です。外の喫煙所をご利用ください。
／校園内禁煙，請到外面的吸菸區。

| 0346 □□□ | **ぎんこういん**【銀行員】 | （名）銀行行員 |

例 佐藤さんの子どもは二人とも銀行員です。
／佐藤太太的兩個小孩都在銀行工作。

| 0347 □□□ | **きんし**【禁止】 | （名・他サ）禁止 |

反 許可（きょか）
類 差し止める（さしとめる）
例 病室では、喫煙だけでなく、携帯電話の使用も禁止されている。
／病房内不止抽煙，就連使用手機也是被禁止的。

| 0348 □□□ | **きんじょ**【近所】 | （名）附近，左近，近郊 |

類 辺り（あたり）
例 近所の子どもたちに昔の歌を教えています。
／我教附近的孩子們唱老歌。

| 0349 □□□ | **きんちょう**【緊張】 | （名・自サ）緊張 |

反 和らげる
類 緊迫（きんぱく）
例 彼が緊張している<u>ところ</u>に声をかけると、もっと緊張するよ。
／在他緊張的時候跟他說話，他會更緊張的啦！

> **文法**
> ところに［…的時候 ］
> ▶ 表示行為主體正在做某事的時候，發生了其他的事情。

0350 □□□ **17**	**く** 【句】	图 字，字句；俳句

例 「古池や蛙飛びこむ水の音」この句の季語は何ですか。
/「蛙入古池水有聲」這首俳句的季語是什麼呢？

0351 □□□	**クイズ** 【quiz】	图 回答比賽，猜謎；考試

例 テレビのクイズ番組に参加してみ<u>たい</u>。
/我想去參加電視台的益智節目。

> **文法**
> たい [想要…]
> ▶ 表示説話者的內心想做、想要的。

0352 □□□	**くう** 【空】	图·形動·漢造 空中，空間；空虛

例 空に消える。
/消失在空中。

0353 □□□	**クーラー** 【cooler】	图 冷氣設備

例 暑いといっても、クーラーをつける<u>ほど</u>で<u>はない</u>。
/雖説熱，但還不到需要開冷氣的程度。

> **文法**
> ほど…ない [沒那麼…]
> ▶ 表示程度並沒有那麼高。

0354 □□□	**くさい** 【臭い】	形 臭

例 この臭いにおいは、いったい何だろう。
/這種臭味的來源到底是什麼呢？

0355 □□□	**くさる** 【腐る】	自五 腐臭，腐爛；金屬鏽，爛；墮落，腐敗；消沉，氣餒

類 腐敗する（ふはいする）

例 それ、腐りかけてる<u>みたいだ</u>ね。捨てた方がいいんじゃない。
/那東西好像開始腐敗了，還是丢了比較好吧。

> **文法**
> みたいだ [好像…]
> ▶ 表示不是很確定的推測或判斷。

くし～クラシック

0356 □□□

くし
【櫛】

[名] 梳子

[例] くしで髪(かみ)をとかすとき、髪(かみ)がいっぱい抜(ぬ)けるので心配(しんぱい)です。
／用梳子梳開頭髮的時候會扯下很多髮絲，讓我很憂心。

0357 □□□

くじ
【籤】

[名] 籤；抽籤

[例] 発表(はっぴょう)の順番(じゅんばん)はくじで決(き)めましょう。
／上台發表的順序就用抽籤來決定吧。

0358 □□□

くすりだい
【薬代】

[名] 藥費

[例] 日本(にほん)では薬代(くすりだい)はとても高(たか)いです。／日本的藥價非常昂貴。

0359 □□□

くすりゆび
【薬指】

[名] 無名指

[例] 薬指(くすりゆび)に、結婚指輪(けっこんゆびわ)をはめている。
／她的無名指上，戴著結婚戒指。

0360 □□□

くせ
【癖】

[名] 癖好，脾氣，習慣；(衣服的)摺線；頭髮亂翹

[類] 習慣

[例] まず、朝寝坊(あさねぼう)の癖(くせ)を直(なお)すことですね。
／首先，你要做的是把你的早上賴床的習慣改掉。

0361 □□□

くだり
【下り】

[名] 下降的；東京往各地的列車

[反] 上り（のぼり）

[例] まもなく、下(くだ)りの列車(れっしゃ)が参(まい)ります。
／下行列車即將進站。

0362 □□□

くだる
【下る】

[自五] 下降，下去；下野，脫離公職；由中央到地方；下達；往河的下游去

[反] 上る

[例] この坂(さか)を下(くだ)っていくと、1時間(じかん)ぐらいで麓(ふもと)の町(まち)に着(つ)きます。
／只要下了這條坡道，大約一個小時就可以到達山腳下的城鎮了。

0363 □□□

くちびる
【唇】

[名] 嘴唇

[例] 冬（ふゆ）になると、唇（くちびる）が乾燥（かんそう）する。／一到冬天嘴唇就會乾燥。

0364 □□□

ぐっすり

[副] 熟睡，酣睡

[類] 熟睡（じゅくすい）

[例] みんな、ゆうべはぐっすり寝（ね）たとか。
／聽說大家昨晚都一夜好眠。

[文法]
とか［聽說…］
▶ 表示不確定的傳聞。

0365 □□□

くび
【首】

[名] 頸部

[例] どうしてか、首（くび）がちょっと痛（いた）いです。／不知道為什麼，脖子有點痛。

0366 □□□

くふう
【工夫】

[名·自サ] 設法

[例] 工夫（くふう）しないことには、問題（もんだい）を解決（かいけつ）できない。
／如不下點功夫，就沒辦法解決問題。

0367 □□□

くやくしょ
【区役所】

[名]（東京都特別區與政令指定都市所屬的）區公所

[例] 父（ちち）は区役所（くやくしょ）で働（はたら）いています。／家父在區公所工作。

0368 □□□

くやしい
【悔しい】

[形] 令人懊悔的

[類] 残念（ざんねん）

[例] 試合（しあい）に負（ま）けたので、悔（くや）しくてたまらない。
／由於比賽輸了，所以懊悔得不得了。

[文法]
てたまらない［非常…］
▶ 前接表示感覺、感情的詞，表示強烈的感情、感覺、慾望等。
▶ [近] てならない［得受不了］

0369 □□□

クラシック
【classic】

[名] 經典作品，古典作品，古典音樂；古典的

[類] 古典

[例] クラシックを勉強（べんきょう）するからには、ウィーンに行（い）かなければ。
／既然要學古典音樂，就得去一趟維也納。

[文法]
からには［既然…，就…］
▶ 表示既然到了這種情況，後面就要「貫徹到底」的說法

0370
□□□

くらす
【暮らす】

(自他五) 生活，度日

動 生活する

例 親子3人で楽しく暮らしています。
／親子三人過著快樂的生活。

0371
□□□

クラスメート
【classmate】

(名) 同班同學

動 同級生

例 クラスメートはみな仲が良いです。
／我們班同學相處得十分和睦。

0372
□□□

くりかえす
【繰り返す】

(他五) 反覆，重覆

動 反復する（はんぷくする）

例 同じ失敗を繰り返すなんて、私はばかだ。
／竟然犯了相同的錯誤，我真是個笨蛋。

0373
□□□

クリスマス
【christmas】

(名) 聖誕節

例 メリークリスマスアンドハッピーニューイヤー。
／祝你聖誕和新年快樂。（Merry Christmas and Happy New Year）

0374
□□□

グループ
【group】

(名)（共同行動的）集團，夥伴；組，幫，群

動 集団（しゅうだん）

例 あいつのグループになんか、入るものか。
／我才不加入那傢伙的團隊！

文法

なんか [之類的]
▶ 用輕視的語氣，談論
主題。口語用法。

0375
□□□

くるしい
【苦しい】

(形) 艱苦；困難；難過；勉強

例 「食べ過ぎた。苦しい〜」「それ見たことか」
／「吃太飽了，好難受……」「誰要你不聽勸告！」

0376 □□□

くれ【暮れ】

[名] 日暮，傍晚；季末，年末

[反] 明け

[類] 夕暮れ（ゆうぐれ）；年末

[例] 去年(きょねん)の暮(く)れに比(くら)べて、景気(けいき)がよくなりました。

／和去年年底比起來，景氣已回升許多。

[文法] に比(くら)べて［與…相比］

▶ 表示比較、對照。

0377 □□□

くろ【黒】

[名] 黑，黑色；犯罪，罪犯

[例] 黒(くろ)のワンピースに黒(くろ)の靴(くつ)なんて、お葬式(そうしき)みたいだよ。

／怎麼會穿黑色的洋裝還搭上黑色的鞋子，簡直像去參加葬禮似的。

[文法] なんて［怎麼會］

▶ 表示用輕視的語氣，談論主題。

▶ [近] なんて言う［那種；之類的（輕視語氣）］

0378 □□□

くわしい【詳しい】

[形] 詳細；精通，熟悉

[類] 詳細（しょうさい）

[例] あの人(ひと)なら、きっと事情(じじょう)を詳(くわ)しく知(し)っている。

／若是那個人，一定對整件事的來龍去脈一清二楚。

[け]

0379 □□□

Track 18

け【家】

[接尾] 家，家族

[例] このドラマは将軍家(しょうぐんけ)の一族(いちぞく)の話(はなし)です。

／那齣連續劇是描述將軍家族的故事。

0380 □□□

けい【計】

[名] 總計，合計；計畫，計

[例] 計(けい)3, 500円(えん)をカードで払(はら)った。

／以信用卡付了總額三千五百圓。

0381 □□□

けいい【敬意】

[名] 尊敬對方的心情，敬意

[例] お年寄(としよ)りに敬意(けいい)をもって接(せっ)する。

／心懷尊敬對待老年人。

0382 けいえい 【経営】

(名・他サ) 經營，管理

類 営む（いとなむ）

例 経営はうまくいっているが、人間関係がよくない。

／經營上雖不錯，但人際關係卻不好。

0383 けいご 【敬語】

(名) 敬語

例 外国人ばかりでなく、日本人にとっても敬語は難しい。

／不單是外國人，對日本人而言，敬語的使用同樣非常困難。

> **文法**
>
> ばかりでなく[不僅…]
>
> ▶ 表示除前項的情況之外，還有後項程度更甚的情況。

0384 けいこうとう 【蛍光灯】

(名) 螢光燈，日光燈

例 蛍光灯の調子が悪くて、ちかちかする。

／日光燈的狀態不太好，一直閃個不停。

0385 けいさつかん 【警察官】

(名) 警察官，警官

類 警官

例 どんな女性が警察官の妻に向いていますか。

／什麼樣的女性適合當警官的妻子呢？

0386 けいさつしょ 【警察署】

(名) 警察署

例 容疑者が警察署に連れて行かれた。

／嫌犯被帶去了警局。

0387 けいさん 【計算】

(名・他サ) 計算，演算；估計，算計，考慮

類 打算

例 商売をしているだけあって、計算が速い。

／不愧是做買賣的，計算得真快。

0388 □□□	**げいじゅつ** 【芸術】	Ⓖ 藝術

類 アート

例 芸術のことなどわからないくせに、偉そうなことを言うな。／明明就不懂藝術，卻別再自吹自擂說大話了。

文法
くせに［明明…，卻…］
▶ 根據前項的條件，出現後項讓人覺得可笑的、不相稱的情況。

0389 □□□	**けいたい** 【携帯】	Ⓖ・他サ 攜帶；手機（「携帯電話（けいたいでんわ）」的簡稱）

例 携帯電話だけで、家の電話はありません。／只有行動電話，沒有家用電話。

文法
だけ［只有…］
▶ 表示除此之外，別無其它。
▶ 近 だけ（で）［光…就…］

0390 □□□	**けいやく** 【契約】	Ⓖ・自他サ 契約，合同

例 契約を結ぶ際は、はんこが必要です。／在簽訂契約的時候，必須用到印章。

文法
際は［在…時］
▶ 表示動作、行為進行的時候。

0391 □□□	**けいゆ** 【経由】	Ⓖ・自サ 經過，經由

類 経る

例 新宿を経由して、東京駅まで行きます。／我經新宿，前往東京車站。

0392 □□□	**ゲーム** 【game】	Ⓖ 遊戲，娛樂；比賽

例 ゲームばかりしているわりには、成績は悪くない。／儘管他老是打電玩，但是成績還不壞。

文法
わりには［雖然…但是…］
▶ 表示結果跟前項條件不成比例、有出入，或不相稱。

0393 □□□	**げきじょう** 【劇場】	Ⓖ 劇院，劇場，電影院

類 シアター

例 駅の裏に新しい劇場を建てるということだ。／聽說車站後面將會建蓋一座新劇場。

文法
ということだ［據說…］
▶ 從某特定的人或外界獲取的傳聞、資訊。

0394 ☐☐☐	けじゅん 【下旬】	名 下旬

反 上旬（じょうじゅん）
類 月末（げつまつ）

例 もう３月も下旬だけれど、春というよりまだ冬だ。
／都已經是三月下旬了，但與其說是春天，根本還在冬天。

0395 ☐☐☐	けしょう 【化粧】	名・自サ 化妝，打扮；修飾，裝飾，裝潢

類 メークアップ

例 彼女はトイレで化粧しているところだ。
／她正在洗手間化妝。

0396 ☐☐☐	けた 【桁】	名（房屋、橋樑的）橫樑，桁架；算盤的主柱；數字的位數

例 桁が一つ違うから、高くて買えないよ。
／因為價格上多了一個零，太貴買不下手啦！

0397 ☐☐☐	けち	名・形動 吝嗇，小氣（的人）；卑賤，簡陋，心胸狹窄，不值錢

類 吝嗇（りんしょく）

例 彼は、経済観念があるというより、けちなんだと思います。
／與其說他有理財觀念，倒不如說是小氣。

0398 ☐☐☐	ケチャップ 【ketchup】	名 蕃茄醬

例 ハンバーグにはケチャップをつけます。
／把蕃茄醬澆淋在漢堡肉上。

0399 ☐☐☐	けつえき 【血液】	名 血，血液

類 血

例 検査では、まず血液を取らなければなりません。
／在檢查項目中，首先就得先抽取Ａ行。

0400 ☐☐☐	けっか 【結果】	名・自他サ 結果，結局

反 原因
類 結末（けつまつ）
例 コーチのおかげでよい結果が出せた。
／多虧教練的指導，比賽結果相當好。

文法
おかげで [多虧…]
▶ 由於受到某種恩惠，
導致後面好的結果。常
帶有感謝的語氣。

0401 ☐☐☐	けっせき 【欠席】	名・自サ 缺席

反 出席
例 病気のため学校を欠席する。
／因生病而沒去學校。

0402 ☐☐☐	げつまつ 【月末】	名 月末、月底

反 月初（つきはじめ）
例 給料は、月末に支払われる。
／薪資在月底支付。

0403 ☐☐☐	けむり 【煙】	名 煙

類 スモーク
例 喫茶店は、たばこの煙でいっぱいだった。
／咖啡廳裡，彌漫著香煙的煙。

0404 ☐☐☐	ける 【蹴る】	他五 踢；沖破（浪等）；拒絕，駁回

類 蹴飛ばす（けとばす）
例 ボールを蹴ったら、隣のうちに入ってしまった。
／球一踢就飛到隔壁的屋裡去了。

0405 ☐☐☐	けん・げん 【軒】	漢造 軒昂，高昂；屋簷；表房屋數量，書齋，商 店等雅號

例 小さい村なのに、薬屋が 3 軒もある。
／雖然只是一個小村莊，藥房卻多達三家。

| 0406 ☐☐☐ | けんこう
【健康】 | (形動) 健康的，健全的 |

(類) 元気

(例) 若いときからたばこを吸っていたわりに、健康です。

/儘管從年輕時就開始抽菸了，但身體依然健康。

文法
わりに［雖然…但是…］
▶ 表示結果跟前項條件不成比例、有出入，或不相稱。

| 0407 ☐☐☐ | けんさ
【検査】 | (名・他サ) 檢查，檢驗 |

(類) 調べる（しらべる）

(例) 病気かどうかは、検査をしてみないと分からない。

/生病與否必須做檢查，否則無法判定。

| 0408 ☐☐☐ | げんだい
【現代】 | (名) 現代，當代；(歷史) 現代 (日本史上指二次世界大戰後) |

(反) 古代 (類) 当世

(例) この方法は、現代ではあまり使われません。

/那個方法現代已經不常使用了。

| 0409 ☐☐☐ | けんちくか
【建築家】 | (名) 建築師 |

(例) このビルは有名な建築家が設計したそうです。

/聽說這棟建築物是由一位著名的建築師設計的。

| 0410 ☐☐☐ | けんちょう
【県庁】 | (名) 縣政府 |

(例) 県庁のとなりにきれいな公園があります。

/在縣政府的旁邊有座美麗的公園。

| 0411 ☐☐☐ | (じどう) けんばいき
【(自動) 券売機】 | (名) (門票、車票等) 自動售票機 |

(例) 新幹線の切符も自動券売機で買うことができます。

/新幹線的車票也可以在自動販賣機買得到。

0412 こ【小】 接頭 小，少；稍微

例 うちから駅までは、小一時間かかる。
/從我家到車站必須花上接近一個小時。

0413 こ【湖】 接尾 湖

例 琵琶湖観光の<u>ついでに</u>、ふなずしを食べてきた。
/遊覽琵琶湖時順道享用了鯽魚壽司。

文法
ついでに[順便…]
▶ 表示做某一主要的事情的同時，再追加順便做其他事情。

0414 こい【濃い】 形 色或味濃深；濃稠，密

反 薄い
類 濃厚（のうこう）

例 あの人は夜の商売をしているのか。道理で化粧が濃い<u>わけ</u>だ。
/原來那個人是做晚上陪酒生意的，難怪化著一臉的濃妝。

文法
わけだ[怪不得…]
▶ 表示按事物的發展，事實、狀況合乎邏輯地必然導致這樣的結果。

0415 こいびと【恋人】 名 情人，意中人

例 月下老人のおかげで、恋人ができました。
/多虧月下老人牽起姻緣，我已經交到女友／男友了。

文法
おかげで[多虧…]
▶ 由於受到某種恩惠，導致後面好的結果。常帶有感謝的語氣。

0416 こう【高】 名・漢造 高；高處，高度；（地位等）高

例 高カロリーでも、気にしないで食べる。
/就算是高熱量的食物也嚷不在乎地享用。

0417 こう【校】 漢造 學校；校對；（軍銜）校；學校

例 野球の有名校に入学する。
/進入擁有知名棒球隊的學校就讀。

0418 □□□	**こう**【港】	漢造 港口

例 福岡観光なら、門司港に行かなくちゃ。
/如果到福岡觀光，就非得去參觀門司港不可。

文法
なくちゃ［不…不行］
▶ 表示受限於某個條件、規定，必須要做某件事情。

0419 □□□	**ごう**【号】	名・漢造（雑誌刊行物等）期號；（學者等）別名

例 雑誌の1月号を買ったら、カレンダーが付いていました。
/買下雜誌的一月號刊後，發現裡面附了月曆。

0420 □□□	**こういん**【行員】	名 銀行職員

例 当行の行員が暗証番号をお尋ねすることは絶対にありません。
/本行行員絕對不會詢問客戶密碼。

0421 □□□	**こうか**【効果】	名 效果，成效，成績；（劇）效果

類 効き目（ききめ）

例 このドラマは音楽が効果的に使われている。
/這部影集的配樂相當出色。

0422 □□□	**こうかい**【後悔】	名・他サ 後悔，懊悔

類 悔しい（くやしい）

例 もう少し早く気づくべきだったと後悔している。
/很後悔應該早點察覺出來才對。

文法
べき［應當…］
▶ 表示那樣做是應該的、正確的。常用在勸告、禁止及命令的場合。

0423 □□□	**ごうかく**【合格】	名・自サ 及格；合格

例 第一志望の大学の入学試験に合格する。
/我要考上第一志願的大學。

0424 □□□	こうかん 【交換】	(名・他サ) 交換；交易

- 「～と～を交換する」 和～交換～
  「～を～に交換する」 用～交換～
- 古新聞をトイレットペーパーに交換してもらう。
  /用舊報紙換到了廁用衛生紙。

0425 □□□	こうくうびん 【航空便】	(名) 航空郵件；空運

- 船便（ふなびん）
- 注文した品物は至急必要なので、航空便で送ってください。
  /我訂購的商品是急件，請用空運送過來。

0426 □□□	こうこく 【広告】	(名・他サ) 廣告；作廣告，廣告宣傳

- コマーシャル
- 広告を出すとすれば、たくさんお金が必要になります。
  /如果要拍廣告，就需要龐大的資金。

文法
とすれば[如果…的話]
► 在認清現況或得知的
信息的前提條件下，據
此條件進行判斷。

0427 □□□	こうさいひ 【交際費】	(名) 應酬費用

- 社交費（しゃこうひ）
- 友達と飲んだコーヒーって、交際費？
  /跟朋友去喝咖啡，這算是交際費呢？

0428 □□□	こうじ 【工事】	(名・自サ) 工程，工事

- 来週から再来週にかけて、近所で工事が行われる。
  /從下週到下下週，這附近將會施工。

文法
から-にかけて[從…
到…]
► 表示兩地點、時間之
間一直連續發生某事或
某狀態。

0429 □□□
こうつうひ
【交通費】

㊔ 交通費，車馬費

㊐ 足代（あしだい）

㊷ 会場までの交通費は自分で払います。／前往會場的交通費必須自付。

0430 □□□
こうねつひ
【光熱費】

㊔ 電費和瓦斯費等

㊐ 燃料費（ねんりょうひ）

㊷ 生活が苦しくて、学費はもちろん光熱費も払えない。
／生活過得很苦，別說是學費，就連水電費都付不出來。

文法
はもちろん［不僅…而且…］
▶ 表示一般程度的前項自然不用說，就連程度較高的後項也不例外。

0431 □□□
こうはい
【後輩】

㊔ 後來的同事，（同一學校）後班生；晚輩，後生

㊠ 先輩　㊐ 後進（こうしん）

㊷ 明日は、後輩もいっしょに来ることになっている。
／預定明天學弟也會一起前來。

文法
ことになっている［預定…］
▶ 表示安排、約定或約束人們生活行為的各種規定、法律以及一些慣例。

0432 □□□
こうはん
【後半】

㊔ 後半，後一半

㊠ 前半

㊷ 私は三十代後半の主婦です。／我是個三十歲過半的家庭主婦。

0433 □□□
こうふく
【幸福】

㊔·㊑ 沒有憂慮，非常滿足的狀態

㊷ 貧しくても、あなたと二人なら私は幸福です。
／就算貧窮，只要和你在一起，我就感覺幸福。

0434 □□□
こうふん
【興奮】

㊔·㊐サ 興奮，激昂；情緒不穩定

㊠ 落ちつく　㊐ 激情（げきじょう）

㊷ 興奮したものだから、つい声が大きくなってしまった。
／由於情緒過於激動，忍不住提高了嗓門。

文法
ものだから［就是因為…，所以…］
▶ 常用在因為事態的程度很厲害，因此做了某事。
▶ 近もので［由於…］

0435 □□□
こうみん
【公民】
[名] 公民

[例] 公民は中学３年生のときに習いました。
／中學三年級時已經上過了公民課程。

0436 □□□
こうみんかん
【公民館】
[名]（市町村等的）文化館，活動中心

[例] 公民館には茶道や華道の教室があります。
／公民活動中心裡設有茶道與花道的課程。

0437 □□□
こうれい
【高齢】
[名] 高齡

[例] 会長はご高齢ですが、まだまだお元気です。
／會長雖然年事已高，但是依然精力充沛。

0438 □□□
こうれいしゃ
【高齢者】
[名] 高齡者，年高者

[例] 近年、高齢者の人口が増えています。
／近年來，高齡人口的數目不斷增加。

0439 □□□
こえる
【越える・超える】
[自下一] 越過；度過；超出，超過

[例] 国境を越えたとしても、見つかったら殺される恐れがある。
／就算成功越過了國界，要是被發現了，可能還是會遭到殺害。

0440 □□□
ごえんりょなく
【ご遠慮なく】
[敬] 請不用客氣

[例]「こちら、いただいてもいいですか」「どうぞ、ご遠慮なく」
／「請問這邊的可以享用／收下嗎？」「請用請用／請請請，別客氣！」

0441 □□□
Track 20
コース
【course】
[名] 路線，（前進的）路徑；跑道；課程，學程；程序；套餐

[例] 初級から上級まで、いろいろなコースが揃っている。
／這裡有從初級到高級等各種完備的課程。

こおり～こぜに

0442 □□□

こおり【氷】

[名] 冰

[例] 春になって、湖に張っていた氷も溶けた。
／到了春天，原本在湖面上凍結的冰層也融解了。

0443 □□□

ごかい【誤解】

[名·他サ] 誤解，誤會

[類] 勘違い（かんちがい）

[例] 説明のしかたが悪くて、誤解を招いたようです。
／似乎由於說明的方式不佳而導致了誤解。

0444 □□□

ごがく【語学】

[名] 外語的學習，外語，外語課

[例] 10ヶ国語もできるなんて、語学が得意なんだね。
／居然通曉十國語言，這麼說，在語言方面頗具長才喔。

0445 □□□

こきょう【故郷】

[名] 故鄉，家鄉，出生地

[類] 郷里（きょうり）

[例] 誰だって、故郷が懐かしいに決まっている。
／不論是誰，都會覺得故鄉很令人懷念。

[文法] に決まっている［肯定是…］
▶ 說話者根據事物的規律，覺得一定是這樣，充滿自信的推測。

0446 □□□

こく【国】

[漢造] 國；政府；國際，國有

[例] 日本は民主主義国です。
／日本是施行民主主義的國家。

0447 □□□

こくご【国語】

[名] 一國的語言；本國語言；（學校的）國語（課），語文（課）

[類] 共通語（きょうつうご）

[例] 国語のテスト、間違いだらけだった。
／國語考卷上錯誤連連。

[文法] だらけ［到處是…］
▶ 表示數量過多。

讀書計劃：□□／□□

0448 □□□
こくさいてき
【国際的】
形動 國際的

類 世界的
例 国際的な会議に参加したことがありますか。
／請問您有沒有參加過國際會議呢？

0449 □□□
こくせき
【国籍】
名 國籍

例 日本では、二重国籍は認められていない。
／日本不承認雙重國籍。

0450 □□□
こくばん
【黒板】
名 黒板

例 黒板、消しといてくれる？／可以幫忙擦黑板嗎？

0451 □□□
こし
【腰】
名・接尾 腰；(衣服、裙子等的) 腰身

例 引っ越しで腰が痛くなった。／搬個家，弄個腰都痛了。

0452 □□□
こしょう
【胡椒】
名 胡椒

類 ペッパー
例 胡椒を振ったら、くしゃみが出た。／灑了胡椒後，打個噴嚏。

0453 □□□
こじん
【個人】
名 個人

補 的 (てき) 接在名詞後面會構成形容動詞的詞幹，或連體修飾表示。可接る形容詞。
例 個人的な問題で、人に迷惑をかけるわけにはいかない。
／這是私人的問題，不能因此而造成別人的困擾。

文法
わけにはいかない [不能…]
▶ 表示由於一般常識、社會道德或經驗等，那樣做是不可能的、不能做的。

0454 □□□
こぜに
【小銭】
名 零錢；零用錢；少量資金

例 すみませんが、1,000 円札を小銭に替えてください。
／不好意思，請將千元鈔兌換成硬幣。

こづつみ～こゆび

0455 □□□
こづつみ【小包】
[名] 小包裹；包裹
[例] 海外に小包を送るには、どの送り方が一番安いですか。
／請問要寄小包到國外，哪一種寄送方式最便宜呢？

0456 □□□
コットン【cotton】
[名] 棉，棉花；木棉，棉織品
[例] 肌が弱いので、下着はコットンだけしか着られません。
／由於皮膚很敏感，內衣只能穿純棉製品。

[文法]
だけしか［只；而已；僅僅］
▶ 下面接否定表現，表示除此之外就沒別的了。

0457 □□□
ごと【毎】
[接尾] 每
[例] 月ごとに家賃を支払う。／每個月付房租。

0458 □□□
ごと
[接尾]（表示包含在內）一共，連同
[例] リンゴを皮ごと食べる。／蘋果帶皮一起吃。

0459 □□□
ことわる【断る】
[他五] 謝絕；預先通知，事前請示
[例] 借金は断ることにしている。
／拒絕借錢給別人是我的原則。

[文法]
ことにしている［向來…］
▶ 表示個人根據某種決心，而形成的某種習慣、方針或規矩。

0460 □□□
コピー【copy】
[名] 抄本，謄本，副本；（廣告等的）文稿
[例] コピーを取るときに原稿を忘れてきてしまった。
／影印時忘記把原稿一起拿回來了。

0461 □□□
こぼす【溢す】
[他五] 灑，漏，溢（液體），落（粉末）；發牢騷，抱怨
[類] 漏らす（もらす）
[例] あっ、またこぼして。ちゃんとお茶碗を持って食べなさい。
／啊，又打翻了！吃飯時把碗端好！

0462 □□□	こぼれる 【零れる】	(自下一) 灑落，流出；溢出，漾出；(花) 掉落

顯 溢れる

例 悲しくて、涙がこぼれてしまった。/難過得眼淚掉了出來。

0463 □□□	コミュニケーション 【communication】	(名) (語言、思想、精神上的) 交流，溝通；通訊，報導，信息

例 職場では、コミュニケーションを大切にしよう。
/在職場上，要多注重溝通技巧

0464 □□□	こむ 【込む・混む】	(自五・接尾) 擁擠，混雜；費事，精緻，複雜；表進入的意思；表深入或持續到極限

例 2時ごろは、電車はそれほど混まない。
/在兩點左右的時段搭電車，比較沒有那麼擁擠。

> **文法**
> ほど…ない [沒那麼…]
> ▶ 表示程度沒有那麼高。

0465 □□□	ゴム 【(荷)gom】	(名) 樹膠，橡皮，橡膠

例 輪ゴムでビニール袋の口をしっかりしばった。
/用橡皮筋把袋口牢牢綁緊了。

0466 □□□	コメディー 【comedy】	(名) 喜劇

反 悲劇 (ひげき)　**顯** 喜劇 (きげき)
例 姉はコメディー映画が好きです。
/姊姊喜歡看喜劇電影。

0467 □□□	ごめんください	(名・形動) (道歉、叩門時) 對不起，有人在嗎？

例 ごめんください。どなたかいらっしゃいますか。
/有人嗎？有人在家嗎？

0468 □□□	こゆび 【小指】	(名) 小指頭

例 小指に怪我をしました。/我小指頭受了傷。

0469
□□□

ころす
【殺す】

他五 殺死，致死；抑制，忍住，消除；埋沒；浪費，犧牲，典當；殺，(棒球)使出局

反 生かす (いかす)　類 殺害 (さつがい)

例 別れるくらいなら、殺してください。
/如果真要和我分手，<u>不如殺了我吧</u>！

文法
くらいなら [與其…不如…]
► 表示與其選前者，不如選後者，是一種對前者表示否定的説法。

0470
□□□

こんご
【今後】

名 今後，以後，將來

類 以後

例 今後のことを考えると、不安になる一方だ。
/想到未來，心裡越來越不安。

文法
一方だ [不斷地…；越來越…]
► 某狀況一直朝一個方向不斷發展。多用於消極的、不利的傾向。

0471
□□□

こんざつ
【混雑】

名・自サ 混亂，混雜，混染

類 混乱 (こんらん)

例 町の人口が増えるに従って、道路が混雑するようになった。
/隨著城鎮人口的增加，交通越來愈壅塞了。

0472
□□□

コンビニ (エンスストア)
【convenience store】

名 便利商店

類 雑貨店 (ざっかてん)

例 そのチケットって、コンビニで買えますか。
/請問可以在便利商店買到那張入場券嗎？

文法
って [是…；這個…]
► 前項為後項的名稱，或是接下來話題的主題內容；後面常接疑問、評價、解釋等。

0473	さい 【最】	漢造·接頭 最

囫 学年で最優秀の成績を取った。
/得到了全學年第一名的成績。

0474	さい 【祭】	漢造 祭祀，祭禮；節日，節日的狂歡

囫 市の文化祭に出て歌を歌う。
/參加本市舉辦的藝術節表演唱歌。

0475	ざいがく 【在学】	名·自サ 在校學習，上學

囫 大学の前を通るたびに、在学中のことが懐かしく思い出される。
/每次經過大學門口時，就會想起就讀時的美好回憶。

文法
たびに［每當…就…］
▶ 表示前項的動作、行為都伴隨後項。

0476	さいこう 【最高】	名·形動（高度、位置、程度）最高，至高無上；頂，極，最

反 最低　**類** ベスト

囫 最高におもしろい映画だった。
/這電影有趣極了！

0477	さいてい 【最低】	名·形動 最低，最差，最壞 **反** 最高

類 最悪（さいあく）

囫 あんな最低の男とは、さっさと別れるべきだった。
/那種差勁的男人，應該早早和他分手才對！

文法
べきだ［應當…］
▶ 表示那樣做是應該的、正確的。常用在勸告、禁止及命令的場合。

0478	さいほう 【裁縫】	名·自サ 裁縫，縫紉

囫 ボタン付けくらいできれば、お裁縫なんてできなくてもいい。
/只要會縫釦子就好，根本不必會什麼縫紉。

あ
か
さ
た
な
は
ま
や
ら
わ
ん
練習

| 0479 □□□ | **さか**
【坂】 | ㊂ 斜面，坡道；（比喻人生或工作的關鍵時刻）大關，陡坡 |

㊈ 坂道（さかみち）

㋫ 坂を上ったところに、教会があります。

／上坡之後的地方有座教堂。

| 0480 □□□ | **さがる**
【下がる】 | ㊂㊄ 後退；下降 |

㋫ 上がる ㊈ 落ちる

㋫ 危ないですから、後ろに下がっていただけますか。

／很危險，可以請您往後退嗎？

| 0481 □□□ | **さく**
【昨】 | ㊈㊄ 昨天；前一年，前一季；以前，過去 |

㋫ 昨年の正月は雪が多かったが、今年は暖かい日が続いた。

／去年一月下了很多雪，但今年一連好幾天都很暖和。

| 0482 □□□ | **さくじつ**
【昨日】 | ㊂（「きのう」的鄭重說法）昨日，昨天 |

㋫ 明日 ㊈ 前の日

㋫ 昨日から横浜で日本語教育についての国際会議が始まりました。

／從昨天開始，於橫濱展開了一場有關日語教育的國際會議。

| 0483 □□□ | **さくじょ**
【削除】 | ㊂・㊦㌚ 刪掉，刪除，勾消，抹掉 |

㊈ 削り取る（けずりとる）

㋫ 子どもに悪い影響を与える言葉は、削除することになっている。

／按規定要刪除對孩子有不好影響的詞彙。

文法
ことになっている［按規定…］
▶ 表示約定或約束人們生活行為的各種規定、法律以及一些慣例。

| 0484 □□□ | **さくねん**
【昨年】 | ㊂・㊐ 去年 |

㋫ 来年 ㊈ 去年

㋫ 昨年はいろいろお世話になりました。

／去年承蒙您多方照顧。

0485 □□□

さくひん【作品】

[名] 製成品；（藝術）作品，（特指文藝方面）創作

[類] 作物（さくぶつ）

[例] これは私にとって思い出の作品です。

／這對我而言，是件值得回憶的作品。

[文法] にとって［對於…來說］

▶ 表示站在前面接的那個詞的立場，來進行後面的判斷或評價。

0486 □□□

さくら【桜】

[名]（植）櫻花，櫻花樹；淡紅色

[例] 今年は桜が咲くのが遅い。

／今年櫻花開得很遲。

0487 □□□

さけ【酒】

[名] 酒（的總稱），日本酒，清酒

[例] 酒に酔って、ばかなことをしてしまった。

／喝醉以後做了蠢事。

0488 □□□

さけぶ【叫ぶ】

[自五] 喊叫，呼叫，大聲叫；呼喊，呼籲

[類] わめく

[例] 試験の最中に教室に鳥が入ってきて、思わず叫んでしまった。

／正在考試時有鳥飛進教室裡，忍不住尖叫了起來。

[文法] 最中に［正在…］

▶ 表示某一行為在進行中。常用在突發什麼事的場合。

0489 □□□

さける【避ける】

[他下一] 躲避，避開，逃避；避免，忌諱

[類] 免れる（まぬがれる）

[例] なんだかこのごろ、彼氏が私を避けてるみたい。

／最近怎麼覺得男友好像在躲我。

0490 □□□

さげる【下げる】

[他下一] 向下；掛；收走

[反] 上げる

[例] 飲み終わったら、コップを台所に下げてください。

／喝完以後，請把杯子放到廚房。

0491 □□□	**ささる** 【刺さる】	自五 刺在…在，扎進，刺入

例 指にガラスの破片が刺さってしまった。

／手指被玻璃碎片給刺傷了。

0492 □□□	**さす** 【刺す】	他五 刺，穿，扎；螫，咬，叮；縫綴，衲；捉住， 黏捕

類 突き刺す（つきさす）

例 蜂に刺されてしまった。／我被蜜蜂給螫到了。

0493 □□□ (22)	**さす** 【指す】	他五 指，指示；使，叫，令，命令做…

類 指示

例 甲と乙というのは、契約者を指しています。

／所謂甲乙指的是簽約的雙方。

文法

というのは[所謂]
▶ 前面接名詞，後面就針對這個名詞來進行解釋、說明。

0494 □□□	**さそう** 【誘う】	他五 約，邀請；勸誘，會同；誘惑，勾引；引誘， 引起

類 促す（うながす）

例 友達を誘って台湾に行った。／揪朋友一起去了台灣。

0495 □□□	**さっか** 【作家】	名 作家，作者，文藝工作者；藝術家，藝術工作者

類 ライター

例 さすが作家だけあって、文章がうまい。／不愧是作家，文章寫得真好。

0496 □□□	**さっきょくか** 【作曲家】	名 作曲家

例 作曲家になるにはどうすればよいですか。

／請問該如何成為一個作曲家呢？

0497 □□□	**さまざま** 【様々】	名・形動 種種，各式各樣的，形形色色的

類 色々

例 今回の失敗については、さまざまな原因が考えられる。

／關於這次的失敗，可以歸納出種種原因。

0498
☐☐☐
さます
【冷ます】

他五 冷卻，弄涼；(使熱情、興趣)降低，減低

類 冷やす (ひやす)

例 熱いので、冷ましてから食べてください。
／很燙的！請吹涼後再享用。

0499
☐☐☐
さます
【覚ます】

他五 (從睡夢中)弄醒，喚醒；(從迷惑、錯誤中)清醒，醒酒；使清醒，使覺醒

類 覚める

例 赤ちゃんは、もう目を覚ましましたか。
／嬰兒已經醒了嗎？

0500
☐☐☐
さめる
【冷める】

自下一 (熱的東西)變冷，涼；(熱情、興趣等)降低，減退

類 冷える

例 スープが冷めてしまった。
／湯冷掉了。

0501
☐☐☐
さめる
【覚める】

自下一 (從睡夢中)醒，醒過來；(從迷惑、錯誤、沉醉中)醒悟，清醒

類 目覚める

例 夜中に地震が来て、びっくりして目が覚めた。
／半夜來了一場地震，把我嚇醒了。

0502
☐☐☐
さら
【皿】

名 盤子；盤形物；(助數詞)一碟等

例 ちょっと、そこのお皿取ってくれる？その四角いの。
／欸，可以幫忙把那邊的盤子拿過來嗎？那個方形的。

0503
☐☐☐
サラリーマン
【salariedman】

名 薪水階級，職員

例 このごろは、大企業のサラリーマンでも失業する恐れがある。
／近來，即便是大企業的職員也有失業的風險。

| 0504 □□□ | **さわぎ**
【騒ぎ】 | (名) 吵鬧，吵嚷；混亂，鬧事；轟動一時（的事件），激動，振奮 |

動 騒動（そうどう）

例 学校で、何か騒ぎが起こったらしい。

/看來學校裡，好像起了什麼騒動的樣子。

| 0505 □□□ | **さん**
【山】 | (接尾) 山；寺院，寺院的山號 |

例 富士山をはじめ、日本の主な山はだいたい登った。

/從富士山，到日本的重要山脈大部分都攀爬過了。

| 文法 |
| をはじめ [從…到] |
| ▶ 表示由核心的人或事物擴展到很廣的範圍。 |

| 0506 □□□ | **さん**
【産】 | (名・漢造) 生產，分娩；（某地方）出生；財產 |

例 台湾産のマンゴーは、味がよいのに加えて値段も安い。

/台灣種植的芒果不但好吃，而且價格也便宜。

| 文法 |
| に加えて [而且…] |
| ▶ 表示出現有前項的事物上，再加上後項類似的別的事物。 |

| 0507 □□□ | **さんか**
【参加】 | (名・自サ) 參加，加入 |

動 加入

例 半分仕事のパーティーだから、参加するよりほかない。

/那是一場具有工作性質的酒會，所以不能不參加。

| 文法 |
| よりほかない [只有；只好] |
| ▶ 後面伴隨著否定，表示這是唯一解決問題的辦法。 |

| 0508 □□□ | **さんかく**
【三角】 | (名) 三角形 |

例 おにぎりを三角に握る。/把飯糰捏成三角形。

| 0509 □□□ | **ざんぎょう**
【残業】 | (名・自サ) 加班 |

動 超勤（ちょうきん）

例 彼はデートだから、残業するわけがない。

/他要約會，所以不可能會加班的。

| 文法 |
| わけがない [不可能…] |
| ▶ 表示從道理上而言，強烈地主張不可能或沒有理由成立。 |

| 0510 □□□ | さんすう
【算数】 | 名 算數，初等數學；計算數量 |

類 計算

例 うちの子は、算数が得意な反面、国語は苦手です。

／我家小孩的算數很拿手，但另一方面卻拿國文沒轍。

文法
はんめん
反面 [另一方面…]
▶ 表示同一種事物，同時兼具兩種不同性格的兩個方面。

| 0511 □□□ | さんせい
【賛成】 | 名·自サ 贊成，同意 |

反 反対
類 同意

例 みなが賛成したとしても、私は反対です。

／就算大家都贊成，我還是反對。

文法
としても [就算…，也…]
▶ 表示假設前項是事實或成立，後項也不會起有效的作用。

| 0512 □□□ | サンプル
【sample】 | 名·他サ 樣品，樣本 |

例 街を歩いていて、新しいシャンプーのサンプルをもらった。

／走在路上的時候，拿到了新款洗髮精的樣品。

し

| 0513 □□□ 23 | し
【紙】 | 漢造 報紙的簡稱；紙；文件，刊物 |

新聞紙で野菜を包んで、ビニール袋に入れた。

／用報紙包蔬菜，再放進了塑膠袋裡。

| 0514 □□□ | し
【詩】 | 名·漢造 詩，詩歌 |

類 漢詩（かんし）

例 私の趣味は、詩を書くことです。

／我的興趣是作詩。

| 0515 □□□ | じ
【寺】 | 漢造 寺 |

例 築地本願寺には、パイプオルガンがある。

／築地的本願寺裡有管風琴。

0516 □□□ しあわせ【幸せ】

（名・形動）運氣，機運；幸福，幸運

反 不幸せ（ふしあわせ）
類 幸福（こうふく）
例 結婚すれば幸せというものではないでしょう。
／結婚並不能說就會幸福的吧！

0517 □□□ シーズン【season】

（名）（盛行的）季節，時期

類 時期
例 ８月は旅行シーズンだから、混んでるんじゃない？
／八月是旅遊旺季，那時候去玩不是擠人嗎？

0518 □□□ CD ドライブ【CD drive】

（名）光碟機

例 CD ドライブが起動しません。／光碟機沒有辦法起動。

0519 □□□ ジーンズ【jeans】

（名）牛仔褲

例 高級レストランだからジーンズで行くわけにはいかない。
／因為那一家是高級餐廳，總不能穿牛仔褲進去。

文法
わけにはいかない［不能…］
▶ 表示由於一般常識、社會道德或經驗等，那樣做是不可能的、不能做的。

0520 □□□ じえいぎょう【自営業】

（名）獨立經營，獨資

例 自営業ですから、ボーナスはありません。
／因為我是獨立開業，所以沒有分紅獎金。

0521 □□□ ジェットき【jet 機】

（名）噴氣式飛機，噴射機

例 ジェット機に関しては、彼が知らないことはない。
／有關噴射機的事，他無所不知。

文法
に関しては［關於…］
▶ 表示就前項有關的問題，做出「解決問題」性質的後項行為。

| 0522 □□□ | しかく
【四角】 | 名 四角形，四方形，方形 |

例 四角の面積を求める。／請算出方形的面積。

| 0523 □□□ | しかく
【資格】 | 名 資格，身份；水準 |

近 身分（みぶん）

例 5年かかってやっと弁護士の資格を取得した。

／經過五年的努力不懈，終於取得律師資格。

| 0524 □□□ | じかんめ
【時間目】 | 接尾 第…小時 |

例 今日の二時間目は、先生の都合で四時間目と交換になった。

／由於老師有事，今天的第二節課和第四節課交換了。

| 0525 □□□ | しげん
【資源】 | 名 資源 |

例 交ぜればゴミですが、分ければ資源になります。

／混在一起是垃圾，但經過分類的話就變成資源了。

| 0526 □□□ | じけん
【事件】 | 名 事件，案件 |

類 出来事

例 連続して殺人事件が起きた。／殺人事件接二連三地發生了。

| 0527 □□□ | しご
【死後】 | 名 死後；後事 |

反 生前 類 没後（ぼつご）

例 みなさんは死後の世界があると思いますか。

／請問各位認為真的有冥界嗎？

| 0528 □□□ | じご
【事後】 | 名 事後 |

反 事前

例 事後に評価報告書を提出してください。

／請在結束以後提交評估報告書。

0529 □□□	**ししゃごにゅう** 【四捨五入】	(名・他サ) 四捨五入

例 26 を 10 の位で四捨五入すると 30 です。
／將 26 四捨五入到十位數就變成 30。

0530 **24**	**ししゅつ** 【支出】	(名・他サ) 開支，支出

反 収入　類 支払い（しはらい）

例 支出が増えたせいで、貯金が減った。
／都是支出變多，儲蓄才變少了。

> **文法**
>
> せいで [由於]
> ▶ 發生壞事或會導致某種不利情況或責任的原因。

0531 □□□	**しじん** 【詩人】	(名) 詩人

類 歌人（かじん）

例 彼は詩人ですが、ときどき小説も書きます。
／他雖然是個詩人，有時候也會寫寫小說。

0532 □□□	**じしん** 【自信】	(名) 自信，自信心

例 自信を持つことこそ、あなたに最も必要なことです。
／要對自己有自信，對你來講才是最需要的。

> **文法**
>
> こそ [才（是）…]
> ▶ 特別強調某事物。

0533 □□□	**しぜん** 【自然】	(名・形動・副) 自然，天然；大自然，自然界；自然地

反 人工（じんこう）　類 天然

例 この国は、経済が遅れている反面、自然が豊かだ。
／這個國家經濟雖落後，但另一方面卻擁有豐富的自然資源。

> **文法**
>
> 反面 [另一方面…]
> ▶ 表示同一種事物，同時兼具兩種不同性格的兩個方面。

0534 □□□	**じぜん** 【事前】	(名) 事前

反 事後

例 仕事を休みたいときは、なるべく事前に言ってください。／工作想請假時請盡量事先報告。

> **文法**
>
> たい [想要…]
> ▶ 表示說話者的內心想做、想要的。

0535 □□□

した
【舌】

[名] 舌頭；說話；舌狀物

[類]べろ

[例]熱(あつ)いものを食(た)べて、舌(した)をやけどした。

／我吃熱食時燙到舌頭了。

0536 □□□

したしい
【親しい】

[形]（血緣）近；親近，親密；不稀奇

[反]疎い（うとい）

[類]懇ろ（ねんごろ）

[例]学生時代(がくせいじだい)からの付(つ)き合(あ)いですから、村田(むらた)さんとは親(した)しいですよ。

／我和村田先生從學生時代就是朋友了，兩人的交情非常要好。

0537 □□□

しつ
【質】

[名] 質量；品質，素質；質地，實質；抵押品；真誠，樸實

[類]性質（せいしつ）

[例]この店(みせ)の商品(しょうひん)は、あの店(みせ)に比(くら)べて質(しつ)がいいです。

／這家店的商品，比那家店的品質好多了。

[文法]
に比(くら)べて［與…相比］
▶ 表示比較、對照。

0538 □□□

じつ
【日】

[漢造] 太陽；日，一天，白天；每天

[例]一部(いちぶ)の地域(ちいき)を除(のぞ)いて、翌日(よくじつ)に配達(はいたつ)いたします。

／除了部分區域以外，一概隔日送達。

0539 □□□

しつぎょう
【失業】

[名·自サ] 失業

[類]失職（しっしょく）

[例]会社(かいしゃ)が倒産(とうさん)して失業(しつぎょう)する。

／公司倒閉而失業。

| 0540 | しっけ【湿気】 | 名 濕氣 |

類 湿り気（しめりけ）

例 暑さに加えて、湿気もひどくなってきた。
／除了熱之外，濕氣也越來越嚴重。

文法
に加えて［而且…］
▶表示在現有前項的事物上，再加上後項類似的別的事物。

| 0541 | じっこう【実行】 | 名・他サ 實行，落實，施行 |

類 実践

例 資金が足りなくて、計画を実行するどころじゃない。
／資金不足，哪能實行計畫呀！

| 0542 | しつど【湿度】 | 名 濕度 |

例 湿度が高くなるに従って、かびが生えやすくなる。
／隨著濕度增加，容易長霉。

| 0543 | じっと | 副・自サ 保持穩定，一動不動；凝神，聚精會神；一聲不響地忍住；無所做為，呆住 |

類 つくづく

例 相手の顔をじっと見つめる。
／凝神注視對方的臉。

| 0544 | じつは【実は】 | 副 說真的，老實說，事實是，說實在的 |

類 打ち明けて言うと

例 「国産」と書いてあったが、実は輸入品だった。
／上面雖然寫著「國產」，實際上卻是進口商品。

| 0545 | じつりょく【実力】 | 名 實力，實際能力 |

類 腕力（わんりょく）

例 彼女は、実力があるだけでなく、やる気もあります。
／她不只有實力，也很有幹勁。

| 0546
☐☐☐ | **しつれいします**
【失礼します】 | 感（道歉）對不起；（先行離開）先走一步；（進門）不好意思打擾了；（職場用語 - 掛電話時）不好意思先掛了；（入座）謝謝 |

例 用がある時は、「失礼します」って言ってから入ってね。
／有事情要進去那裡之前，必須先說聲「報告」，才能夠進去喔。

| 0547
☐☐☐ | **じどう**
【自動】 | 名 自動（不單獨使用） |

例 入口は、自動ドアになっています。
／入口是自動門。

| 0548
☐☐☐
 | **しばらく** | 副 好久；暫時 |

類 しばし

例 胃に穴が空いたから、しばらく会社を休む<u>しかない</u>。
／由於罹患了胃穿孔，<u>不得不</u>暫時向公司請假。

> **文法**
> しかない［只好…］
> ▶ 表示只有這唯一可行的，沒有別的選擇。

| 0549
☐☐☐ | **じばん**
【地盤】 | 名 地基，地面；地盤，勢力範圍 |

例 家は地盤の固いところに建て<u>たい</u>。
／希望在地盤穩固的地方蓋房子。

> **文法**
> たい［想要…］
> ▶ 表示說話者的內心想做、想要的。

| 0550
☐☐☐ | **しぼう**
【死亡】 | 名・他サ 死亡 |

反 生存
類 死去（しきょ）
例 けが人はいますが、死亡者はいません。
／雖然有人受傷，但沒有人死亡。

| 0551
☐☐☐ | **しま**
【縞】 | 名 條紋，格紋，條紋布 |

例 アメリカの国旗は、赤と白がしまになっている。
／美國國旗是紅白相間的條紋。

しまがら～しゃしょう

0552 □□□

しまがら
【縞柄】

[名] 條紋花樣

[類] 縞模様（しまもよう）

[例] 縞柄のネクタイをつけている人が部長です。

／繫著條紋領帶的人是經理。

0553 □□□

しまもよう
【縞模様】

[名] 條紋花樣

[類] 縞柄

[例] 縞模様のシャツをたくさん持っています。

／我有很多件條紋襯衫。

0554 □□□

じまん
【自慢】

[名・他サ] 自滿，自誇，自大，驕傲

[類] 誇る（ほこる）

[例] あの人の話は息子の自慢ばかりだ。

／那個人每次開口總是炫耀兒子。

0555 □□□

じみ
【地味】

[形動] 素氣，樸素，不華美；保守

[反] 派手

[類] 素朴（そぼく）

[例] この服、色は地味だけど、デザインが洗練されてますね。

／這件衣服的顏色雖然樸素，但是設計非常講究。

0556 □□□

しめい
【氏名】

[名] 姓與名，姓名

[例] ここに、氏名、住所と、電話番号を書いてください。

／請在這裡寫上姓名、住址和電話號碼。

0557 □□□

しめきり
【締め切り】

[名]（時間、期限等）截止，屆滿；封死，封閉；截斷，斷流

[類] 期限

[例] 締め切りまでには、何とかします。

／在截止之前會想想辦法。

[文法]

までには［在…之前］

▶ 表示某個截止日、某個動作完成的期限。

| 0558 □□□ | しゃ 【車】 | 名・接尾・漢造 車；（助數詞）車，輛，車廂 |

例 毎日電車で通勤しています。
/每天都搭電車通勤。

| 0559 □□□ | しゃ 【者】 | 漢造 者，人；（特定的）事物，場所 |

例 失業者にとっては、あんなレストランはぜいたくです。
/對失業者而言，上那種等級的餐廳太奢侈了。

> **文法**
> にとっては［對於…來說］
> ▶ 表示站在前面接的那個詞的立場，來進行後面的判斷或評價。

| 0560 □□□ | しゃ 【社】 | 名・漢造 公司，報社（的簡稱）；社會團體；組織；寺院 |

例 父の友人のおかげで、新聞社に就職できた。
/承蒙父親朋友大力鼎助，得以在報社上班了。

> **文法**
> おかげで［多虧…］
> ▶ 由於受到某種恩惠、導致後面好的結果。常帶有感謝的語氣。

| 0561 □□□ | しやくしょ 【市役所】 | 名 市政府，市政廳 |

例 市役所へ婚姻届を出しに行きます。
/我們要去市公所辦理結婚登記。

| 0562 □□□ | ジャケット 【jacket】 | 名 外套，短上衣；唱片封面 |

類 上着
對 下着
例 暑いですから、ジャケットはいりません。
/外面氣溫很高，不必穿外套。

| 0563 □□□ | しゃしょう 【車掌】 | 名 車掌，列車員 |

類 乗務員（じょうむいん）
例 車掌が来たので、切符を見せなければならない。
/車掌來了，得讓他看票根才行。

ジャズ～ジュース

0564 □□□
ジャズ【jazz】 [名·自サ]（樂）爵士音樂

[例] 叔父はジャズのレコードを収集している。
／家叔的嗜好是收集爵士唱片。

0565 □□□
しゃっくり [名·自サ] 打嗝

[例] しゃっくりが出て、止まらない。
／開始打嗝，停不下來。

0566 □□□
しゃもじ【杓文字】 [名] 杓子，飯杓

[例] しゃもじにご飯粒がたくさんついています。
／飯匙上沾滿了飯粒。

0567 □□□
しゅ【手】 [漢造] 手；親手；專家；有技藝或資格的人

Track 26

[例] タクシーの運転手になる。／成為計程車司機。

0568 □□□
しゅ【酒】 [漢造] 酒

[例] ぶどう酒とチーズは合う。／葡萄酒和起士的味道很合。

0569 □□□
しゅう【週】 [名·漢造] 星期；一圈

[例] 週に１回は運動することにしている。
／固定每星期運動一次。

[文法]
ことにしている［向來…］
▶ 表示個人根據某種決心，而形成的某種習慣、方針或規矩。

0570 □□□
しゅう【州】 [名] 大陸，州

[例] アメリカでは、州によって法律が違うそうです。
／據說在美國，法律會因州而益。

[文法]
によって［因…；根據…］
▶ 表示根據其中的各種情況。
▶ [近] に基づいて［按照…］

0571 □□□	しゅう 【集】	名・漢造（詩歌等的）集；聚集

例 作品を全集にまとめる。
／把作品編輯成全集。

0572 □□□	じゅう 【重】	名・漢造（文）重大；穩重；重要

例 重要なことなので、よく聞いてください。
／這是很重要的事，請仔細聆聽。

0573 □□□	しゅうきょう 【宗教】	名 宗教

例 この国の人々は、どんな宗教を信仰していますか。
／這個國家的人，信仰的是什麼宗教？

0574 □□□	じゅうきょひ 【住居費】	名 住宅費，居住費

例 住居費はだいたい給料の3分の1ぐらいです。
／住宿費用通常佔薪資的三分之一左右。

0575 □□□	しゅうしょく 【就職】	名・自サ 就職，就業，找到工作

対 勤め

例 就職したからには、一生懸命働きたい。
／既然找到了工作，我就想要努力去做。

文法
からには[既然…，就…]
▶ 表示既然到了這種情況，後面就要「貫徹到底」的說法

たい[想要…]
▶ 表示說話者的內心想做、想要的。

0576 □□□	ジュース 【juice】	名 果汁，汁液，糖汁，肉汁

例 未成年なので、ジュースを飲みます。
／由於還未成年，因此喝果汁。

| 0577 ☐☐☐ | じゅうたい
【渋滞】 | 名・自サ 停滞不前，遲滯，阻塞 |

対 はかどる
類 遅れる
例 道が渋滞しているので、電車で行くしかありません。
／因為路上塞車，所以只好搭電車去。

| 0578 ☐☐☐ | じゅうたん
【絨毯】 | 名 地毯 |

類 カーペット
例 居間にじゅうたんを敷こうと思います。
／我打算在客廳鋪塊地毯。

| 0579 ☐☐☐ | しゅうまつ
【週末】 | 名 週末 |

例 週末には1時間ほど運動しています。
／每週末大約運動一個小時左右。

| 0580 ☐☐☐ | じゅうよう
【重要】 | 名・形動 重要，要緊 |

類 大事
例 彼は若いのに、なかなか重要な仕事を任せられている。
／儘管他年紀輕，但已經接下相當重要的工作了。

| 0581 ☐☐☐ | しゅうり
【修理】 | 名・他サ 修理，修繕 |

類 修繕
例 この家は修理が必要だ。
／這個房子需要進行修繕。

| 0582 ☐☐☐ | しゅうりだい
【修理代】 | 名 修理費 |

例 車の修理代に3万円かかりました。
／花了三萬圓修理汽車。

0583
☐☐☐

じゅぎょうりょう
【授業料】

名 學費

動 学費

例 家庭教師は授業料が高い。／家教老師的授課費用很高。

0584
☐☐☐

しゅじゅつ
【手術】

名・他サ 手術

動 オペ

例 手術<u>といっても</u>、入院する必要はありません。

／雖說要動手術，<u>但</u>不必住院。

> **文法**
> といっても [雖說…，
> 但…]
> ▶ 表示承認前項的說法，
> 但同時在後項做部分的
> 修正。

0585
☐☐☐

しゅじん
【主人】

名 家長，一家之主；丈夫，外子；主人；東家，老闆，
店主

動 あるじ

例 主人は出張しております。／外子出差了。

0586
☐☐☐

しゅだん
【手段】

名 手段，方法，辦法

動 方法

例 目的のためなら、手段を選ばない。／只要能達到目的，不擇手段。

0587
☐☐☐
27

しゅつじょう
【出場】

名・自サ （參加比賽）上場，入場；出站，走出場

動 欠場（けつじょう）

例 歌がうまく<u>さえ</u>あれば、コンクールに出場
できる。

／只要歌唱得好，<u>就</u>可以參加比賽。

> **文法**
> さえ…ば [只要…（就）…]
> ▶ 強調只需要達到最低
> 或唯一條件，後項就可
> 成立。

0588
☐☐☐

しゅっしん
【出身】

名 出生（地），籍貫；出身；畢業於…

動 国籍

例 東京出身<u>といっても</u>、育ったのは大阪です。

／<u>雖然</u>我出生於東京，<u>但</u>卻是生長於大阪。

> **文法**
> といっても [雖說…，但…]
> ▶ 表示承認前項的說法，
> 但同時在後項做部分的
> 修正。

| 0589 □□□ | しゅるい
【種類】 | 名 種類 |

類 ジャンル

例 酒にはいろいろな種類がある。
　／酒分成很多種類。

| 0590 □□□ | じゅんさ
【巡査】 | 名 巡警 |

例 巡査が電車で痴漢して逮捕された<u>って</u>。
　／聽說巡警在電車上因性騷擾而被逮捕。

文法
って [聽說…]
▶ 引用自己從別人那裡聽說了某信息。

| 0591 □□□ | じゅんばん
【順番】 | 名 輪班（的次序），輪流，依次交替 |

類 順序

例 順番にお呼びしますので、おかけになってお待ちください。
　／會按照順序叫號，請坐著等候。

| 0592 □□□ | しょ
【初】 | 漢造 初，始；首次，最初 |

例 まだ4月なのに、今日は初夏の陽気だ。
　／現在才四月，但今天已經和初夏一樣熱了。

| 0593 □□□ | しょ
【所】 | 漢造 處所，地點；特定地 |

例 市役所に勤めています。　／在市公所工作。

| 0594 □□□ | しょ
【諸】 | 漢造 諸 |

例 東南アジア諸国を旅行する。／前往幾個東南亞國家旅行。

| 0595 □□□ | じょ
【女】 | 名・漢造 （文）女兒；女人，婦女 |

例 少女のころは白馬の王子様を夢見ていた。
　／在少女時代夢想著能遇見白馬王子。

| 0596 □□□ | じょ 【助】 | 漢造 幫助;協助 |

例 プロの作家になれるまで、両親が生活を援助してくれた。
/在成為專業作家之前，一直由父母支援生活費。

| 0597 □□□ | しょう 【省】 | 名・漢造 省掉;(日本內閣的)省,部 |

例 2001年の中央省庁再編で、省庁の数は12になった。
/經過二〇〇一年施行中央政府組織改造之後，省廳的數目變成了十二個。

| 0598 □□□ | しょう 【商】 | 名・漢造 商,商業;商人;(數)商;商量 |

例 美術商なのか。道理で絵に詳しいわけだ。
/原來是美術商哦？難怪對繪畫方面懂得那麼多。

文法
わけだ [怪不得…]
▶ 表示按事物的發展、事實、狀況合乎邏輯地必然導致這樣的結果。

| 0599 □□□ | しょう 【勝】 | 漢造 勝利;名勝 |

例 1勝1敗、明日の試合で勝負が決まる。
/目前戰績是一勝一負，明天的比賽將會決定由誰獲勝。

| 0600 □□□ | じょう 【状】 | 名・漢造 (文)書面,信件;情形,狀況 |

例 先生の推薦状のおかげで、就職が決まった。
/承蒙老師的推薦信，找到工作了。

文法
おかげで [多虧…]
▶ 由於受到某種恩惠，導致後面好的結果。常帶有感謝的語氣。

| 0601 □□□ | じょう 【場】 | 名・漢造 場,場所;場面 |

例 土地がないから、運動場は屋上に作るほかない。
/由於找不到土地，只好把運動場蓋在屋頂上。

文法
ほかない [只好…]
▶ 表示雖然心裡不願意，但又沒有其他方法，只有這唯一的選擇，別無它法。

0602	じょう 【畳】	接尾・漢造 （計算草蓆、席塾）塊，疊；重疊

例 6畳一間のアパートに住んでいます。
／目前住在公寓裡一個六鋪蓆大的房間。

0603	しょうがくせい 【小学生】	名 小学生

例 下の子もこの春小学生になります。
／老么也將在今年春天上小學了。

0604	じょうぎ 【定規】	名 （木工使用）尺，規尺；標準

例 定規で点と点を結んで線を引きます。
／用直尺在兩點之間畫線。

0605	しょうきょくてき 【消極的】	形動 消極的

例 恋愛に消極的な、いわゆる草食系男子が増えています。
／現在一些對愛情提不起興趣，也就是所謂的草食系男子，有愈來愈多的趨勢。

0606 （28）	しょうきん 【賞金】	名 賞金；獎金

例 ツチノコには1億円の賞金がかかっている。
／目前提供一億圓的懸賞金給找到錘子蛇的人。

0607	じょうけん 【条件】	名 條件；條文，條款

類 制約 （せいやく）
例 相談の上で、条件を決めましょう。
／協商之後，再來決定條件吧。

0608	しょうご 【正午】	名 正午

類 昼
例 うちの辺りは、毎日正午にサイレンが鳴る。
／我家那一帶每天中午十二點都會響起警報聲。

0609
☐☐☐

じょうし
【上司】

名 上司，上級

⊕ 部下
⊛ 長官
例 新しい上司に代わってから、仕事がきつく感じる。
／自從新上司就任後，工作變得比以前更加繁重。

0610
☐☐☐

しょうじき
【正直】

名・形動・副 正直，老實

例 彼は正直なので損をしがちだ。
／他個性正直，容易吃虧。

文法

がちだ[往往會…]
▶ 表示即使是無意的，容易出現某種傾向。一般多用在負面評價的動作。

0611
☐☐☐

じょうじゅん
【上旬】

名 上旬

⊕ 下旬
⊛ 初旬
例 来月 上 旬 に、日本へ行きます。
／下個月的上旬，我要去日本。

0612
☐☐☐

しょうじょ
【少女】

名 少女，小姑娘

⊛ 乙女（おとめ）
例 少女は走りかけて、ちょっと立ち止まりました。
／少女跑到一半，就停了一下。

0613
☐☐☐

しょうじょう
【症状】

名 症狀

例 どんな症状か医者に説明する。
／告訴醫師有哪些症狀。

0614
☐☐☐

しょうすう
【小数】

名（數）小數

例 円 周 率は無限に続く小数です。
／圓周率是無限小數。

0615 □□□
しょうすう【少数】 [名] 少數

[例] 賛成者は少数だった。
／少數贊成者。

0616 □□□
しょうすうてん【小数点】 [名] 小數點

[例] 小数点以下は、四捨五入します。
／小數點以下，要四捨五入。

0617 □□□
しょうせつ【小説】 [名] 小說

[類] 物語（ものがたり）
[例] 先生がお書きになった小説を読みたいです。
／我想看老師所寫的小說。

[文法] たい［想要…］
▶ 表示說話者的內心想做、想要的。

0618 □□□
じょうたい【状態】 [名] 狀態，情況

[類] 状況
[例] その部屋は、誰でも出入りできる状態にありました。
／那個房間誰都可以自由進出。

0619 □□□
じょうだん【冗談】 [名] 戲言，笑話，詼諧，玩笑

[類] ジョーク
[例] その冗談は彼女に通じなかった。
／她沒聽懂那個玩笑。

0620 □□□
しょうとつ【衝突】 [名·自サ] 撞，衝撞，碰上；矛盾，不一致；衝突

[類] ぶつける
[例] 車は、走り出したとたんに壁に衝突しました。
／車子才剛發動，就撞上了牆壁。

[文法] とたんに［剛…就…］
▶ 表示前項動作和變化完成的一瞬間，發生了後項的動作和變化。

0621
□□□

しょうねん
【少年】

⊛ 少年

⊘ 少女
⊜ 青年
⊙ もう一度 少 年の頃に戻りたい。
／我想再次回到年少時期。

たい[想要…]
► 表示說話者的內心想做、想要的。

0622
□□□

しょうばい
【商売】

⊛·自サ 經商，買賣，生意；職業，行業

⊜ 商い（あきない）
⊙ 商 売がうまくいかないのは、景気が悪いせいだ。
／生意沒有起色是因為景氣不好。

文法
せいだ[因為…的緣故]
► 表示發生壞事或會導致某種不利的情況的原因與責任的所在。

0623
□□□

しょうひ
【消費】

⊛·他サ 消費，耗費

⊘ 貯金（ちょきん）
⊜ 消耗（しょうもう）
⊙ ガソリンの消費量が、増加ぎみです。
／汽油的消耗量，有增加的趨勢。

文法
気味[趨勢]
► 表示身心、情況等有這種傾向、用在主觀的判斷。多用於消極。

0624
□□□

しょうひん
【商品】

⊛ 商品，貨品

⊙ あのお店は商品が豊富に揃っています。
／那家店商品的品項十分齊備。

0625
□□□

じょうほう
【情報】

⊛ 情報，信息

⊜ インフォメーション
⊙ IT 業界について、何か新しい情報はありますか。
／關於 IT 產業，你有什麼新的情報？

0626
□□□
29

しょうぼうしょ
【消防署】

⊛ 消防局，消防署

⊙ 火事を見つけて、消防署に 119 番した。
／發現火災，打了 119 通報消防局。

しょうめい～しょくりょう

0627 □□□

しょうめい【証明】 (名・他サ) 證明

類 証（あかし）

例 事件当時どこにいたか、証明のしようがない。
／根本無法提供案件發生時的不在場證明。

文法
ようがない［沒辦法］
▸ 表示不管用什麼方法都不可能，已經沒有其他方法了。

0628 □□□

しょうめん【正面】 (名) 正面；對面；直接，面對面

反 背面（はいめん）

類 前方

例 ビルの正面玄関に立っている人は誰ですか。
／站在大樓正門前的是那位是誰？

0629 □□□

しょうりゃく【省略】 (名・副・他サ) 省略，從略

類 省く（はぶく）

例 携帯電話のことは、省略して「ケイタイ」という人が多い。
／很多人都把行動電話簡稱為「手機」。

0630 □□□

しようりょう【使用料】 (名) 使用費

例 ホテルで結婚式をすると、会場使用料はいくらぐらいですか。
／請問若是在大飯店裡舉行婚宴，場地租用費大約是多少錢呢？

0631 □□□

しょく【色】 (漢造) 顏色；臉色，容貌；色情；景象

類 助数詞：一色：いっしょく（ひといろ）、二色：にしょく、三色：さんしょく（さんしき）、四色：よんしょく、五色：ごしょく（ごしき）、六色：ろくしょく、七色：なないろ、八色：はっしょく、九色：きゅうしょく、十色：じゅっしょく（といろ）

例 あの人の髪は、金髪というより明るい褐色ですね。
／那個人的髮色與其說是金色，比較像是亮褐色吧。

文法
というより［與其說…，還不如說…］
▸ 表示在相比較的情況下，後項的說法比前項更恰當。

讀書計劃：□□／□□

0632 ☐☐☐	しょくご 【食後】	名 飯後，食後

例 お飲み物は食後でよろしいですか。
／飲料可以在餐後上嗎？

0633 ☐☐☐	しょくじだい 【食事代】	名 餐費，飯錢

類 食費
例 今夜の食事代は会社の経費です。／今天晩上的餐費由公司的経費支應。

0634 ☐☐☐	しょくぜん 【食前】	名 飯前

例 粉薬は食前に飲んでください。
／請在飯前服用藥粉。

0635 ☐☐☐	しょくにん 【職人】	名 工匠

類 匠（たくみ）
例 祖父は、たたみを作る職人でした。
／爺爺曾是製作榻榻米的工匠。

0636 ☐☐☐	しょくひ 【食費】	名 伙食費，飯錢

類 食事代
例 日本は食費や家賃が高くて、生活が大変です。
／日本的飲食費用和房租開銷大，居住生活很吃力。

0637 ☐☐☐	しょくりょう 【食料】	名 食品，食物

例 地震で家を失った人たちに、水と食料を配った。
／分送了水和食物給在地震中失去了房子的人們。

0638 ☐☐☐	しょくりょう 【食糧】	名 食糧，糧食

例 食品を干すのは、食糧を蓄えるための昔の人の知恵です。
／把食物曬乾是古時候的人想出來保存糧食的好方法。

しょっきだな～しんがく

0639 □□□ しょっきだな【食器棚】
[名] 餐具櫃，碗廚

[例] 引越ししたばかりで、食器棚は空っぽです。
／由於才剛剛搬來，餐具櫃裡什麼都還沒擺。

0640 □□□ ショック【shock】
[名] 震動，刺激，打擊；（手術或注射後的）休克

[類] 打撃

[例] 彼女はショックのあまり、言葉を失った。
／她因為太過震驚而說不出話來。

0641 □□□ しょもつ【書物】
[名]（文）書，書籍，圖書

[例] 夜は一人で書物を読むのが好きだ。／我喜歡在晚上獨自看書。

0642 □□□ じょゆう【女優】
[名] 女演員

[反] 男優

[例] その女優は、監督の指示どおりに演技した。
／那個女演員依導演的指示演戲。

[文法] どおりに［按照］
▶ 表示按照前項的方式或要求，進行後項的行為。

0643 □□□ しょるい【書類】
[名] 文書，公文，文件

[類] 文書

[例] 書類はできたが、まだ部長のサインをもらっていない。
／雖然文件都準備好了，但還沒得到部長的簽名。

0644 □□□ しらせ【知らせ】
[名] 通知；預兆，前兆

Track 30

[例] 第一志望の会社から、採用の知らせが来た。
／第一志願的公司通知錄取了。

0645 □□□ しり【尻】
[名] 屁股，臀部；（移動物體的）後方，後面；末尾，最後；（長物的）末端

[類] 臀部（でんぶ）

[例] ずっと座っていたら、おしりが痛くなった。
／一直坐著，屁股就痛了起來。

| 0646 ☐☐☐ | **しりあい**
【知り合い】 | ⓝ 熟人，朋友 |

⦿類 知人
⦿例 鈴木さんは、佐藤さんと知り合いだということです。
／據說鈴木先生和佐藤先生似乎是熟人。

| 0647 ☐☐☐ | **シルク**
【silk】 | ⓝ 絲，絲綢；生絲 |

⦿類 織物
⦿例 シルクのドレスを買いたいです。
／我想要買一件絲綢的洋裝。

> **文法**
> たい［想要…］
> ▶ 表示說話者的內心願望。

| 0648 ☐☐☐ | **しるし**
【印】 | ⓝ 記號，符號；象徵（物），標記；徽章；（心意的）表示；紀念（品）；商標 |

⦿類 目印（めじるし）
⦿例 間違えないように、印をつけた。
／為了避免搞錯而貼上了標籤。

> **文法**
> ように［為了…而…］
> ▶ 表示為了實現前項，而做後項。

| 0649 ☐☐☐ | **しろ**
【白】 | ⓝ 白，皎白，白色；清白 |

⦿例 雪が降って、辺りは白一色になりました。
／下雪後，眼前成了一片白色的天地。

| 0650 ☐☐☐ | **しん**
【新】 | ⓝ·漢造 新；剛收穫的；新曆 |

⦿例 夏休みが終わって、新学期が始まった。
／暑假結束，新學期開始了。

| 0651 ☐☐☐ | **しんがく**
【進学】 | ⓝ·自サ 升學；進修學問 |

⦿類 進む
⦿例 勉強が苦手で、高校進学でさえ難しかった。
／我以前很不喜歡讀書，就連考高中都覺得困難。

> **文法**
> さえ［連；甚至］
> ▶ 用在理所當然的是都不能了，其他的是就更不用說了。

0652 □□□	しんがくりつ 【進学率】	ⓝ 升學率

ⓔ あの高校は進学率が高い。
　/那所高中升學率很高。

0653 □□□	しんかんせん 【新幹線】	ⓝ 日本鐵道新幹線

ⓔ 新幹線に乗るには、運賃のほかに特急料金がかかります。
　/要搭乘新幹線列車，除了一般運費還要加付快車費用。

0654 □□□	しんごう 【信号】	ⓝ・ⓐⓢ 信號，燈號；（鐵路、道路等的）號誌；暗號

ⓔ 信号が赤から青に変わる。
　/號誌從紅燈變成綠燈。

0655 □□□	しんしつ 【寝室】	ⓝ 寢室

ⓔ この家は居間と寝室と食堂がある。　/這個住家有客廳 臥房以及餐廳。

0656 □□□	しんじる・しんずる 【信じる・信ずる】	ⓗ上一 信，相信；確信，深信；信賴，可靠；信仰

ⓐ 不信　ⓡ 信用する

ⓔ そんな話、誰が信じるもんか。
　/那種鬼話誰都不信！

> 文法
>
> もんか [決不…]
> ▶ 表示強烈的否定情緒。
> 「…もんか」是「…も
> のか」比較隨便的說法。

0657 □□□	しんせい 【申請】	ⓝ・ⓗⓢ 申請，聲請

ⓡ 申し出る（もうしでる）

ⓔ 証明書はこの紙を書いて申請してください。
　/要申請證明文件，麻煩填寫完這張紙之後發送。

0658 □□□	しんせん 【新鮮】	ⓝ・ⓕ動 （食物）新鮮；清新乾淨；新穎，全新

ⓡ フレッシュ

ⓔ 今朝釣ってきたばかりの魚だから、新鮮ですよ。
　/這是今天早上才剛釣到的魚，所以很新鮮喔！

0659 □□□

しんちょう【身長】 [名] 身高

[例] あなたの身長(しんちょう)は、バスケットボール向(む)きですね。

／你的身高還真是適合打籃球呀！

0660 □□□

しんぽ【進歩】 [名·自サ] 進步

[反] 退歩（たいほ）

[類] 向上

[例] 科学(かがく)の進歩(しんぽ)のおかげで、生活(せいかつ)が便利(べんり)になった。

／因為科學進步的關係，生活變方便多了。

[文法] おかげで［多虧…］
▶ 由於受到某種恩惠，導致後面好的結果。常帶有感謝的語氣。

0661 □□□

しんや【深夜】 [名] 深夜

[類] 夜更け（よふけ）

[例] 深夜(しんや)どころか、翌朝(よくあさ)まで仕事(しごと)をしました。

／豈止到深夜，我是工作到隔天早上。

す

0662 □□□

Track 31

す【酢】 [名] 醋

[例] ちょっと酢(す)を入(い)れ過(す)ぎたみたいだ。すっぱい。

／好像加太多醋了，好酸！

[文法] みたいだ［好像…］
▶ 表示不是很確定的推測或判斷。

0663 □□□

すいてき【水滴】 [名] 水滴；（注水研墨用的）硯水壺

[例] エアコンから水滴(すいてき)が落(お)ちてきた。

／從冷氣機滴了水下來。

0664 □□□

すいとう【水筒】 [名]（旅行用）水筒，水壺

[例] 明日(あした)は、お弁当(べんとう)と、おやつと、水筒(すいとう)を持(も)っていかなくちゃ。

／明天一定要帶便當、零食和水壺才行。

[文法] なくちゃ［不…不行］
▶ 表示受限於某個條件、規定，必須要做某件事情。

0665 □□□
すいどうだい【水道代】 [名] 自來水費

[類] 水道料金
[例] 水道代(すいどうだい)は一月(ひとつき) 2,000 円(えん)ぐらいです。／水費每個月大約兩千圓左右。

0666 □□□
すいどうりょうきん【水道料金】 [名] 自來水費

[類] 水道代
[例] 水道料金(すいどうりょうきん)を支払(しはら)いたいのですが。
／不好意思，我想要付自來水費……。

[文法]
たい［想要…］
▶ 表示說話者的內心想做、想要的。

0667 □□□
すいはんき【炊飯器】 [名] 電子鍋

[例] この炊飯器(すいはんき)はもう 10 年(ねん)も使(つか)っています。／這個電鍋已經用了十年。

0668 □□□
ずいひつ【随筆】 [名] 隨筆，小品文，散文，雜文

[例]『枕草子(まくらのそうし)』は、清少納言(せいしょうなごん)によって書(か)かれた随筆(ずいひつ)です。
／《枕草子》是由清少納言著寫的散文。

[文法]
によって［由…；根據…］
▶ 表示動作的主體或原因、根據。

0669 □□□
すうじ【数字】 [名] 數字；各個數字

[例] 暗証番号(あんしょうばんごう)は、全部(ぜんぶ)同(おな)じ数字(すうじ)にするのはやめた方(ほう)がいいです。
／密碼最好不要設定成重複的同一個數字。

0670 □□□
スープ【soup】 [名] 湯（多指西餐的湯）

[例] 西洋料理(せいようりょうり)では、最初(さいしょ)にスープを飲(の)みます。／西餐的用餐順序是先喝湯。

0671 □□□
スカーフ【scarf】 [名] 圍巾，披肩；領結

[類] 襟巻き（えりまき）
[例] 寒(さむ)いので、スカーフをしていきましょう。
／因為天寒，所以圍上圍巾後再出去吧！

0672 □□□

スキー
【ski】

[名] 滑雪；滑雪橇，滑雪板

[例] 北海道の人も、全員スキーができるわけではないそうだ。
／聽說北海道人也不是每一個都會滑雪。

[文法] わけではない［並不是…］
▶ 表示不能簡單地對現在的狀況下某種結論，也有其它情況。

0673 □□□

すぎる
【過ぎる】

[自上一] 超過；過於；經過

[類] 経過する

[例] 5時を過ぎたので、もううちに帰ります。
／已經五點多了，我要回家了。

0674 □□□

すくなくとも
【少なくとも】

[副] 至少，對低，最低限度

[類] せめて

[例] 休暇を取るとしたら、少なくとも三日前に言わなければなりません。
／如果要請假，至少要在三天前說才行。

[文法] としたら［如果…的話］
▶ 在認清現況或得來的信息的前提條件下，據此條件進行判斷。
▶ [近] ようなら［要是…］

0675 □□□

すごい
【凄い】

[形] 非常（好）；厲害；好的令人吃驚；可怕，嚇人

[類] 甚だしい（はなはだしい）
[補] すっごく：非常（強調語氣，多用在口語）

[例] すごい嵐になってしまいました。
／它轉變成猛烈的暴風雨了。

0676 □□□

すこしも
【少しも】

[副]（下接否定）一點也不，絲毫也不

[類] ちっとも

[例] お金なんか、少しも興味ないです。
／金錢這東西，我一點都不感興趣。

[文法] なんか［之類的］
▶ 用輕視的語氣，談論主題。口語用法。

0677 □□□	**すごす** 【過ごす】	(他五・接尾) 度 (日子、時間)，過生活；過渡過量； 放過，不管

➡ 暮らす（くらす）

例 たとえ外国に住んでいても、お正月は日本
で過ごしたいです。
／就算是住在外國，新年還是想在日本過。

0678 □□□	**すすむ** 【進む】	(自五・接尾) 進，前進；進步，先進；進展，升級，進級； 升入，進入，到達；繼續下去

➡ 前進する

例 行列はゆっくりと寺へ向かって進んだ。
／隊伍緩慢地往寺廟前進。

0679 □□□	**すすめる** 【進める】	(他下一) 使向前推進，使前進；推進，發展，開展； 進行，舉行；提升，晉級；增進，使旺盛

➡ 前進させる

例 企業向けの宣伝を進めています。
／我在推廣以企業為對象的宣傳。

0680 □□□	**すすめる** 【勧める】	(他下一) 勸告，勸誘；勸，進 (煙茶酒等)

➡ 促す（うながす）

例 これは医者が勧める健康法の一つです。
／這是醫師建議的保健法之一。

0681 □□□	**すすめる** 【薦める】	(他下一) 勸告，勸告，勸誘；勸，敬 (煙、酒、茶、 座等)

➡ 推薦する

例 彼はA大学の出身だから、A大学を薦める
わけだ。
／他是從A大學畢業的，難怪會推薦A大學。

0682 □□□

すそ【裾】

[名] 下擺，下襟；山腳；（靠近頸部的）頭髮

[例] ジーンズの裾（すそ）を5センチほど短（みじか）く直（なお）してください。

／請將牛仔褲的褲腳改短五公分左右。

0683 □□□

スター【star】

[名]（影劇）明星，主角；星狀物，星

[例] いつかきっとスーパースターになってみせる。

／總有一天會變成超級巨星給大家看！

[文法] てみせる［做給…看］

▶ 表示說話者強烈的意志跟決心，含有顯示自己能力的語氣。

0684 □□□

ずっと

[副] 更；一直

[類] 終始

[例] ずっとほしかったギターをもらった。

／收到夢寐以求的吉他。

0685 □□□

すっぱい【酸っぱい】

[形] 酸，酸的

[例] 梅干（うめぼ）しはすっぱいに決（き）まっている。

／梅乾當然是酸的。

[文法] に決（き）まっている［肯定是…］

▶ 說話者根據事物的規律，覺得一定是這樣，充滿自信的推測。

0686 □□□

ストーリー【story】

[名] 故事，小說；（小說、劇本等的）劇情，結構

[類] 物語

[例] 日本（にほん）のアニメはストーリーがおもしろいと思（おも）います。

／我覺得日本卡通的故事情節很有趣。

0687 □□□

ストッキング【stocking】

[名] 褲襪；長筒襪

[類] 靴下

[例] ストッキングをはいて出（で）かけた。

／我穿上褲襪便出門去了。

ストライプ～すみません

0688 □□□

ストライプ【strip】

[名] 條紋；條紋布

[類] 縞模様

[例] 私の学校の制服は、ストライプ模様です。

／我那所學校的制服是條紋圖案。

0689 □□□

ストレス【stress】

[名]（語）重音；（理）壓力；（精神）緊張狀態

[類] 圧力；プレッシャー

[例] ストレスと疲れから倒れた。

／由於壓力和疲勞而病倒了。

0690 □□□

すなわち【即ち】

[接續] 即，換言之；即是，正是；則，彼時；乃，於是

[類] つまり

[例] 私の父は、1945 年 8 月 15 日、すなわち終戦の日に生まれました。

／家父是在一九四五年八月十五日，也就是二戰結束的那一天出生的。

0691 □□□

スニーカー【sneakers】

[名] 球鞋，運動鞋

[類] 運動靴（うんどうぐつ）

[例] 運動会の前に、新しいスニーカーを買ってあげましょう。

／在運動會之前，買雙新的運動鞋給你吧。

0692 □□□

スピード【speed】

[名] 快速，迅速；速度

[類] 速さ

[例] あまりスピードを出すと危ない。

／速度太快了很危險。

0693 □□□

ずひょう【図表】

[名] 圖表

[例] 実験の結果を図表にしました。

／將實驗結果以圖表呈現了。

0694
□□□

スポーツせんしゅ
【sports 選手】

② 運動選手

類 アスリート

例 好きなスポーツ選手はいますか。
／你有沒有喜歡的運動選手呢？

0695
□□□

スポーツちゅうけい
【スポーツ中継】

② 體育（競賽）直播，轉播

例 父と兄はスポーツ中継が大好きです。
／爸爸和哥哥最喜歡看現場直播的運動比賽了。

0696
□□□

すます
【済ます】

(他五・接尾) 弄完，辦完；償還，還清；對付，將就，湊合；
（接在其他動詞連用形下面）表示完成成為……

例 犬の散歩のついでに、郵便局に寄って用事
を済ました。
／遛狗時順道去郵局辦了事。

文法
ついでに[順便…]
▶ 表示做某一主要的事
情的同時，再追加順便
做其他件事情。

0697
□□□

すませる
【済ませる】

(他五・接尾) 弄完，辦完；償還，還清；將就，湊合

類 終える

例 もう手続きを済ませたから、ほっとしてい
るわけだ。
／因為手續都辦完了，怪不得這麼輕鬆。

文法
わけだ[怪不得…]
▶ 表示按事物的發展、
事實、狀況合乎邏輯地
必然導致這樣的結果。

0698
□□□

すまない

(連語) 對不起，抱歉；（做寒暄語）對不起

例 すまないと思うなら、手伝ってください。
／要是覺得不好意思，那就來幫忙吧。

0699
□□□

すみません
【済みません】

(連語) 抱歉，不好意思

例 お待たせしてすみません。
／讓您久等，真是抱歉。

| 0700 □□□ | **すれちがう**
【擦れ違う】 | 自五 交錯，錯過去；不一致，不吻合，互相分歧；
錯車 |

例 街ですれ違った美女には必ず声をかける。
　/每當在街上和美女擦身而過，一定會出聲搭訕。

せ

| 0701 □□□
(33) | **せい**
【性】 | 名・漢造 性別；性慾；本性 |

例 性によって差別されることのない社会を目指す。
　/希望能打造一個不因性別而受到歧視的社會。

文法
によって[因…；由於…；根據…]
▶ 表示動作的主體或原因、根據。

| 0702 □□□ | **せいかく**
【性格】 | 名 (人的)性格，性情；(事物的)性質，特性 |

類 人柄（ひとがら）
例 兄弟といっても、弟と僕は全然性格が違う。
　/雖說是兄弟，但弟弟和我的性格截然不同。

文法
といっても[雖說…，但…]
▶ 表示承認前項的說法，但同時在後項做部分的修正。

| 0703 □□□ | **せいかく**
【正確】 | 名・形動 正確，準確 |

類 正しい
例 事実を正確に記録する。/事實正確記錄下來。

| 0704 □□□ | **せいかつひ**
【生活費】 | 名 生活費 |

例 毎月の生活費に 20 万円かかります。
　/每個月的生活費需花二十萬圓。

| 0705 □□□ | **せいき**
【世紀】 | 名 世紀，百代；時代，年代；百年一現，絕世 |

類 時代
例 20 世紀初頭の日本について研究しています。
　/我正針對 20 世紀初的日本進行研究。

0706 □□□	**ぜいきん**【税金】	② 税金，税款

類 所得税（しょとくぜい）

例 家賃や光熱費に加えて税金も払わなければならない。
/不單是房租和水電費，還加上所得稅也不能不繳交。

> 文法
> に加えて[而且…]
> ▶ 表示在現有前項的事物上，再加上後項類似的別的事物。

0707 □□□	**せいけつ**【清潔】	②・形動 乾淨的，清潔的；廉潔；純潔

反 不潔

例 ホテルの部屋はとても清潔だった。/飯店的房間，非常的乾淨。

0708 □□□	**せいこう**【成功】	②・自サ 成功，成就，勝利；功成名就，成功立業

反 失敗　類 達成（たっせい）

例 ダイエットに成功したとたん、恋人ができた。
/減重一成功，就立刻交到女朋友/男朋友了。

> 文法
> とたん[剛一……，立刻…]
> ▶ 表示前項動作和變化完成的一瞬間，發生了後項的動作和變化。

0709 □□□	**せいさん**【生産】	②・他サ 生產，製造；創作（藝術品等）；生業，生計

反 消費　類 産出

例 当社は、家具の生産に加えて販売も行っています。
/本公司不單製造家具，同時也從事販售。

> 文法
> に加えて[而且…]
> ▶ 表示在現有前項的事物上，再加上後項類似的別的事物。

0710 □□□	**せいさん**【清算】	②・他サ 結算，清算；清理財產；結束，了結

例 10年かけてようやく借金を清算した。
/花費了十年的時間，終於把債務給還清了。

0711 □□□	**せいじか**【政治家】	② 政治家（多半指議員）

例 あなたはどの政治家を支持していますか。
/請問您支持哪位政治家呢？

0712 □□□	**せいしつ** 【性質】	名 性格，性情；(事物) 性質，特性

類 たち
例 磁石は北を向く性質があります。
　　/指南針具有指向北方的特性。

0713 □□□	**せいじん** 【成人】	名・自サ 成年人；成長，(長大) 成人

類 大人 (おとな)
例 成人するまで、たばこを吸ってはいけません。
　　/到長大成人之前，不可以抽煙。

0714 □□□	**せいすう** 【整数】	名 (數) 整數

例 18割る6は割り切れて、答えは整数になる。
　　/十八除以六的答案是整數。

0715 □□□	**せいぜん** 【生前】	名 生前

反 死後
類 死ぬ前
例 祖父は生前よく釣りをしていました。
　　/祖父在世時經常去釣魚。

0716 □□□	**せいちょう** 【成長】	名・自サ (經濟、生產) 成長，增產，發展；(人、動物) 生長，發育

類 生い立ち (おいたち)
例 子どもの成長が、楽しみでなりません。
　　/孩子們的成長，真叫人期待。

0717 □□□	**せいねん** 【青年】	名 青年，年輕人

類 若者
例 彼は、なかなか感じのよい青年だ。
　　/他是個令人覺得相當年輕有為的青年。

0718 □□□

せいねんがっぴ【生年月日】 [名] 出生年月日，生日

[類] 誕生日

[例] 書類には、生年月日を書くことになっていた。

／文件上規定要填上出生年月日。

0719 □□□

せいのう【性能】 [名] 性能，機能，效能

[例] 高ければ高いほど性能がよいわけではない。

／並不是愈昂貴，性能就愈好。

[文法]

ば…ほど［越…越…］

▸ 表示隨著前項事物的變化，後項也隨之相應地發生變化。

わけではない［並不是…］

▸ 表示不能簡單地對現在的狀況下某種結論，也有其它情況。

0720 □□□

せいひん【製品】 [名] 製品，產品

[類] 商品

[例] この材料では、製品の品質は保証できません。

／如果是這種材料的話，恕難以保證產品的品質。

0721 □□□

せいふく【制服】 [名] 制服

[類] ユニホーム

[例] うちの学校、制服がもっとかわいかったらいいのになあ。

／要是我們學校的制服更可愛一點就好了。

[文法]

たらいいのになあ［就好了］

▸ 前項是難以實現或是與事實相反的情況，表現說話者遺憾、不滿、感嘆的心情。

0722 □□□

せいぶつ【生物】 [名] 生物

[類] 生き物

[例] 湖の中には、どんな生物がいますか。

／湖裡有什麼生物？

0723 せいり 【整理】

（名・他サ）整理，收拾，整頓；清理，處理；捨棄，淘汰，裁減

類 整頓（せいとん）

例 今、整理をしかけたところなので、まだ片付いていません。
／現在才整理到一半，還沒完全整理好。

文法
たところ［…，結果…］
▶順接用法。因某種目的作某一動作，偶然下得到後項的結果。

0724 せき 【席】

（名・漢造）席，坐墊；席位，坐位

例 お年寄りや体の不自由な方に席を譲りましょう。
／請將座位禮讓給長者或行動不方便的人士。

0725 せきにん 【責任】

（名）責任，職責

類 責務

例 責任を取らないで、逃げるつもりですか。
／打算逃避問題，不負責任嗎？

0726 せけん 【世間】

（名）世上，社會上；世人；社會輿論；（交際活動的）範圍

類 世の中

例 何もしていないのに、世間では私が犯人だとうわさしている。
／我分明什麼壞事都沒做，但社會上卻謠傳我就是犯人。

0727 せっきょくてき 【積極的】

（形動）積極的

對 消極的
類 前向き（まえむき）

例 とにかく積極的に仕事をすることですね。
／總而言之，就是要積極地工作吧。

0728 ぜったい 【絶対】

（名・副）絕對，無與倫比；堅絕，斷然，一定

對 相対　類 絶対的

例 この本、読んでごらん。絶対おもしろいよ。
／建議你看這本書，一定很有趣喔。

| 0729 □□□ | セット 【set】 | 名·他サ 一組，一套；舞台裝置，布景；(網球等) 盤，局；組裝，裝配；梳整頭髮 |

類 揃い（そろい）
例 食器を５客セットで買う。／買下五套餐具。

| 0730 □□□ | せつやく 【節約】 | 名·他サ 節約，節省 |

反 浪費
類 倹約（けんやく）
例 節約しているのに、お金がなくなる一方だ。
／我已經很省了，但是錢卻越來越少。

文法
一方だ[不斷地…；越來越…]
▶ 某狀況一直朝一個方向不斷發展。多用於消極的、不利的傾向。

| 0731 □□□ | せともの 【瀬戸物】 | 名 陶瓷品 |

補 字源：愛知縣瀬戸市所産燒陶
例 あそこの店には、手ごろな値段の瀬戸物がたくさんある。
／那家店有很多物美價廉的陶瓷器。

| 0732 □□□ | ぜひ 【是非】 | 名·副 務必；好與壞 |

類 どうしても
例 あなたの作品をぜひ読ませてください。
／請務必讓我拜讀您的作品。

文法
せてください[能否允許…]
▶ 用在想做某件事情前，先請求對方的許可。
▶ 近 せてもらえますか[可以讓…嗎？]

| 0733 □□□ | せわ 【世話】 | 名·他サ 援助，幫助；介紹，推薦；照顧，照料；俗語，常言 |

類 面倒見（めんどうみ）
例 母に子供たちの世話をしてくれるように頼んだ。
／拜託了我媽媽來幫忙照顧孩子們。

| 0734 □□□ | せん 【戦】 | 漢造 戰爭；決勝負，體育比賽；發抖 |

例 決勝戦は、あさって行われる。／決賽將在後天舉行。

0735 □□□	**ぜん**【全】	(漢造) 全部，完全；整個；完整無缺

⑨ 問題解決のために、全世界が協力し合う<u>べ</u>きだ。

/為了解決問題，世界各國應該同心合作。

> 文法
> べきだ [應當…]
> ▶ 表示那樣做是應該的、正確的。常用在勸告、禁止及命令的場合。

0736 □□□	**ぜん**【前】	(漢造) 前方，前面；(時間) 早；預先；從前

⑨ 前首相の講演会に行く。

/去參加前首相的演講會。

0737 □□□	**せんきょ**【選挙】	(名・他サ) 選舉，推選

⑨ 選挙の<u>際</u>には、応援をよろしくお願いします。

/選舉的時候，就請拜託您的支持了。

> 文法
> 際には [在…時]
> ▶ 表示動作、行為進行的時候。

0738 □□□	**せんざい**【洗剤】	(名) 洗滌劑，洗衣粉 (精)

⑱ 洗浄剤（せんじょうざい）

⑨ 洗剤<u>なんか</u>使わなくても、きれいに落ちます。

/就算不用什麼洗衣精，也能將污垢去除得乾乾淨淨。

> 文法
> なんか [之類的；…等等]
> ▶ 用輕視的語氣，談論主題，為口語用法。或表示從各種事物中例舉其一。

0739 □□□	**せんじつ**【先日】	(名) 前天；前些日子

⑱ この間

⑨ 先日、駅で偶然田中さんに会った。

/前些日子，偶然在車站遇到了田中小姐。

0740 □□□	**ぜんじつ**【前日】	(名) 前一天

⑨ 入学式の前日、緊張して眠れませんでした。

/在參加入學典禮的前一天，我緊張得睡不著覺。

0741 □□□
せんたくき【洗濯機】
[名] 洗衣機

[補] せんたっき（口語）

[例] このセーターは洗濯機で洗えますか。
／這件毛線衣可以用洗衣機洗嗎？

0742 □□□
センチ【centimeter】
[名] 厘米，公分

[例] 1センチ右にずれる。
／往右偏離了一公分。

0743 □□□
せんでん【宣伝】
[名·自他サ] 宣傳，廣告；吹噓，鼓吹，誇大其詞

[類] 広告（こうこく）

[例] あなたの会社を宣伝するかわりに、うちの商品を買ってください。
／我幫貴公司宣傳，相對地，請購買我們的商品。

[文法] かわりに［代替…］
▶ 表示由另外的人或物來代替。

0744 □□□
ぜんはん【前半】
[名] 前半，前半部

[例] 私のチームは前半に5点も得点しました。
／我們這隊在上半場已經奪得高達五分了。

0745 □□□
せんぷうき【扇風機】
[名] 風扇，電扇

[例] 暑いですね。扇風機をつけたらどうでしょう。
／好熱喔。要不要開個電風扇呀？

[文法] たらどうでしょう［如何？］
▶ 用來委婉地提出建議、邀請，或是對他人進行勸說。

0746 □□□
せんめんじょ【洗面所】
[名] 化妝室，廁所

[類] 手洗い

[例] 彼女の家は洗面所にもお花が飾ってあります。
／她家的廁所也裝飾著鮮花。

0747 □□□ せんもんがっこう 【専門学校】 ②專科學校

高校卒業後、専門学校に行く人が多くなった。
/在高中畢業後，進入專科學校就讀的人越來越多了。

そ

0748 ③⑤ そう 【総】 漢造 總括；總覽；總，全體；全部

衆議院が解散し、総選挙が行われることになった。
/最後決定解散眾議院，進行了大選。

0749 □□□ そうじき 【掃除機】 ②除塵機，吸塵器

毎日、掃除機をかけますか。 /每天都用吸塵器清掃嗎？

0750 □□□ そうぞう 【想像】 名・他サ 想像

類 イマジネーション

そんなひどい状況は、想像もできない。
/完全無法想像那種嚴重的狀況。

0751 □□□ そうちょう 【早朝】 ②早晨，清晨

早朝に勉強するのが好きです。 /我喜歡在早晨讀書。

0752 □□□ ぞうり 【草履】 ②草履，草鞋

浴衣のときは、草履ではなく下駄を履きます。
/穿浴衣的時候，腳上的不是草履，而是木屐。

0753 □□□ そうりょう 【送料】 ②郵費，運費

類 送り賃（おくりちん）

送料が 1,000 円以下になるように、工夫してください。
/請設法將運費壓到 1000 日圓以下。

文法
ように [請…]
▶ 表示願望、希望、勸告或輕微的命令等。

0754 □□□ ソース【sauce】 [名]（西餐用）調味醬

[例] 我が家にいながら、プロが作ったソースが楽しめる。
／就算待在自己的家裡，也能享用到行家調製的醬料。

0755 □□□ そく【足】 [接尾·漢造]（助數詞）雙；足；足夠；添

[例] この棚の靴下は3足で1,080円です。
／這個貨架上的襪子是三雙一千零八十圓。

0756 □□□ そくたつ【速達】 [名·自他サ] 快速信件

[例] 速達で出せば、間に合わないこともないだろう。
／寄快遞的話，就不會趕不上吧！

[文法] ないこともない［並不是不…］
▶ 表示雖然不是全面肯定，但也有那樣的可能性。

0757 □□□ そくど【速度】 [名] 速度

[類] スピード
[例] 速度を上げて、トラックを追い越した。
／加速超過了卡車。

0758 □□□ そこ【底】 [名] 底，底子；最低處，限度；底層，深處；邊際，極限

[例] 海の底までもぐったら、きれいな魚がいた。
／我潛到海底，看見了美麗的魚兒。

0759 □□□ そこで [接續] 因此，所以；（轉換話題時）那麼，下面，於是

[類] それで
[例] そこで、私は思い切って意見を言いました。
／於是，我就直接了當地說出了我的看法。

0760
□□□

そだつ
【育つ】

(自五) 成長，長大，發育

(類) 成長する

(例) 子どもたちは、元気に育っています。 ／孩子們健康地成長著。

0761
□□□

ソックス
【socks】

(名) 短襪

(例) 外で遊んだら、ソックスまで砂だらけになった。
／外面玩瘋了，連襪上也全部沾滿泥沙。

文法

だらけ [到處是…]

▶ 表示數量過多，到處都是的樣子。常伴有「骯髒」、「不好」等貶意。

0762
□□□

そっくり

(形動・副) 一模一樣，極其相似；全部，完全，原封不動

(類) 似る (にる)

(例) 彼ら親子は、似ているというより、もうそっくりなんですよ。
／他們母子，與其說是像，倒不如說是長得一模一樣了。

文法

というより [與其說…，還不如說…]

▶ 表示在相比較的情況下，後項的說法比前項更恰當。

0763
□□□

そっと

(副) 悄悄地，安靜的；輕輕的；偷偷地；照原樣不動的

(類) 静かに

(例) しばらくそっとしておくことにしました。 ／暫時讓他一個人靜一靜了。

0764
□□□

そで
【袖】

(名) 衣袖；(桌子) 兩側抽屜，(大門) 兩側的廂房，舞台的兩側，飛機 (兩翼)

(例) 半袖と長袖と、どちらがいいですか。 ／要長袖還是短袖？

0765
□□□

そのうえ
【その上】

(接續) 又，而且，加之，兼之

(例) 質がいい。その上、値段も安い。 ／不只品質佳，而且價錢便宜。

0766
□□□

そのうち
【その内】

(副・連語) 最近，過幾天，不久；其中

(例) 心配しなくても、そのうち帰ってくるよ。
／不必擔心，再過不久就會回來了嘛。

0767 □□□

そば【蕎麦】

[名] 蕎麥；蕎麥麵

[例] お昼ご飯はそばをゆでて食べよう。

／午餐來煮蕎麥麵吃吧。

0768 □□□

ソファー【sofa】

[名] 沙發（亦可唸作「ソファ」）

[例] ソファーに座ってテレビを見る。

／坐在沙發上看電視。

0769 □□□

そぼく【素朴】

[名·形動] 樸素，純樸，質樸；（思想）純樸

[例] 素朴な疑問なんですが、どうして台湾は台湾っていうんですか。

／我只是好奇想問一下，為什麼台灣叫做台灣呢？

[文法] って [叫…的…]
▸ 用來表示說話人不知道的事物。

0770 □□□

それぞれ

[副] 每個（人），分別，各自

[類] おのおの

[例] LINE と Facebook、それぞれの長所と短所は何ですか。

／LINE 和臉書的優缺點各是什麼？

0771 □□□

それで

[接] 因此；後來

[類] それゆえ

[例] それで、いつまでに終わりますか。／那麼，什麼時候結束呢？

0772 □□□

それとも

[接續] 或著，還是

[類] もしくは

[例] 女か、それとも男か。

／是女的還是男的。

| 0773 □□□ | そろう【揃う】 | (自五)（成套的東西）備齊；成套；一致，（全部）一樣，整齊；（人）到齊，齊聚 |

類 整う（ととのう）

例 全員揃ったから、試合を始めよう。
／等所有人到齊以後就開始比賽吧。

| 0774 □□□ | そろえる【揃える】 | (他下一) 使…備齊；使…一致；湊齊，弄齊，使成對 |

類 整える（ととのえる）

例 必要なものを揃えてからでなければ、出発できません。
／如果沒有準備齊必需品，就沒有辦法出發。

文法
てからでなければ［不…就不能…］
▶ 表示如果不先做前項，就不能做後項。

| 0775 □□□ | そんけい【尊敬】 | (名・他サ) 尊敬 |

例 あなたが尊敬する人は誰ですか。
／你尊敬的人是誰？

あ
か
さ
た
な
は
ま
や
ら
わ
ん
練習

0776
□□□
-36

たい
【対】

名・漢造 對比，對方；同等，對等；相對，相向；（比賽）比；面對

例 1対1で引き分けです。 ／一比一平手。

0777
□□□

だい
【代】

名・漢造 代，輩；一生，一世；代價

例 100年続いたこの店を、私の代で終わらせる
わけにはいかない。
／絕不能在我手上關了這家已經傳承百年的老店。

文法
わけにはいかない［不能…］
► 表示由於一般常識、社會道德或經驗等，那樣做是不可能的、不能做的。

0778
□□□

だい
【第】

漢造・接頭 順序；考試及格，錄取

例 ベートーベンの交響曲第6番は、「田園」として知られている。
／貝多芬的第六號交響曲是名聞遐邇的《田園》。

0779
□□□

だい
【題】

名・自サ・漢造 題目，標題；問題；題辭

例 作品に題をつけられなくて、「無題」とした。
／想不到名稱，於是把作品取名為〈無題〉。

0780
□□□

たいがく
【退学】

名・自サ 退學

例 息子は、高校を退学してから毎日ぶらぶらしている。
／我兒子自從高中退學以後，每天都無所事事。

0781
□□□

だいがくいん
【大学院】

名 （大學的）研究所

例 来年、大学院に行くつもりです。 ／我計畫明年進研究所唸書。

0782
□□□

だいく
【大工】

名 木匠，木工

類 匠（たくみ）
例 大工が家を建てている。
／木工在蓋房子。

0783 □□□ たいくつ 【退屈】

（名・自サ・形動）無聊，鬱悶，寂，厭倦

類 つまらない

例 やることがなくて、どんなに退屈したことか。
／無事可做，是多麼的無聊啊！

文法
ことか [多麼…啊]
▶ 表示該事物的程度如此之大，大到沒辦法特定。

0784 □□□ たいじゅう 【体重】

（名）體重

例 そんなにたくさん食べていたら、体重が減るわけがありません。
／吃那麼多東西，體重怎麼可能減得下來呢！

0785 □□□ たいしょく 【退職】

（名・自サ）退職

例 退職してから、ボランティア活動を始めた。
／離職以後，就開始去當義工了。

0786 □□□ だいたい 【大体】

（副）大部分；大致；大概

類 おおよそ

例 練習して、この曲はだいたい弾けるようになった。
／練習以後，大致會彈這首曲子了。

0787 □□□ たいど 【態度】

（名）態度，表現；舉止，神情，作風

類 素振り（そぶり）

例 君の態度には、先生でさえ怒っていたよ。
／對於你的態度，就算是老師也感到很生氣喔。

文法
でさえ [連、甚至]
▶ 用在理所當然的是都不能了，其他的是就更不用説了。

0788 □□□ タイトル 【title】

（名）（文章的）題目，（著述的）標題；稱號，職稱

類 題名（だいめい）

例 全文を読まなくても、タイトルを見れば内容はだいたい分かる。
／不需讀完全文，只要看標題即可瞭解大致內容。

0789 □□□	ダイニング【dining】	㊂ 餐廳（「ダイニングルーム」之略稱）；吃飯，用餐；西式餐館

㋐広いダイニングですので、10人ぐらい来ても大丈夫ですよ。
／家裡的餐廳很大，就算來了十位左右的客人也沒有問題。

0790 □□□	だいひょう【代表】	㊂・他サ 代表

㋐斉藤君の結婚式で、友人を代表してお祝いを述べた。
／在齊藤的婚禮上，以朋友代表的身分獻上了賀詞。

0791 □□□	タイプ【type】	㊂・他サ 型，形式，類型；典型，榜樣，樣本，標本；（印）鉛字，活字；打字（機）

㋙型式（かたしき）；タイプライター
㋐私はこのタイプのパソコンにします。／我要這種款式的電腦。

0792 □□□	だいぶ【大分】	㊂・形動 很，頗，相當，相當地，非常

㋙ずいぶん
㋐だいぶ元気になりましたから、もう薬を飲まなくてもいいです。
／已經好很多了，所以不吃藥也沒關係的。

0793 □□□	だいめい【題名】	㊂（圖書、詩文、戲劇、電影等的）標題，題名

㋙題（だい）
㋐その歌の題名を知っていますか。／你知道那首歌的歌名嗎？

0794 □□□	ダイヤ【diamond・diagram 之略】	㊂ 鑽石（「ダイヤモンド」之略稱）；列車時刻表；圖表，圖解（「ダイヤグラム」之略稱）

㋐ダイヤの指輪を買って、彼女に結婚を申し込んだ。
／買下鑽石戒指向女友求婚。

0795 □□□	ダイヤモンド【diamond】	㊂ 鑽石

㋐ダイヤモンドを買う。／買鑽石。

0796 たいよう【太陽】

□□□

名 太陽

反 太陰（たいいん）
類 お日さま
例 太陽が高くなるにつれて、暑くなった。
／隨著太陽升起，天氣變得更熱了。

文法
につれて［隨著…］
▶ 表示隨著前項的進展，同時後項也隨之發生相應的進展。

0797 たいりょく【体力】

□□□

名 體力

例 年を取るに従って、体力が落ちてきた。
／隨著年紀增加，體力愈來愈差。

0798 ダウン【down】

□□□

名・自他サ 下，倒下，向下，落下；下降，減退；（棒）出局；（拳擊）擊倒

反 アップ 類 下げる
例 駅が近づくと、電車はスピードダウンし始めた。
／電車在進站時開始減速。

0799 たえず【絶えず】

□□□

副 不斷地，經常地，不停地，連續

類 いつも
例 絶えず勉強しないことには、新しい技術に追いついていけない。
／如不持續學習，就沒有辦法趕上最新技術。

0800 たおす【倒す】

□□□

他五 倒，放倒，推倒，翻倒，推翻，打倒；毀壞，拆毀；打敗，擊敗；殺死，擊斃；賴帳，不還債

類 打倒する（だとうする）；転ばす（ころばす）
例 山の木を倒して団地を造る。
／砍掉山上的樹木造鎮。

0801 タオル【towel】

□□□

名 毛巾；毛巾布

例 このタオルは、厚みがあるけれど夜までには乾くだろう。
／這條毛巾雖然厚，但在入夜之前應該會乾吧。

文法
までには［在…之前］
▶ 表示某個截止日、某個動作完成的期限。

0802 □□□	たがい 【互い】	(名・形動) 互相，彼此；雙方；彼此相同

類 双方（そうほう）

例 けんかばかりしているが、互いに嫌っているわけではない。
　　/雖然老是吵架，但也並不代表彼此互相討厭。

文法
わけではない [並不是…]
► 表示不能簡單地對現在的狀況下某種結論，也有其它情況。

0803 □□□	たかまる 【高まる】	(自五) 高漲，提高，增長；興奮

反 低まる（ひくまる）
類 高くなる
例 地球温暖化問題への関心が高まっている。
　　/人們愈來愈關心地球暖化問題。

0804 □□□	たかめる 【高める】	(他下一) 提高，抬高，加高

反 低める
類 高くする
例 発電所の安全性を高めるべきだ。
　　/有必要加強發電廠的安全性。

文法
べきだ [應當…]
► 表示那樣做是應該的、正確的。常用在勸告、禁止及命令的場合。

0805 □□□	たく 【炊く】	(他五) 點火，燒著；燃燒；煮飯，燒菜

類 炊事（すいじ）
例 ご飯は炊いてあったっけ。
　　/煮飯了嗎？

文法
っけ [是不是…呢]
► 用在想確認自己記不清，或已經忘掉的事物時。

0806 □□□	だく 【抱く】	(他五) 抱；孵卵；心懷，懷抱

類 抱える（かかえる）
例 赤ちゃんを抱いている人は誰ですか。
　　/那位抱著小嬰兒的是誰？

| 0807 □□□ | **タクシーだい**
【taxi 代】 | ② 計程車費 |

類 タクシー料金
例 来月からタクシー代が上がります。
　／從下個月起，計程車的車資要漲價。

| 0808 ③⑦ | **タクシーりょうきん**
【taxi 料金】 | ② 計程車費 |

類 タクシー代
例 来月からタクシー料金が値上げになるそうです。
　／據說從下個月開始，搭乘計程車的費用要漲價了。

| 0809 □□□ | **たくはいびん**
【宅配便】 | ② 宅急便 |

比 宅配便（たくはいびん）：除黑貓宅急便之外的公司所能使用之詞彙。
　宅急便（たっきゅうびん）：日本黑貓宅急便登錄商標用語，只有此公司能使用此詞彙。
例 明日の朝、宅配便が届くはずです。
　／明天早上應該會收到宅配包裹。

| 0810 □□□ | **たける**
【炊ける】 | 自下一 燒成飯，做成飯 |

例 ご飯が炊けたので、夕食にしましょう。
　／飯已經煮熟了，我們來吃晚餐吧。

| 0811 □□□ | **たしか**
【確か】 | 副（過去的事不太記得）大概，也許 |

例 このセーターは確か 1,000 円でした。
　／這件毛衣大概是花一千日圓吧。

| 0812 □□□ | **たしかめる**
【確かめる】 | 他下一 查明，確認，弄清 |

類 確認する（かくにんする）
例 彼に聞いて、事実を確かめることができました。
　／興他確認實情後，真相才大白。

| 0813 □□□ | たしざん
【足し算】 | 名 加法，加算 |

反 引き算（ひきざん）
類 加法（かほう）
例 ここは引き算ではなくて、足し算ですよ。
／這時候不能用減法，要用加法喔。

| 0814 □□□ | たすかる
【助かる】 | 自五 得救，脫險；有幫助，輕鬆；節省（時間、費用、麻煩等） |

例 乗客は全員助かりました。
／乘客全都得救了。

| 0815 □□□ | たすける
【助ける】 | 他下一 幫助，援助；救，救助；輔佐；救濟，資助 |

類 救助する（きゅうじょする）；手伝う（てつだう）
例 おぼれかかった人を助ける。
／救起了差點溺水的人。

| 0816 □□□ | ただ | 名・副 免費，不要錢；普通，平凡；只有，只是（促音化為「たった」） |

類 僅か（わずか）
例 会員カードがあれば、ただで入れます。
／如果持有會員卡，就能夠免費入場。

| 0817 □□□ | ただいま | 名・副 現在；馬上；剛才；（招呼語）我回來了 |

類 現在；すぐ
例 ただいまお茶をお出しいたします。
／我馬上就端茶過來。

| 0818 □□□ | たたく
【叩く】 | 他五 敲，叩；打；詢問，徵求；拍，鼓掌；攻擊，駁斥；花完，用光 |

類 打つ（うつ）
例 向こうから太鼓をドンドンたたく音が聞こえてくる。
／可以聽到那邊有人敲擊太鼓的咚咚聲響。

| 0819 □□□ | たたむ
【畳む】 | （他五）疊，折；關，闔上；關閉，結束；藏在心裡 |

> 圓 折る（おる）
>
> 例 布団を畳んで、押入れに上げる。
>
> ／疊起被子收進壁櫥裡。

| 0820 □□□ | たつ
【経つ】 | （自五）經，過；（炭火等）燒盡 |

> 圓 過ぎる
>
> 例 あと 20 年たったら、一般の人でも月に行けるかもしれない。
>
> ／再過二十年，說不定一般民眾也能登上月球。

| 0821 □□□ | たつ
【建つ】 | （自五）蓋，建 |

> 圓 建設する（けんせつする）
>
> 例 駅の隣に大きなビルが建った。
>
> ／在車站旁邊蓋了一棟大樓。

| 0822 □□□ | たつ
【発つ】 | （自五）立，站；冒，升；離開；出發；奮起；飛，飛
走 |

> 圓 出発する
>
> 例 夜 8 時半の夜行バスで青森を発つ。
>
> ／搭乘晚上八點半從青森發車的巴士。

| 0823 □□□ | たてなが
【縦長】 | （名）矩形，長形 |

> 反 横長（よこなが）
>
> 例 日本や台湾では、縦長の封筒が多く使われている。
>
> ／在日本和台灣通常使用直式信封。

| 0824 □□□ | たてる
【立てる】 | （他下一）立起；訂立 |

> 例 夏休みの計画を立てる。
>
> ／規劃暑假計畫。

0825 □□□	たてる 【建てる】	他下一 建造，蓋

動 建築する（けんちくする）

例 こんな家を建てたいと思います。
　／我想蓋這樣的房子。

文法
たい [想要…]
▶ 表示說話者的內心想做、想要的。

0826 □□□	たな 【棚】	名（放置東西的）隔板，架子，棚

例 お荷物は上の棚に置くか、前の座席の下にお入れください。
　／請將隨身行李放到上方的置物櫃內，或前方旅客座椅的下方。

0827 □□□	たのしみ 【楽しみ】	名 期待，快樂

反 苦しみ
類 趣味

例 みんなに会えるのを楽しみにしています。
　／我很期待與大家見面！

0828 □□□	たのみ 【頼み】	名 懇求，請求，拜託；信賴，依靠

類 願い

例 父は、とうとう私の頼みを聞いてくれなかった。
　／父親終究沒有答應我的請求。

0829 □□□	たま 【球】	名 球

例 山本君の投げる球はとても速くて、僕には打てない。
　／山本投擲的球速非常快，我實在打不到。

0830 □□□	だます 【騙す】	動 騙，欺騙，誑騙，矇騙；哄

動 欺く（あざむく）

例 彼の甘い言葉に騙されて、200万円も取られてしまった。
　／被他的甜言蜜語欺騙，訛詐了高達兩百萬圓。

| 0831 □□□ | **たまる**
【溜まる】 | （自五）事情積壓；積存，囤積，停滯 |

- 類 集まる
- 例 最近、ストレスが溜まっている。
／最近累積了不少壓力。

| 0832 □□□ | **だまる**
【黙る】 | （自五）沉默，不說話；不理，不聞不問 |

- 反 喋る
- 類 沈黙する（ちんもくする）
- 例 それを言われたら、私は黙るほかない。
／被你這麼一說，我只能無言以對。

文法
ほかない［只能…］
▶ 表示別無它法。

| 0833 □□□ | **ためる**
【溜める】 | （他下一）積，存，蓄；積壓，停滯 |

- 類 蓄える（たくわえる）
- 例 お金をためてからでないと、結婚なんてできない。
／不先存些錢怎麼能結婚。

文法
てからでないと［不…就不能…］
▶ 表示如果不先做前項，就不能做後項。

| 0834 □□□ | **たん**
【短】 | （名・漢造）短；不足，缺點 |

- 例 私は飽きっぽいのが短所です。
／凡事容易三分鐘熱度是我的缺點。

文法
っぽい［感覺像…］
▶ 表示有這種感覺或有這種傾向。

| 0835 □□□ | **だん**
【団】 | （漢造）團，圓團；團體 |

- 例 記者団は大臣に対して説明を求めた。
／記者群要求了部長做解釋。

文法
に対して［向…；對…］
▶ 表示動作、感情施予的對象。

| 0836 □□□ | だん【弾】 | 漢造 砲弾 |

彼は**弾丸**のような**速**さで**部屋**を**飛**び**出**して いった。
／他快得像顆子彈似地衝出了房間。

| 0837 □□□ | たんきだいがく【短期大学】 | 名（兩年或三年制的）短期大學 |

略稱：短大（たんだい）
姉は**短期大学**で**勉強**しています。
／姊姊在短期大學裡就讀。

| 0838 □□□ | ダンサー【dancer】 | 名 舞者；舞女；舞蹈家 |

踊り子
由香ちゃんはダンサーを**目指**しているそうです。
／小由香似乎想要成為一位舞者。

| 0839 □□□ | たんじょう【誕生】 | 名・自サ 誕生，出生；成立，創立，創辦 |

出生
地球は 46 **億年前**に**誕生**した。
／地球誕生於四十六億年前。

| 0840 □□□ | たんす | 名 衣櫥，衣櫃，五斗櫃 |

押入れ
服を**畳**んで、たんすにしまった。
／折完衣服後收入衣櫃裡。

| 0841 □□□ | だんたい【団体】 | 名 團體，集體 |

集団
レストランに**団体**で**予約**を**入**れた。
／我用團體的名義預約了餐廳。

0842

チーズ
【cheese】

名 起司，乳酪

例 このチーズはきっと高いに違いない。
／這種起士一定非常貴。

文法
に違いない[一定是]
▶ 說話者根據經驗或直覺，做出非常肯定的判斷。

0843

チーム
【team】

名 組，團隊；（體育）隊

類 組（くみ）

例 私たちのチームへようこそ。まず、自己紹介をしてください。
／歡迎來到我們這支隊伍，首先請自我介紹。

0844

チェック
【check】

名・他サ 確認，檢查，核對，打勾；格子花紋；
支票；號碼牌

類 見比べる

例 メールをチェックします。／檢查郵件。

0845

ちか
【地下】

名 地下；陰間；（政府或組織）地下，秘密（組織）

反 地上　類 地中

例 ワインは、地下に貯蔵してあります。／葡萄酒儲藏在地下室。

0846

ちがい
【違い】

名 不同，差別，區別；差錯，錯誤

反 同じ　類 歪み（ひずみ）

例 値段の違いは輸入した時期によるもので、同じ商品です。
／價格的差異只是由於進口的時期不同，事實上是相同的商品。

0847

ちかづく
【近づく】

自五 臨近，靠近；接近，交往；幾乎，近似

類 近寄る

例 夏休みも終わりが近づいてから、やっと宿題をやり始めた。
／直到暑假快要結束才終於開始寫作業了。

0848 □□□	ちかづける 【近付ける】	他五 使…接近，使…靠近

類 寄せる

例 この薬品は、火を近づけると燃えるので、注意してください。
/這藥只要接近火就會燃燒，所以要小心。

0849 □□□	ちかみち 【近道】	名 捷徑，近路

類 抜け道（ぬけみち）
反 回り道

例 近道を知っていたら教えてほしい。
/如果知道近路請告訴我。

文法
てほしい［希望…］
▶ 表示對他人的某種要求或希望。

0850 □□□	ちきゅう 【地球】	名 地球

類 世界

例 地球環境を守るために、資源はリサイクルしましょう。
/為了保護地球環境，讓我們一起做資源回收吧。

0851 □□□	ちく 【地区】	名 地區

例 この地区は、建物の高さが制限されています。
/這個地區的建築物有高度限制。

0852 □□□	チケット 【ticket】	名 票，券；車票；入場券；機票

類 切符

例 パリ行きのチケットを予約しました。
/我已經預約了前往巴黎的機票。

0853 □□□	チケットだい 【ticket 代】	名 票錢

類 切符代

例 事前に予約しておくと、チケット代が 10 ％ 引きになります。
/如果採用預約的方式，票券就可以打九折。

0854 □□□	**ちこく** 【遅刻】	名·自サ 遲到，晚到

🏮 遅れる

例 電話がかかってきた<u>せいで</u>、会社に遅刻した。

/都是因為有人打電話來，所以上班遲到了。

0855 □□□	**ちしき** 【知識】	名 知識

🏮 学識

例 経済については、多少の知識がある。

/我對經濟方面略有所知。

0856 □□□	**ちぢめる** 【縮める】	他下一 縮小，縮短，縮減；縮回，捲縮，起皺紋

🏮 圧縮（あっしゅく）

例 この亀はいきなり首を縮めます。

/這隻烏龜突然縮回脖子。

0857 □□□	**チップ** 【chip】	名（削木所留下的）片削；洋芋片

例 ポテトチップを食べる。

/吃洋芋片。

0858 □□□	**ちほう** 【地方】	名 地方，地區；（相對首都與大城市而言的）地方，外地

反 都会 類 田舎

例 私は東北地方の出身です。

/我的籍貫是東北地區。

0859 □□□	**ちゃ** 【茶】	名·漢造 茶；茶樹；茶葉；茶水

例 お茶をいれて、一休みした。

/沏個茶，休息了一下。

0860 □□□	チャイム 【chime】	名 組鐘；門鈴

例 チャイムが鳴ったので玄関に行ったが、誰もいなかった。
　／聽到門鈴響後，前往玄關察看，門口卻沒有任何人。

0861 □□□	ちゃいろい 【茶色い】	形 茶色

例 どうして何を食べてもうんちは茶色いの。
　／為什麼不管吃什麼東西，糞便都是褐色的？

0862 □□□	ちゃく 【着】	名・接尾・漢造 到達，抵達；（計算衣服的單位）套；（記數 順序或到達順序）著，名；穿衣；黏貼；沉著；著手

類 着陸
例 2着で銀メダルだった。　／第二名是獲得銀牌。

0863 □□□	ちゅうがく 【中学】	名 中學，初中

類 高校
例 中学になってから塾に通い始めた。　／上了國中就開始到補習班補習。

0864 □□□	ちゅうかなべ 【中華なべ】	名 中華鍋（炒菜用的中式淺底鍋）

類 なべ
例 中華なべはフライパンより重いです。
　／傳統的炒菜鍋比平底鍋還要重。

0865 □□□	ちゅうこうねん 【中高年】	名 中年和老年，中老年

例 あの女優は中高年に人気だそうです。
　／那位女演員似乎頗受中高年齡層觀眾的喜愛。

0866 □□□	ちゅうじゅん 【中旬】	名 （一個月中的）中旬

類 中頃
例 彼は、来月の中旬に帰ってくる。　／他下個月中旬會回來。

ちゅうしん～ちょうし

0867 □□□ 39

ちゅうしん【中心】 [名] 中心，當中；中心，重點，焦點；中心地，中心人物

[反]隅 [類]真ん中

[例]点Aを中心とする半径5センチの円を描きなさい。
／請以A點為圓心，畫一個半徑五公分的圓形。

[文法] を中心として［以…為中心］
▶ 表示前項是後項行為、狀態的中心。

0868 □□□

ちゅうねん【中年】 [名] 中年

[類]壮年

[例]もう中年だから、あまり無理はできない。
／已經是中年人了，不能太過勉強。

0869 □□□

ちゅうもく【注目】 [名・他サ・自サ] 注目，注視

[類]注意

[例]とても才能のある人なので、注目している。
／他是個很有才華的人，現在備受矚目。

0870 □□□

ちゅうもん【注文】 [名・他サ] 點餐，訂貨，訂購；希望，要求，願望

[類]頼む

[例]さんざん迷ったあげく、カレーライスを注文しました。
／再三地猶豫之後，最後竟點了個咖哩飯。

0871 □□□

ちょう【庁】 [漢造] 官署；行政機關的外局

[例]父は県庁に勤めています。
／家父在縣政府工作。

0872 □□□

ちょう【兆】 [名・漢造] 徵兆；（數）兆

[例]1光年は約9兆4600億キロである。
／一光年大約是九兆四千六百億公里。

| 0873 ☐☐☐ | ちょう 【町】 | (名・漢造)（市街區劃單位）街，巷；鎮，街 |

● 永田町と言ったら、日本の政治の中心地だ。

／提到永田町，那裡可是日本的政治中樞。

| 0874 ☐☐☐ | ちょう 【長】 | (名・漢造) 長，首領；長輩；長處 |

● 学級会の議長を務める。

／擔任班會的主席。

| 0875 ☐☐☐ | ちょう 【帳】 | (漢造) 帳幕；帳本 |

● 銀行の預金通帳が盗まれた。

／銀行存摺被偷了。

| 0876 ☐☐☐ | ちょうかん 【朝刊】 | (名) 早報 |

● 夕刊（ゆうかん）

● 毎朝、電車の中で、スマホで朝刊を読んでいる。

／每天早上在電車裡用智慧型手機看早報。

| 0877 ☐☐☐ | ちょうさ 【調査】 | (名・他サ) 調査 |

● 調べる

● 年代別の人口を調査する。

／調查不同年齡層的人口。

| 0878 ☐☐☐ | ちょうし 【調子】 | (名)（音樂）調子，音調；語調，聲調，口氣；格調，風格；情況，狀況 |

● 具合

● 年のせいか、体の調子が悪い。

／<u>不知道是不是上了年紀的關係</u>，身體健康亮起紅燈了。

> 文法
> せいか［可能是(因為)…］
> ▶ 表示發生壞事或不利的原因，但這一原因也不很明確。

0879 □□□	**ちょうじょ** 【長女】	名 長女，大女兒

例 長女が生まれて以来、寝る暇もない。
/自從大女兒出生以後，忙得連睡覺的時間都沒有。

文法
て以来[自從…以來，就一直…]
▶ 表示自從過去發生某事以後，直到現在為止的整個階段。

0880 □□□	**ちょうせん** 【挑戦】	名・自サ 挑戦

類 挑む
例 その試験は、私にとっては大きな挑戦です。
/對我而言，參加那種考試是項艱鉅的挑戰。

文法
にとっては[對於…來說]
▶ 表示站在前面接的那個詞的立場，來進行後面的判斷或評價。

0881 □□□	**ちょうなん** 【長男】	名 長子，大兒子

例 来年、長男が小学校に上がる。
/明年大兒子要上小學了。

0882 □□□	**ちょうりし** 【調理師】	名 烹調師，廚師

例 彼は調理師の免許を持っています。
/他具有廚師執照。

0883 □□□	**チョーク** 【chalk】	名 粉筆

例 チョークで黒板に書く。
/用粉筆在黑板上寫字。

0884 □□□	**ちょきん** 【貯金】	名・自他サ 存款，儲蓄

類 蓄える
例 毎月決まった額を貯金する。
/每個月都定額存錢。

| 0885 □□□ | ちょくご
【直後】 | (名・副)（時間，距離）緊接著，剛…之後，…之後不久 |

反 直前
例 運動なんて無理無理。退院した直後だもの。
／現在怎麼能去運動！才剛剛出院而已。

| 0886 □□□ | ちょくせつ
【直接】 | (名・副・自サ) 直接 |

反 間接
類 直に
例 関係者が直接話し合って、問題はやっと解決した。
／和相關人士直接交渉後，終於解決了問題。

| 0887 □□□ | ちょくぜん
【直前】 | (名) 即將…之前，眼看就要…的時候；（時間，距離）之前，跟前，眼前 |

反 直後　類 寸前 (すんぜん)
例 テストの直前にしても、全然休まないのは
体に悪いと思います。
／就算是考試前夕，我還是認為完全不休息對身體是
不好的。

> 文法
> にしても［就算…，也
> …］
> ▶ 表示退一步承認前項
> 條件，並在後項中敘述
> 跟前項矛盾的內容。

| 0888 □□□ | ちらす
【散らす】 | (他五・接尾) 把…分散開，驅散；吹散，灑散，散佈，傳播；消腫 |

例 ご飯の上に、ごまやのりが散らしてあります。
／白米飯上，灑著芝麻和海苔。

| 0889 □□□ | ちりょう
【治療】 | (名・他サ) 治療，醫療，醫治 |

例 検査の結果が出てから、今後の治療方針を決めます。
／等檢查結果出來以後，再決定往後的治療方針。

| 0890 □□□ | ちりょうだい
【治療代】 | (名) 治療費，診察費 |

類 医療費
例 歯の治療代は非常に高いです。
／治療牙齒的費用非常昂貴。

| 0891 □□□ | **ちる**
【散る】 | (自五) 凋謝，散漫，落，離散，分散；遍佈；消腫；渙散 |

反 集まる　**類** 分散

例 桜の花びらがひらひらと散る。／櫻花落英繽紛。

つ

| 0892 □□□ 40 | **つい** | (副)（表時間與距離）相隔不遠，就在眼前；不知不覺，無意中；不由得，不禁 |

類 うっかり

例 ついうっかりして傘を間違えてしまった。／不小心拿錯了傘。

| 0893 □□□ | **ついに**
【遂に】 | (副) 終於；竟然；直到最後 |

類 とうとう

例 橋はついに完成した。／造橋終於完成了。

| 0894 □□□ | **つう**
【通】 | (名・形動・接尾・漢造) 精通，內行，專家；通曉人情世故，通情達理；暢通；(助數詞) 封，件，紙；穿過；往返；告知；貫徹始終 |

類 物知り

例 彼ばかりでなく彼の奥さんも日本通だ。
／不單是他，連他太太也非常通曉日本的事物。

文法
ばかりでなく[不僅…而且…]
▶ 表示除前項的情況之外，還有後項程度更甚的情況。

| 0895 □□□ | **つうきん**
【通勤】 | (名・自サ) 通勤，上下班 |

類 通う

例 会社まで、バスと電車で通勤するほかない。
／上班只能搭公車和電車。

文法
ほかない[除了…之外沒有…]
▶ 表示這是唯一的辦法。

| 0896 □□□ | **つうじる・つうずる**
【通じる・通ずる】 | (自上一・他上一) 通；通到，通往；通曉，精通；明白，理解；使…通；在整個期間內 |

類 通用する

例 日本では、英語が通じますか。
／在日本英語能通嗎？

文法
▶ 匯 を通じて [透過…]

| 0897 □□□ | つうやく
【通訳】 | 名・他サ 口頭翻譯，口譯；翻譯者，譯員 |

例 あの人はしゃべるのが速いので、通訳しきれなかった。
／因為那個人講很快，所以沒辦法全部翻譯出來。

| 0898 □□□ | つかまる
【捕まる】 | 自五 抓住，被捉住，逮捕；抓緊，揪住 |

類 捕（とら）えられる

例 犯人、早く警察に捕まるといいのになあ。
／真希望警察可以早日把犯人組捕歸案呀。

文法
といいのになあ[就好了]
▶ 前項是難以實現或與事實相反的情況，表現說話者遺憾、不滿、感嘆的心情。

| 0899 □□□ | つかむ
【掴む】 | 他五 抓，抓住，揪住，握住；掌握到，瞭解到 |

類 握る（にぎる）

例 誰にも頼らないで、自分で成功をつかむほかない。
／不依賴任何人，只能靠自己去掌握成功。

文法
ほかない[除了…之外沒有…]
▶ 表示這是唯一解決問題的辦法。

| 0900 □□□ | つかれ
【疲れ】 | 名 疲勞，疲乏，疲倦 |

類 疲労（ひろう）

例 マッサージをすると、疲れが取れます。
／按摩就能解除疲勞。

| 0901 □□□ | つき
【付き】 | 接尾 （前接某些名詞）樣子；附屬 |

例 こちらの定食はデザート付きでたったの 700 円です。
／這套餐選附甜點，只要七百圓而已。

| 0902 □□□ | つきあう
【付き合う】 | 自五 交際，往來；陪伴，奉陪，應酬 |

類 交際する（こうさいする）

例 隣近所と親しく付き合う。
／敦親睦鄰。

0903
☐☐☐

つきあたり
【突き当たり】

名（道路的）盡頭

例 うちはこの道の突き当たりです。
／我家就在這條路的盡頭。

0904
☐☐☐

つぎつぎ・つぎつぎに・つぎつぎと
【次々・次々に・次々と】

副 一個接一個，接二連三地，絡繹不絕地，紛紛；按著順序，依次

類 次から次へと

例 そんなに次々問題が起こるわけはない。
／不可能會這麼接二連三地發生問題的。

文法
わけはない[不可能…]
▶ 表示從道理上而言，強烈地主張不可能或沒有理由成立。

0905
☐☐☐

つく
【付く】

自五 附著，沾上；長，添增；跟隨，隨從，聽隨；偏坦；設有；連接著

類 接着する（せっちゃくする）；くっつく

例 ご飯粒が顔に付いてるよ。
／臉上黏了飯粒喔。

0906
☐☐☐

つける
【点ける】

他下一 點燃；打開（家電類）

類 スイッチを入れる；点す（ともす）

例 クーラーをつけるより、窓を開けるほうがいいでしょう。
／與其開冷氣，不如打開窗戶來得好吧！

文法
ほうがいい[最好…]
▶ 用在向對方提出建議，或忠告。
▶ 近（の）ではないかと思う[我想…吧]

0907
☐☐☐

つける
【付ける・附ける・着ける】

他下一・接尾 掛上，裝上；穿上，配戴；評定，決定；寫上，記上；定（價），出（價）；養成；分配，派；安裝；注意；抹上，塗上

例 生まれた子供に名前をつける。
／為生下來的孩子取名字。

0908 □□□	**つたえる** 【伝える】	他下一 傳達，轉告；傳導

類 知らせる

例 私が忙しいということを、彼に伝えてください。
/請轉告他我很忙。

0909 □□□	**つづき** 【続き】	名 接續，繼續；接續部分，下文；接連不斷

例 読めば読むほど、続きが読みたくなります。
/越看下去，就越想繼續看下面的發展。

> **文法**
> ば…ほど［越…越…］
> ▶ 表示隨著前項事物的
> 變化，後項也隨之相應
> 地發生變化。

0910 □□□	**つづく** 【続く】	自五 繼續，延續，連續，接連發生，接連不斷； 隨後發生，接著，連著，通到，與…連接；接得上， 夠用；後繼，跟上；次於，居次位

反 絶える（たえる）

例 このところ晴天が続いている。／最近一連好幾天都是晴朗的好天氣。

0911 □□□	**つづける** 【続ける】	接尾 （接在動詞連用形後，複合語用法）繼續…， 不斷地…

例 上手になるには、練習し続けるほかはない。
/技巧要好，就只能不斷地練習。

> **文法**
> ほかはない［只好…］
> ▶ 表示雖然心裡不願意
> ，但又沒有其他方法，
> 只有這唯一的選擇，別
> 無它法。

0912 □□□	**つつむ** 【包む】	他五 包裹，打包，包上；蒙蔽，遮蔽，籠罩；藏 在心中，隱瞞；包圍

類 覆う（おおう）

例 プレゼント用に包んでください。／請包裝成送禮用的。

0913 □□□	**つながる** 【繋がる】	自五 相連，連接，聯繫；(人) 排隊，排列；有（血 緣、親屬）關係，牽連

類 結び付く（むすびつく）

例 電話がようやく繋がった。 ／電話終於通了。

| 0914 ☐☐☐ | つなぐ
【繋ぐ】 | 他五 拴結，繫；連起，接上；延續，維繫（生命等） |

類 接続（せつぞく）；結び付ける（むすびつける）

例 テレビとビデオを繋いで録画した。／我將電視和錄影機接上來錄影。

| 0915 ☐☐☐ | つなげる
【繋げる】 | 他五 連接，維繫 |

類 繋ぐ（つなぐ）

例 インターネットは、世界の人々を繋げる。
／網路將這世上的人接繫了起來。

| 0916 ☐☐☐ | つぶす
【潰す】 | 他五 毀壞，弄碎；熔毀，熔化；消磨，消耗；宰殺；堵死，填滿 |

類 壊す（こわす）

例 会社を潰さないように、一生懸命がんばっている。
／為了不讓公司倒閉而拼命努力。

文法
ように［為了…而…］
▶ 表示為了實現前項，而做後項。

| 0917 ☐☐☐ | つまさき
【爪先】 | 名 腳指甲尖端 |

反 かかと

類 指先（ゆびさき）

例 つま先で立つことができますか。
／你能夠只以腳尖站立嗎？

| 0918 ☐☐☐ | つまり | 名・副 阻塞，困窘；到頭，盡頭；總之，說到底；也就是說，即… |

類 すなわち；要するに（ようするに）

例 彼は私の父の兄の息子、つまりいとこに当たります。
／他是我爸爸的哥哥的兒子，也就是我的堂哥。

| 0919 ☐☐☐ | つまる
【詰まる】 | 自五 擠滿，塞滿；堵塞，不通；窘困，窘迫；縮短，緊小；停頓，擱淺 |

類 通じなくなる（つうじなくなる）；縮まる（ちぢまる）

例 食べ物がのどに詰まって、せきが出た。
／因食物卡在喉嚨裡而咳嗽。

0920 ☐☐☐	つむ 【積む】	（自五・他五）累積，堆積；裝載；積蓄，積累

愿崩す（くずす）　**類**重ねる（かさねる）；載せる（のせる）

例荷物をトラックに積んだ。　／我將貨物裝到卡車上。

0921 ☐☐☐	つめ 【爪】	（名）（人的）指甲，腳指甲；（動物的）爪；指尖； （用具的）鉤子

例爪をきれいに見せたいなら、これを使ってください。
　／想讓指甲好看，就用這個吧。

文法
たい［想要…；想讓］
▶ 表示說話者的內心想做、想要的。

0922 ☐☐☐	つめる 【詰める】	（他下一・自下一）守候，值勤；不停的工作，緊張；塞進， 裝入；緊挨著，緊靠著

類押し込む（おしこむ）

例スーツケースに服や本を詰めた。　／我將衣服和書塞進行李箱。

0923 ☐☐☐	つもる 【積もる】	（自五・他五）積，堆積；累積；估計；計算；推測

類重なる（かさなる）

例この辺りは、雪が積もったとしてもせいぜい3センチくらいだ。
　／這一帶就算積雪，深度也頂多只有三公分左右。

文法
としても［就算…，也…］
▶ 表示假設前項是事實或成立，後項也不會起有效的作用。

0924 ☐☐☐	つゆ 【梅雨】	（名）梅雨；梅雨季

類梅雨（ばいう）

例7月中旬になって、やっと梅雨が明けました。
　／直到七月中旬，這才總算擺脫了梅雨季。

0925 ☐☐☐	つよまる 【強まる】	（自五）強起來，加強，增強

類強くなる（つよくなる）

例台風が近づくにつれ、徐々に雨が強まってきた。
　／隨著颱風的暴風範圍逼近，雨勢亦逐漸增強。

文法
につれ［隨著…］
▶ 表示隨著前項的進展，同時後項也隨之發生相應的進展。

| 0926 □□□ | つよめる 【強める】 | 他下一 加強，增強 |

⦿ 強くする

例 天ぷらを揚げるときは、最後に少し火を強めるといい。
／在炸天婦羅時，起鍋前把火力調大一點比較好。

| 0927 □□□ (41) | で | 接續 那麼；（表示原因）所以 |

例 ふーん。で、それからどうしたの。
／是哦……，那，後來怎麼樣了？

| 0928 □□□ | であう 【出会う】 | 自五 遇見，碰見，偶遇；約會，幽會；（顏色等）協調，相稱 |

⦿ 行き会う（いきあう）；出くわす（でくわす）

例 二人は、最初どこで出会ったのですか。
／兩人最初是在哪裡相遇的？

| 0929 □□□ | てい 【低】 | 名・漢造（位置）低；（價格等）低；變低 |

例 焼き芋は低温でじっくり焼くと甘くなります。
／用低溫慢慢烤蕃薯會很香甜。

| 0930 □□□ | ていあん 【提案】 | 名・他サ 提案，建議 |

⦿ 発案（はつあん）

例 この計画を、会議で提案しよう。
／就在會議中提出這企畫吧！

| 0931 □□□ | ティーシャツ 【T-shirt】 | 名 圓領衫，T恤 |

例 休みの日はだいたいTシャツを着ています。
／我在假日多半穿著T恤。

0932 ☐☐☐	DVD デッキ 【DVD tape deck】	名 DVD 播放機

圏 ビデオデッキ

例 DVD デッキが壊れてしまいました。
／DVD 播映機已經壞了。

0933 ☐☐☐	DVD ドライブ 【DVD drive】	名 (電腦用的) DVD 機

例 この DVD ドライブは取り外すことができます。
／這台 DVD 磁碟機可以拆下來。

0934 ☐☐☐	ていき 【定期】	名 定期,一定的期限

例 再来月、うちのオーケストラの定期演奏会がある。
／下下個月,我們管弦樂團將會舉行定期演奏會。

例 エレベーターは定期的に調べて安全を確認しています。
／電梯會定期維修以確保安全。

0935 ☐☐☐	ていきけん 【定期券】	名 定期車票;月票

圏 定期乗車券 (ていきじょうしゃけん)
圏 略稱:定期 (ていき)
例 電車の定期券を買いました。
／我買了電車的月票。

0936 ☐☐☐	ディスプレイ 【display】	名 陳列,展覽,顯示;(電腦的) 顯示器

圏 陳列 (ちんれつ)
例 使わなくなったディスプレイはリサイクルに出します。
／不再使用的顯示器要送去回收。

0937 □□□	ていでん 【停電】	(名・自サ) 停電，停止供電

例 停電のたびに、懐中電灯を買っておけばよかったと思う。
／每次停電時，我總是心想早知道<u>就</u>買一把手電筒<u>就</u>好了。

<u>文法</u>
たびに [每當…就…]
▶ 表示前項的動作、行為都伴隨後項。

ばよかった [就好了]
▶ 表示說話者對於過去事物的懊惱、感慨。

0938 □□□	ていりゅうじょ 【停留所】	(名) 公車站；電車站

例 停留所でバスを1時間も待った。
／在站牌等了足足一個鐘頭的巴士。

0939 □□□	データ 【data】	(名) 論據，論證的事實；材料，資料；數據

類 資料（しりょう）；情報（じょうほう）
例 データを分析すると、景気は明らかに回復してきている。
／分析數據後發現景氣有明顯的復甦。

0940 □□□	デート 【date】	(名・自サ) 日期，年月日；約會，幽會

例 明日はデートだから、思いっ<u>きり</u>おしゃれしないと。
／明天要約會，得好好打扮一番才行。

<u>文法</u>
きり [全心全意地…]
▶ 表示全力做這一件事。

0941 □□□	テープ 【tape】	(名) 窄帶，線帶，布帶；卷尺；錄音帶

例 インタビューをテープに録音させてもらった。
／請對方把採訪錄製成錄音帶。

0942 □□□	テーマ 【theme】	(名) (作品的)中心思想 主題；(論文 演說的)題目，課題

類 主題（しゅだい）
例 論文のテーマについて、説明してください。
／請說明一下這篇論文的主題。

0943 □□□

てき【的】

[接尾‧形動]（前接名詞）關於，對於；表示狀態或性質

[例] お盆休(ぼんやす)みって、一般的(いっぱんてき)には何日(なんにち)から何日(なんにち)までですか。

／中元節的連續假期，通常都是從幾號到幾號呢？

0944 □□□

できごと【出来事】

[名]（偶發的）事件，變故

[類] 事故（じこ）；事件（じけん）

[例] 今日(きょう)の出来事(できごと)って、なんか特(とく)にあったっけ。

／今天有發生什麼特別的事嗎？

[文法]

なんか［有…什麼…］

▶ 不明確的斷定，語氣婉轉。從多數事物中特舉一例類推其它。

っけ［是不是…呢］

▶ 用在想確認自己記不清，或已經忘掉的事物時。

0945 □□□

てきとう【適当】

[名‧形動‧自サ] 適當；適度；隨便

[類] 相応（そうおう）；いい加減（いいかげん）

[例] 適当(てきとう)にやっておくから、大丈夫(だいじょうぶ)。

／我會妥當處理的，沒關係！

0946 □□□

できる

[自上一] 完成；能夠

[類] でき上がる（できあがる）

[例] 1週間(しゅうかん)でできるはずだ。

／一星期應該就可以完成的。

0947 □□□

てくび【手首】

[名] 手腕

[例] 手首(てくび)をけがした以上(いじょう)、試合(しあい)には出(で)られません。

／既然我的手腕受傷，就沒辦法出場比賽。

デザート～てのひら

0948 □□□

デザート【dessert】

[名] 餐後點心，甜點（大多泛指較西式的甜點）

[例] おなかいっぱいでも、デザートはいただきます。
／就算肚子已經很撐了，我還是要吃甜點喔！

0949 □□□

デザイナー【designer】

[名]（服裝、建築等）設計師，圖案家

[例] デザイナーになるために専門学校に行く。
／為了成為設計師而進入專校就讀。

0950 □□□

Track 42

デザイン【design】

[名·自他サ] 設計（圖）；（製作）圖案

[類] 設計（せっけい）

[例] 今週中に新製品のデザインを決めることになっている。
／規定將於本星期內把新產品的設計定案。

[文法] ことになっている［規定著］
▶ 表示安排、約定或約束人們生活行為的各種規定、法律以及一些慣例。

0951 □□□

デジカメ【digital camera 之略】

[名] 數位相機（「デジタルカメラ」之略稱）

[例] 小型のデジカメを買いたいです。
／我想要買一台小型數位相機。

[文法] たい［想要…］
▶ 表示說話者的內心想做、想要的。

0952 □□□

デジタル【digital】

[名] 數位的，數字的，計量的

[反] アナログ

[例] 最新のデジタル製品にはついていけません。
／我實在不會使用最新的數位電子製品。

0953 □□□

てすうりょう【手数料】

[名] 手續費；回扣

[類] コミッション

[例] 外国でクレジットカードを使うと、手数料がかかります。
／在國外刷信用卡需要支付手續費。

0954 □□□

てちょう
【手帳】

[名] 筆記本，雜記本

[類] ノート

[例] 手帳で予定を確認する。

／翻看隨身記事本確認行程。

0955 □□□

てっこう
【鉄鋼】

[名] 鋼鐵

[例] ここは近くに鉱山があるので、鉄鋼業が盛んだ。

／由於這附近有一座礦場，因此鋼鐵業十分興盛。

0956 □□□

てってい
【徹底】

[名·自サ] 徹底；傳遍，普遍，落實

[例] 徹底した調査の結果、故障の原因はほこりでした。

／經過了徹底的調查，確定故障的原因是灰塵。

0957 □□□

てつや
【徹夜】

[名·自サ] 通宵，熬夜

[類] 夜通し（よどおし）

[例] 仕事を引き受けた以上、徹夜をしても完成させます。

／既然接下了工作，就算熬夜也要將它完成。

0958 □□□

てのこう
【手の甲】

[名] 手背

[反] 掌（てのひら）

[例] 蚊に手の甲を刺されました。

／手背被蚊子叮了。

0959 □□□

てのひら
【手の平・掌】

[名] 手掌

[反] 手の甲（てのこう）

[例] 赤ちゃんの手の平はもみじのように小さくてかわいい。

／小嬰兒的手掌如同楓葉般小巧可愛。

[文法]

ように［如同…般］

▶ 說話者以其他具體的人事物為例來陳述某件事物的性質。

0960 □□□	テレビばんぐみ 【television 番組】	图 電視節目

例 兄はテレビ番組を制作する会社に勤めています。
　　／家兄在電視節目製作公司上班。

0961 □□□	てん 【点】	图 點；方面；(得)分

関 ポイント
例 その点について、説明してあげよう。
　　／關於那一點，我來為你說明吧！

0962 □□□	でんきスタンド 【電気 stand】	图 檯燈

例 本を読むときは電気スタンドをつけなさい。
　　／你在看書時要把檯燈打開。

0963 □□□	でんきだい 【電気代】	图 電費

関 電気料金（でんきりょうきん）
例 冷房をつけると、電気代が高くなります。
　　／開了冷氣，電費就會增加。

0964 □□□	でんきゅう 【電球】	图 電燈泡

例 電球が切れてしまった。／電燈泡壞了。

0965 □□□	でんきりょうきん 【電気料金】	图 電費

関 電気代（でんきだい）
例 電気料金は年々値上がりしています。／電費年年上漲。

0966 □□□	でんごん 【伝言】	名・自他サ 傳話，口信；帶口信

関 お知らせ（おしらせ）
例 何か部長へ伝言はありますか。
　　／有沒有什麼話要向經理轉達的？

0967 □□□	でんしゃだい 【電車代】	名（坐）電車費用

⨀ 電車賃（でんしゃちん）

例 通勤にかかる電車代は会社が払ってくれます。
　/上下班的電車費是由公司支付的。

0968 □□□	でんしゃちん 【電車賃】	名（坐）電車費用

⨀ 電車代（でんしゃだい）

例 ここから東京駅までの電車賃は 250 円です。
　/從這裡搭到東京車站的電車費是二百五十日圓。

0969 □□□	てんじょう 【天井】	名 天花板

例 天井の高いホールだなあ。/這座禮堂的頂高好高啊！

0970 □□□	でんしレンジ 【電子 range】	名 電子微波爐

例 これは電子レンジで温めて食べたほうがいいですよ。
　/這個最好先用微波爐熱過以後再吃喔。

0971 □□□	てんすう 【点数】	名（評分的）分數

例 読解の点数はまあまあだったが、聴解の点数は悪かった。
　/閲讀和理解項目的分數還算可以，但是聴力項目的分數就很差了。

0972 □□□	でんたく 【電卓】	名 電子計算機（「電子式卓上計算機（でんししきたくじょうけいさんき）」之略稱）

例 電卓で計算する。/用計算機計算。

0973 □□□	でんち 【電池】	名（理）電池

⨀ バッテリー

例 太陽電池時計は、電池交換は必要ですか。
　/使用太陽能電池的時鐘，需要更換電池嗎？

0974 テント【tent】
□□□

名 帳篷

例 夏休み、友達とキャンプ場にテントを張って泊まった。
　/暑假和朋友到露營地搭了帳棚住宿。

0975 でんわだい【電話代】
□□□

名 電話費

例 国際電話をかけたので、今月の電話代はいつもの倍でした。
　/由於我打了國際電話，這個月的電話費變成了往常的兩倍。

0976 ど【度】
□□□
43

名・漢造 尺度；程度；溫度；次數，回數；規則，規定；氣量，度數

類 程度（ていど）；回数（かいすう）

例 明日の気温は、今日より 5 度ぐらい高いでしょう。
　/明天的天氣大概會比今天高個五度。

0977 とう【等】
□□□

接尾 等等；（助數詞用法，計算階級或順位的單位）等（級）

類 など

例 イギリス、フランス、ドイツ等の EU 諸国はここです。
　/英、法、德等歐盟各國的位置在這裡。

0978 とう【頭】
□□□

接尾 （牛、馬等）頭

例 日本では、過去に計 36 頭の狂牛病の牛が発見されました。
　/在日本，總共發現了三十六頭牛隻染上狂牛病。

0979 どう【同】
□□□

名 同樣，同等；（和上面的）相同

例 同社の発表によれば、既に問い合わせが来ているそうです。
　/根據該公司的公告，已經有人前去洽詢了。

文法
によれば［據…說］
▶ 表示消息、信息的來源，或推測的依據。
▶ 近 をもとに［以…為根據］

| 0980 □□□ | とうさん 【倒産】 | (名・自サ) 破産，倒閉 |

似 破産（はさん）；潰れる（つぶれる）

例 台湾新幹線は倒産するかもしれない<u>という</u>
<u>ことだ</u>。
／據說台灣高鐵公司或許會破產。

文法
ということだ〔據說…〕
► 表示傳聞。從某特定的人或外界獲取的傳聞。

| 0981 □□□ | どうしても | (副)（後接否定）怎麼也，無論怎樣也；務必，一定，無論如何也要 |

似 絶対に（ぜったいに）；ぜひとも

例 どうしても東京大学に入り<u>たい</u>です。
／無論如何都想進入東京大學就讀。

文法
たい〔想要…〕
► 表示說話者的內心想做、想要的。

| 0982 □□□ | どうじに 【同時に】 | (副) 同時，一次；馬上，立刻 |

似 一度に（いちどに）

例 ドアを開けると同時に、電話が鳴りました。
／就在我開門的同一時刻，電話響了。

| 0983 □□□ | とうぜん 【当然】 | (形動・副) 當然，理所當然 |

例 妹をいじめたら、お父さんとお母さんが怒るのも当然だ。
／欺負妹妹以後，受到爸爸和媽媽的責罵也是天經地義的。

| 0984 □□□ | どうちょう 【道庁】 | (名) 北海道的地方政府（「北海道庁」之略稱） |

似 北海道庁（ほっかいどうちょう）

例 道庁は札幌市にあります。
／北海道道廳（地方政府）位於札幌市。

| 0985 □□□ | とうよう 【東洋】 | (名)（地）亞洲；東洋，東方（亞洲東部和東南部的總稱） |

反 西洋（せいよう）

例 東洋文化には、西洋文化とは違う良さがある。
／東洋文化有著和西洋文化不一樣的優點。

どうろ～とく

0986 □□□

どうろ【道路】

[名] 道路

[類] 道（みち）

[例] お盆や年末年始は、高速道路が混んで当たり前になっています。
／盂蘭盆節（相當於中元節）和年末年初時，高速公路壅塞是家常便飯的事。

0987 □□□

とおす【通す】

[他五・接尾] 穿通，貫穿；滲透，透過；連續，貫徹；（把客人）讓到裡邊；一直，連續，…到底

[類] 突き抜けさせる（つきぬけさせる）；導く（みちびく）

[例] 彼は、自分の意見を最後まで通す人だ。
／他是個貫徹自己的主張的人。

0988 □□□

トースター【toaster】

[名] 烤麵包機

[補] トースト：土司

[例] トースターで焼き芋を温めました。／以烤箱加熱了烤蕃薯。

0989 □□□

とおり【通り】

[接尾] 種類；套，組

[例] 行き方は、JR、地下鉄、バスの３通りある。
／交通方式有搭乘國鐵、地鐵和巴士三種。

0990 □□□

とおり【通り】

[名] 大街，馬路；通行，流通

[例] ここをまっすぐ行くと、広い通りに出ます。
／從這裡往前直走，就會走到一條大馬路。

0991 □□□

とおりこす【通り越す】

[自五] 通過，越過

[例] ぼんやり歩いていて、バス停を通り越してしまった。
／心不在焉地走著，都過了巴士站牌還繼續往前走。

0992 □□□

とおる【通る】

[自五] 經過；穿過；合格

[類] 通行（つうこう）

[例] ときどき、あなたの家の前を通ることがあります。
／我有時會經過你家前面。

0993 □□□

とかす
【溶かす】

[他五] 溶解，化開，溶入

[例] お湯に溶かすだけで、おいしいコーヒーができます。
／只要加熱水沖泡，就可以做出一杯美味的咖啡。

0994 □□□

どきどき

[副·自サ]（心臟）撲通撲通地跳，七上八下

[例] 告白するなんて、考えただけでも心臓がどきどきする。
／說什麼告白，光是在腦中想像，心臟就怦怦跳個不停。

[文法]
だけで［光…就…］
▶ 表示沒有實際體驗，就可以感受到。

0995 □□□

ドキュメンタリー
【documentary】

[名] 紀錄，紀實；紀錄片

[例] この監督はドキュメンタリー映画を何本も制作しています。
／這位導演已經製作了非常多部紀錄片。

0996 □□□

とく
【特】

[漢造] 特，特別，與眾不同

[例]「ななつ星」は、日本ではじめての特別な列車だ。
／「七星號列車」是日本首度推出的特別火車。

0997 □□□

とく
【得】

[名·形動] 利益；便宜

[例] まとめて買うと得だ。
／一次買更划算。

0998 □□□

とく
【溶く】

[他五] 溶解，化開，溶入

[類] 溶かす（とかす）

[例] この薬は、お湯に溶いて飲んでください。
／這服藥請用熱開水沖泡開後再服用。

| 0999 □□□ | **とく**【解く】 | 他五 解開；拆開（衣服）；消除，解除（禁令、條約等）；解答 |

反 結ぶ（むすぶ）　類 解く（ほどく）

例 もっと時間があった<u>としても</u>、あんな問題は解けなかった。

／就算有更多的時間，也沒有辦法解出那麼困難的問題。

文法

としても［就算…，也…］
▶ 表示假設前項是事實或成立，後項也不會起有效的作用。

| 1000 □□□ | **とくい**【得意】 | 名・形動（店家的）主顧；得意 滿意；自滿 得意洋洋；拿手 |

反 失意（しつい）　類 有頂天（うちょうてん）

例 人付き合いが得意です。

／我善於跟人交際。

| 1001 □□□ | **どくしょ**【読書】 | 名・自サ 讀書 |

類 閲読（えつどく）

例 読書が好きと言った割には、漢字が読めないね。

／說是喜歡閱讀，沒讀到讀不出漢字呢。

| 1002 □□□ | **どくしん**【独身】 | 名 單身 |

例 当分は独身の自由な生活を楽しみたい。

／暫時想享受一下單身生活的自由自在。

文法

み［…感］
▶ 表示該種程度上感覺到這種狀態。

| 1003 □□□ | **とくちょう**【特徴】 | 名 特徵，特點 |

類 特色（とくしょく）

例 彼女は、特徴のある髪型をしている。／她留著一個很有特色的髮型。

| 1004 □□□ (44) | **とくべつきゅうこう**【特別急行】 | 名 特別快車，特快車 |

類 特急（とっきゅう）

例 まもなく、網走行き特別急行オホーツク１号が発車します。

／開往網走的鄂霍次克一號特快車即將發車。

1005 □□□
とける
【溶ける】

自下一 溶解，融化

類 溶解（ようかい）

例 この物質は、水に溶けません。/這個物質不溶於水。

1006 □□□
とける
【解ける】

自下一 解開，鬆開（綁著的東西）；消，解消（怒氣等）；解除（職責、契約等）；解開（疑問等）

類 解ける（ほどける）

例 あと 10 分あったら、最後の問題解けたのに。
/如果再多給十分鐘，就可以解出最後一題了呀。

文法
たら [如果…]
► 前項是不可能實現，或是與事實、現況相反的事物，後面接上說話者的情感表現。

1007 □□□
どこか

連語 哪裡是，豈止，非但

例 どこか暖かい国へ行きたい。
/想去暖活的國家。

文法
たい [想要…]
► 表示說話者的內心想做、想要的。

1008 □□□
ところどころ
【所々】

名 處處，各處，到處都是

類 あちこち

例 所々に間違いがあるにしても、だいたいよく書けています。
/雖說有些地方錯了，但是整體上寫得不錯。

文法
にしても [就算…，也…]
► 表示退一步承認前項條件，並在後項中敘述跟前項矛盾的內容。

1009 □□□
とし
【都市】

名 都市，城市

反 田舎（いなか） 類 都会（とかい）

例 今後の都市計画について説明いたします。/請容我說明往後的都市計畫。

1010 □□□
としうえ
【年上】

名 年長，年歲大（的人）

反 年下（としした） 類 目上（めうえ）

例 落ち着いているので、年上かと思いました。
/由於他的個性穩重，還以為年紀比我大。

| 1011 □□□ | **としょ**
【図書】 | ② 圖書 |

❶ 読みたい図書が貸し出し中のときは、予約ができます。
/想看的書被其他人借走時，可以預約。

| 1012 □□□ | **とじょう**
【途上】 | ②（文）路上；中途 |

❶ この国は経済的発展の途上にある。
/這個國家屬於開發中國家。

| 1013 □□□ | **としより**
【年寄り】 | ② 老人；（史）重臣，家老；（史）村長；（史）女管家；（相撲）退休的力士，顧問 |

🈷若者（わかもの） 🈯老人（ろうじん）
❶ 電車でお年寄りに席を譲った。
/在電車上讓座給長輩了。

| 1014 □□□ | **とじる**
【閉じる】 | (自上一) 閉，關閉；結束 |

🈯閉める（しめる）
🈁閉じる：還原回原本的狀態。例如：五官、貝殼或書。
閉める：將空間或縫隙等關閉。例如：門、蓋子、窗。
也有兩者皆可使用的情況。
例：目を閉める（×）目を閉じる（○）
❶ 目を閉じて、子どものころを思い出してごらん。
/請試著閉上眼睛，回想兒時的記憶。

| 1015 □□□ | **とちょう**
【都庁】 | ② 東京都政府（「東京都庁」之略稱） |

❶ 都庁は何階建てですか。／請問東京都政府是幾層樓建築呢？

| 1016 □□□ | **とっきゅう**
【特急】 | ② 火速；特急列車（「特別急行」之略稱） |

🈯大急ぎ（おおいそぎ）
❶ 特急で行こうと思う。／我想搭特急列車前往。

| 1017 ☐☐☐ | とつぜん【突然】 | 副 突然 |

❷ 会議の最中に、突然誰かの電話が鳴った。
／在開會時，突然有某個人的電話響了。

文法
最中に［正在…時］
▶ 表示某一行為在進行中。常用在突發什麼事的場合。

| 1018 ☐☐☐ | トップ【top】 | 名 尖端；(接力賽) 第一棒；領頭，率先；第一位，首位，首席 |

類 一番（いちばん）
❷ 成績はクラスでトップな反面、体育は苦手だ。
／成績雖是全班第一名，但體育卻很不拿手。

文法
反面［另一方面…］
▶ 表示同一種事物、同時兼具兩種不同性格的兩個方面。

| 1019 ☐☐☐ | とどく【届く】 | 自五 及，達到；(送東西) 到達；周到；達到 (希望) |

類 着く（つく）
❷ 昨日、いなかの母から手紙が届きました。
／昨天，收到住在鄉下的母親寄來的信。

| 1020 ☐☐☐ | とどける【届ける】 | 他下一 送達；送交；報告 |

❷ あれ、財布が落ちてる。交番に届けなくちゃ。
／咦，有人掉了錢包？得送去派出所才行。

文法
なくちゃ［不…不行］
▶ 表示受限於某個條件、規定，必須要做某件事情。

| 1021 ☐☐☐ | どの【殿】 | 接尾 (前接姓名等) 表示尊重 (書信用，多用於公文) |

對 平常較常使用「様」
❷ 山田太郎殿、お問い合わせの資料をお送りします。ご査収ください。
／山田太郎先生，茲檢附您所查詢的資料，敬請查收。

| 1022 □□□ | **とばす**
【飛ばす】 | (他五・接尾) 使…飛，使飛起；（風等）吹起，吹跑；
飛濺，濺起 |

麵 飛散させる

例 友達に向けて紙飛行機を飛ばしたら、先生にぶつかっちゃった。

／把紙飛機射向同學，結果射中了老師。

| 1023 □□□ | **とぶ**
【跳ぶ】 | (自五) 跳，跳起；跳過（順序、號碼等） |

例 お母さん、今日ね、はじめて跳び箱8段跳べたよ。

／媽媽，我今天練習跳箱，第一次成功跳過八層喔！

| 1024 □□□ | **ドライブ**
【drive】 | (名・自サ) 開車遊玩；兜風 |

例 気分転換にドライブに出かけた。

／開車去兜兜風以轉換心情。

| 1025 □□□ | **ドライヤー**
【dryer・drier】 | (名) 乾燥機，吹風機 |

例 すみません、ドライヤーを貸してください。

／不好意思，麻煩借用吹風機。

| 1026 □□□ | **トラック**
【track】 | (名)（操場、運動場、賽馬場的）跑道 |

例 競技用トラック。

／比賽用的跑道。

| 1027 □□□ | **ドラマ**
【drama】 | (名) 劇；連戲劇；戲劇；劇本；戲劇文學；（轉）
戲劇性的事件 |

麵 芝居（しばい）

例 このドラマは、役者に加えてストーリーもいい。

／這部影集演員好，<u>而且</u>故事情節也精彩。

> **文法**
> **に加えて [而且…]**
> ▶ 表示在現有前項的事物上，再加上後項類似的別的事物。

| 1028 □□□ | **トランプ**
【trump】 | (名) 撲克牌 |

例 トランプを切って配る。

／撲克牌洗牌後發牌。

1029
□□□
どりょく
【努力】

(名・自サ) 努力

(類) 頑張る（がんばる）

(例) 努力が実って、Ｎ３に合格した。
／努力有了成果，通過了Ｎ３級的測驗。

1030
□□□
トレーニング
【training】

(名・他サ) 訓練，練習

(類) 練習（れんしゅう）

(例) もっと前からトレーニングしていればよかっ
た。
／早知道就提早訓練了。

文法

ばよかった [就好了]
▶ 表示說話者對於過去
事物的惋惜、感慨。
▶ 近 よかった [如果…
的話就好了]

1031
□□□
ドレッシング
【dressing】

(名) 調味料，醬汁；服裝，裝飾

(類) ソース；調味料（ちょうみりょう）

(例) さっぱりしたドレッシングを探しています。
／我正在找口感清爽的調味醬汁。

1032
□□□
トン
【ton】

(名)（重量單位）噸，公噸，一千公斤

(例) 一万トンもある船だから、そんなに揺れないよ。
／這可是重達一萬噸的船，不會那麼晃啦。

1033
□□□
どんなに

(副) 怎樣，多麼，如何；無論如何…也

(類) どれほど

(例) どんなにがんばっても、うまくいかない。
／不管怎麼努力，事情還是無法順利發展。

1034
□□□
どんぶり
【丼】

(名) 大碗公；大碗蓋飯

(類) 茶碗（ちゃわん）

(例) どんぶりにご飯を盛った。
／我盛飯到大碗公裡。

1035
□□□
45

ない
【内】

> 漢造 内，裡頭；家裡；内部

> 例 お降りの際は、車内にお忘れ物のないよう
> ご注意ください。
> ／下車時，請別忘了您隨身攜帶的物品。

> 文法
> 際は [在…時]
> ► 表示動作、行為進行
> 的時候。

1036
□□□

ないよう
【内容】

> 名 内容

> 類 中身（なかみ）
> 例 この本の内容は、子どもっぽすぎる。
> ／這本書的内容，感覺實在是太幼稚了。

1037
□□□

なおす
【直す】

> 接尾（前接動詞連用形）重做…

> 例 私は英語をやり直したい。
> ／我想從頭學英語。

> 文法
> たい [想要…]
> ► 表示說話者的內心想
> 做、想要的。

1038
□□□

なおす
【直す】

> 他五 修理；改正；治療

> 類 改める（あらためる）
> 例 自転車を直してやるから、持ってきなさい。
> ／我幫你修理腳踏車，去把它騎過來。

1039
□□□

なおす
【治す】

> 他五 醫治，治療

> 類 治療（ちりょう）
> 例 早く病気を治して働きたい。
> ／我真希望早日把病治好，快點去工作。

> 文法
> たい [想要…]
> ► 表示說話者的內心想
> 做、想要的。

1040
□□□

なか
【仲】

> 名 交情；（人和人之間的）聯繫

> 例 あの二人、仲がいいですね。
> ／他們兩人感情可真好啊！

| 1041 ☐☐☐ | **ながす**
【流す】 | 他五 使流動，沖走；使漂走；流（出）；放逐；
使流産；傳播；洗掉（汗垢）；不放在心上 |

類 流出（りゅうしゅつ）；流れるようにする

例 トイレットペーパー以外は流さないでください。
／請勿將廁紙以外的物品丟入馬桶內沖掉。

| 1042 ☐☐☐ | **なかみ**
【中身】 | 名 裝在容器裡的內容物，內容；刀身 |

類 内容（ないよう）

例 そのおにぎり、中身なに？
／那種飯糰裡面包的是什麼餡料？

| 1043 ☐☐☐ | **なかゆび**
【中指】 | 名 中指 |

例 中指にけがをしてしまった。
／我的中指受了傷。

| 1044 ☐☐☐ | **ながれる**
【流れる】 | 自下一 流動；漂流；飄動；傳布；流逝；流浪；（壞
的）傾向；流産；作罷；偏離目標；瀰漫；降落 |

類 流動する（りゅうどうする）

例 日本で一番長い信濃川は、長野県から新潟県へと流れている。
／日本最長的河流信濃川，是從長野縣流到新潟縣的。

| 1045 ☐☐☐ | **なくなる**
【亡くなる】 | 自五 去世，死亡 |

類 死ぬ（しぬ）

例 おじいちゃんが亡くなって、みんな悲しんでいる。
／爺爺過世了，大家都很哀傷。

| 1046 ☐☐☐ | **なぐる**
【殴る】 | 他五 毆打，揍；草草了事 |

類 打つ（うつ）

例 彼が人を殴るわけがない。
／他不可能會打人。

文法

わけがない[不可能…]

▶ 表示從道理上而言，
強烈地主張不可能或沒
有理由成立。

| 1047 □□□ | **なぜなら（ば）**
【何故なら（ば）】 | 接続 因為，原因是 |

例 どんなに危険でも私は行く。なぜなら、そこには助けを求めている人がいるからだ。
　　/不管有多麼危險我都非去不可，因為那裡有人正在求救。

| 1048 □□□ | **なっとく**
【納得】 | 名・他サ 理解，領會；同意，信服 |

類 理解（りかい）
例 なんで怒られたんだか、全然納得がいかない。
　　/完全不懂自己為何挨罵了。

| 1049 □□□ | **ななめ**
【斜め】 | 名・形動 斜，傾斜；不一般，不同往常 |

類 傾斜（けいしゃ）
例 絵が斜めになっていたので直した。
　　/因為畫歪了，所以將它調正。

| 1050 □□□ | **なにか**
【何か】 | 連体・副 什麼；總覺得 |

例 内容をご確認の上、何か問題があればご連絡ください。
　　/内容確認後，如有問題請跟我聯絡。

| 1051 □□□ | **なべ**
【鍋】 | 名 鍋子；火鍋 |

例 お鍋に肉じゃがを作っておいたから、あっためて食べてね。
　　/鍋子裡已經煮好馬鈴薯燉肉了，熱一熱再吃喔。

| 1052 □□□ | **なま**
【生】 | 名・形動（食物沒有煮過、烤過）生的；直接的，不加修飾的；不熟練，不到火候 |

類 未熟（みじゅく）
例 この肉、生っぽいから、もう一度焼いて。
　　/這塊肉看起來還有點生，幫我再煎一次吧。

文法

っぽい[看起來好像…]
▶ 表示有這種感覺或有這種傾向。語氣帶有否定的意味。

1053 □□□

なみだ【涙】

[名] 淚，眼淚；哭泣；同情

[例] 指をドアに挟んでしまって、あんまり痛くて涙が出てきた。

／手指被門夾住了，痛得眼淚都掉下來了。

1054 □□□

なやむ【悩む】

[自五] 煩惱，苦惱，憂愁；感到痛苦

[類] 苦悩（くのう）；困る（こまる）

[例] あんなひどい女のことで、悩むことはないですよ。

／用不著為了那種壞女人煩惱啊！

[文法] ことはない［用不著…］

▶ 表示鼓勵或勸告別人，沒有做某一行為的必要。

1055 □□□

ならす【鳴らす】

[他五] 鳴，啼，叫；（使）出名；嘮叨；放響屁

[例] 日本では、大晦日には除夜の鐘を 108 回鳴らす。

／在日本，除夕夜要敲鐘一百零八回。

1056 □□□

なる【鳴る】

[自五] 響，叫；聞名

[類] 音が出る（おとがでる）

[例] ベルが鳴ったら、書くのをやめてください。

／鈴聲一響起，就請停筆。

1057 □□□

ナンバー【number】

[名] 數字，號碼；（汽車等的）牌照

[例] 犯人の車は、ナンバーを隠していました。

／嫌犯作案的車輛把車號遮起來了。

に

1058 □□□

Track 46

にあう【似合う】

[自五] 合適，相稱，調和

[類] 相応しい（そうおうしい）；釣り合う（つりあう）

[例] 福井さん、黄色が似合いますね。

／福井小姐真適合穿黃色的衣服呀！

1059
□□□

にえる
【煮える】

自下一 煮熟，煮爛；水燒開；固體融化（成泥狀）；發怒，非常氣憤

類 沸騰する（ふっとうする）

例 もう芋は煮えましたか。
／芋頭已經煮熟了嗎？

1060
□□□

にがて
【苦手】

名・形動 棘手的人或事；不擅長的事物

類 不得意（ふとくい）

例 あいつはどうも苦手だ。
／我對那傢伙實在是很冒冒。

1061
□□□

にぎる
【握る】

他五 握，抓；握飯團或壽司；掌握，抓住；（圍棋中決定誰先下）抓棋子

類 掴む（つかむ）

例 運転中は、車のハンドルを両手でしっかり握ってください。
／開車時請雙手緊握方向盤。

1062
□□□

にくらしい
【憎らしい】

形 可憎的，討厭的，令人憎恨的

對 可愛らしい（かわいらしい）

例 うちの子、反抗期で、憎らしいことばっかり言う。
／我家孩子正值反抗期，老是說些惹人討厭的話。

1063
□□□

にせ
【偽】

名 假，假冒；贗品

類 偽物（にせもの）

例 レジから偽の1万円札が5枚見つかりました。
／收銀機裡發現了五張萬圓偽鈔。

1064
□□□

にせる
【似せる】

他下一 模仿，仿效；偽造

類 まねる

例 本物に似せて作ってありますが、色が少し違います。
／雖然做得與真物非常相似，但是顏色有些微不同。

1065 □□□ にゅうこくかんりきょく【入国管理局】 [名] 入國管理局

[例] 入国管理局に行って、在留カードを申請した。
／到入境管理局申請了居留證。

1066 □□□ にゅうじょうりょう【入場料】 [名] 入場費，進場費

[例] 動物園の入場料はそんなに高くないですよ。
／動物園的門票並沒有很貴呀。

1067 □□□ にる【煮る】 [自五] 煮，燉，熬

[例] 醤油を入れて、もう少し煮ましょう。
／加醬油再煮一下吧！

1068 □□□ にんき【人気】 [名] 人緣，人望

[例] あのタレントは人気がある。／那位藝人很受歡迎。

[ぬ]

1069 □□□ ぬう【縫う】 [他五] 縫，縫補；刺繡；穿過，穿行；(醫）縫合（傷口）

Track 47

[類] 裁縫（さいほう）

[例] 母親は、子どものために思いをこめて服を縫った。／母親滿懷愛心地為孩子縫衣服。

[文法] をこめて［傾注…］
▶ 表示對某事傾注思念或愛等的感情。

1070 □□□ ぬく【抜く】 [自他五·接尾] 抽出，拔去；選出，摘引；消除，排除；省去，減少；超越

[例] この虫歯は、もう抜くしかありません。／這顆蛀牙已經非拔不可了。

1071 □□□ ぬける【抜ける】 [自下一] 脫落，掉落；遺漏；脫；離，離開，消失，散掉；溜走，逃脫

[類] 落ちる（おちる）

[例] 自転車のタイヤの空気が抜けたので、空気入れで入れた。
／腳踏車的輪胎已經扁了，用打氣筒灌了空氣。

1072
□□□

ぬらす
【濡らす】

他五 浸濕，淋濕，沾濕

反 乾かす（かわかす）
類 濡れる

例 この機械は、濡らすと壊れるおそれがある。
/這機器一碰水，就有可能故障。

文法
恐れがある [恐怕會…]
▶ 表示有發生某種消極事件的可能性。只限於用在不利的事件。

1073
□□□

ぬるい
【温い】

形 微温，不冷不熱，不夠熱

類 温かい（あたたかい）

例 電話がかかってきたせいで、お茶がぬるくなってしまった。
/由於接了通電話，結果茶都涼了。

文法
せいで [由於]
▶ 發生壞事或會導致某種不利情況或責任的原因。

ね

1074
□□□
48

ねあがり
【値上がり】

名・自サ 價格上漲，漲價

反 値下がり（ねさがり）
類 高くなる

例 近頃、土地の値上がりが激しい。
/最近地價猛漲。

1075
□□□

ねあげ
【値上げ】

名・他サ 提高價格，漲價

反 値下げ（ねさげ）

例 たばこ、来月から値上げになるんだって。
/聽說香菸下個月起要漲價。

文法
んだって [聽說…呢]
▶ 表示說話者聽說了某件事，並轉述給聽話者。

1076
□□□

ネックレス
【necklace】

名 項鍊

例 ネックレスをすると肩がこる。
/每次戴上項鍊，肩膀就酸痛。

1077	ねっちゅう 【熱中】	（名・自サ）熱中，專心；酷愛，著迷於

類 夢中になる（むちゅうになる）
例 子どもは、ゲームに熱中しがちです。
／小孩子容易沉迷於電玩。

1078	ねむる 【眠る】	（自五）睡覺；埋藏

反 目覚める（めざめる）
類 睡眠（すいみん）
例 薬を使って、眠らせた。
／用藥讓他入睡。

1079	ねらい 【狙い】	（名）目標，目的；瞄準，對準

類 目当て（めあて）
例 家庭での勉強の習慣をつけるのが、宿題を出すねらいです。
／讓學童在家裡養成用功的習慣是老師出作業的目的。

1080	ねんし 【年始】	（名）年初；賀年，拜年

反 年末（ねんまつ）
類 年初（ねんしょ）
例 お世話になっている人に、年始の挨拶をする。
／向承蒙關照的人拜年。

1081	ねんせい 【年生】	（接尾）…年級生

例 出席日数が足りなくて、３年生に上がれなかった。
／由於到校日數不足，以致於無法升上三年級。

1082	ねんまつねんし 【年末年始】	（名）年底與新年

例 年末年始は、ハワイに行く予定だ。
／預定去夏威夷跨年。

1083 □□□ 49	のうか 【農家】	ⓝ 農民，農戶；農民的家

例 農林水産省によると、日本の農家は年々減っている。

／根據農林水産部的統計，日本的農戶正逐年遞減。

文法
によると［據…說］
▶ 表示消息、信息的來源，或推測的依據。

1084 □□□	のうぎょう 【農業】	ⓝ 農耕；農業

例 10 年前に比べて、農業の機械化はずいぶん進んだ。

／和十年前相較，農業機械化有長足的進步。

文法
に比べて［與…相比］
▶ 表示比較、對照。

1085 □□□	のうど 【濃度】	ⓝ 濃度

例 空気中の酸素の濃度を測定する。

／測量空氣中的氧氣濃度。

1086 □□□	のうりょく 【能力】	ⓝ 能力；（法）行為能力

類 腕前（うでまえ）

例 能力とは、試験で測れるものだけではない。

／能力這東西，並不是只有透過考試才能被檢驗出來。

文法
だけ［只有］
▶ 表示除此之外，別無其他。

1087 □□□	のこぎり 【鋸】	ⓝ 鋸子

例 のこぎりで板を切る。

／用鋸子鋸木板。

1088 □□□	のこす 【残す】	ⓣ 留下，剩下；存留；遺留；（相撲頂住對方的進攻）開腳站穩

類 余す（あます）

例 好き嫌いはいけません。残さずに全部食べなさい。

／不可以偏食，要把飯菜全部吃完。

| 1089
□□□ | のせる
【乗せる】 | 他下一 放在高處，放到…；裝載；使搭乘；使參加；騙人，誘拐；記載，刊登；合著音樂的拍子或節奏 |

例 子どもを電車に乗せる。
／送孩子上電車。

| 1090
□□□ | のせる
【載せる】 | 他下一 放在…上，放在高處；裝載，裝運；納入，使參加；欺騙；刊登，刊載 |

類 積む（つむ）；上に置く
例 新聞に広告を載せたところ、注文がたくさん来た。
／在報上刊登廣告以後，結果訂單就如雪片般飛來了。

文法
たところ［結果…］
▶ 表示因某種目的去作某一動作，在契機下得到後項的結果。

| 1091
□□□ | のぞむ
【望む】 | 他五 遠望，眺望；指望，希望；仰慕，景仰 |

類 求める（もとめる）
例 あなたが望む結婚相手の条件は何ですか。
／你希望的結婚對象，條件為何？

| 1092
□□□ | のち
【後】 | 名 後，之後；今後，未來；死後，身後 |

例 今日は晴れのち曇りだって。
／聽說今天的天氣是晴時多雲。

文法
って［聽說…］
▶ 引用自己從別人那裡聽說了某信息。

| 1093
□□□ | ノック
【knock】 | 名・他サ 敲打；（來訪者）敲門；打球 |

例 ノックの音が聞こえたが、出てみると誰もいなかった。
／雖然聽到了敲門聲，但是開門一看，外面根本沒人。

| 1094
□□□ | のばす
【伸ばす】 | 他五 伸長，擴展，放長；延緩（日期），推遲；發展，發揮；擴大，增加；稀釋；打倒 |

類 伸長（しんちょう）
例 手を伸ばしてみたところ、木の枝に手が届きました。
／我一伸手，結果就碰到了樹枝。

文法
たところ［結果…］
▶ 表示因某種目的去作某一動作，在契機下得到後項的結果。

1095 □□□	のびる 【伸びる】	自上一（長度等）變長，伸長；（皺摺等）伸展；擴展，到達；（勢力，才能等）擴大，增加，發展

例 中学生になって、急に背が伸びた。／上了中學以後突然長高不少。

1096 □□□	のぼり 【上り】	名（「のぼる」的名詞形）登上，攀登；上坡（路）；上行列車（從地方往首都方向的列車）；進京

反 下り（くだり）

例 まもなく、上りの急行電車が通過いたします。／上行快車即將通過月台。

1097 □□□	のぼる 【上る】	自五 進京；晉級，高昇；（數量）達到，高達

類 上がる（あがる） 反 下る（くだる）

補 有意圖的往上升，移動。

例 足が悪くなって階段を上るのが大変です。／腳不好爬樓梯很辛苦。

1098 □□□	のぼる 【昇る】	自五 上升

補 自然性的往上方移動。

例 太陽が昇るにつれて、気温も上がってきた。
　／隨著日出，氣溫也跟著上升了。

文法
につれて[隨著…]
▶ 表示隨著前項的進展，同時後項也隨之發生相應的進展。

1099 □□□	のりかえ 【乗り換え】	名 換乗，改乘，改搭

例 電車の乗り換えで意外と迷った。
　／電車轉乘時居然一時不知道該哪一條路線。

1100 □□□	のりこし 【乗り越し】	名・自サ（車）坐過站

例 乗り越しの方は精算してください。／請坐過站的乘客補票。

1101 □□□	のんびり	副・自サ 舒暢，逍遙，悠然自得

反 くよくよ 類 ゆったり；呑気（のんき）

例 平日はともかく、週末はのんびりしたい。
　／先不說平日是如何，我週末想悠哉休息一下。

文法
たい[想要…]
▶ 表示說話者的內心想做、想要的。

1102 □□□ 〈50〉	バーゲンセール 【bargain sale】	名 廉價出售，大拍賣

類 安売り（やすうり）；特売（とくばい）
超 略称：バーゲン
例 デパートでバーゲンセールが始まったよ。
　／百貨公司已經開始進入大拍賣囉。

1103 □□□	パーセント 【percent】	名 百分率

例 手数料（てすうりょう）が３パーセントかかる。／手續費要三個百分比。

1104 □□□	パート 【part time 之略】	名（按時計酬）打零工

例 母（はは）はスーパーでレジのパートをしている。
　／家母在超市兼差當結帳人員。

1105 □□□	ハードディスク 【hard disk】	名（電腦）硬碟

例 ハードディスクはパソコンコーナーのそば（傍）に置（お）いてあります。
　／硬碟就放在電腦展示區的旁邊。

1106 □□□	パートナー 【partner】	名 伙伴，合作者，合夥人；舞伴

超 相棒（あいぼう）
例 彼（かれ）はいいパートナーでした。
　／他是一個很好的工作伙伴。

1107 □□□	はい 【灰】	名 灰

例 前（まえ）を歩（ある）いている人（ひと）のたばこの灰（はい）が飛（と）んできた。
　／走在前方那個人抽菸的菸灰飄過來了。

1108 □□□	ばい 【倍】	名·漢造·接尾 倍，加倍；（數助詞的用法）倍

例 今年（ことし）から、倍（ばい）の給料（きゅうりょう）をもらえるようになりました。
　／今年起可以領到雙倍的薪資了。

1109 □□□ **はいいろ【灰色】** [名] 灰色

[例] 空が灰色だ。雨になるかもしれない。
／天空是灰色的，說不定會下雨。

1110 □□□ **バイオリン【violin】** [名]（樂）小提琴

[例] 彼は、ピアノをはじめとして、バイオリン、ギターも弾ける。
／不單是彈鋼琴，他還會拉小提琴和彈吉他。

[文法] をはじめ [以及…]
▶ 表示由核心的人或物擴展到很廣的範圍。

1111 □□□ **ハイキング【hiking】** [名] 健行，遠足

[例] 鎌倉へハイキングに行く。
／到鎌倉去健行。

1112 □□□ **バイク【bike】** [名] 腳踏車；摩托車（「モーターバイク」之略稱）

[例] バイクで日本のいろいろなところを旅行したい。
／我想要騎機車到日本各地旅行。

[文法] たい [想要…]
▶ 表示說話者的內心想做、想要的。

1113 □□□ **ばいてん【売店】** [名]（車站等）小賣店

[例] 駅の売店で新聞を買う。
／在車站的販賣部買報紙。

1114 □□□ **バイバイ【bye-bye】** [寒暄] 再見，拜拜

[例] バイバイ、またね。
／掰掰，再見。

1115 □□□ **ハイヒール【high heel】** [名] 高跟鞋

[例] 会社に入ってから、ハイヒールをはくようになりました。
／進到公司以後，才開始穿上了高跟鞋。

| 1116 □□□ | はいゆう【俳優】 | 名（男）演員 |

◎ 俳優といっても、まだせりふのある役をやったことがない。
/雖說是演員，但還不曾演過有台詞的角色。

文法
といっても[雖說…，但…]
▶ 表示承認前項的說法，但同時在後項做部分的修正。

| 1117 □□□ | パイロット【pilot】 | 名 領航員；飛行駕駛員；實驗性的 |

類 運転手（うんてんしゅ）
◎ 飛行機のパイロットを目指して、訓練を続けている。
/以飛機的飛行員為目標，持續地接受訓練。

| 1118 □□□ | はえる【生える】 | 自下一（草，木）等生長 |

◎ 雑草が生えてきたので、全部抜いてもらえますか。
/雜草長出來了，可以幫我全部拔掉嗎？

| 1119 □□□ | ばか【馬鹿】 | 名・接頭 愚蠢，糊塗 |

◎ ばかなまねはするな。/別做傻事。

| 1120 □□□ | はく・ぱく【泊】 | 接尾 宿，過夜；停泊 |

◎ 3泊4日の旅行で、京都に1泊、大阪に2泊する。
/這趟四天三夜的旅行將在京都住一晚、大阪住兩晚。

| 1121 □□□ | はくしゅ【拍手】 | 名・自サ 拍手，鼓掌 |

類 喝采（かっさい）
◎ 演奏が終わってから、しばらく拍手が鳴り止まなかった。
/演奏一結束，鼓掌聲持續了好一段時間。

| 1122 □□□ | はくぶつかん【博物館】 | 名 博物館，博物院 |

◎ 上野には大きな博物館がたくさんある。
/很多大型博物館都座落於上野。

1123 □□□ はぐるま【歯車】 [名] 齒輪

[例] 機械の調子が悪いので、歯車に油を差した。
／機器的狀況不太好，因此往齒輪裡注了油。

1124 □□□ はげしい【激しい】 [形] 激烈，劇烈；（程度上）很高，厲害；熱烈

[類] 甚だしい（はなはだしい）；ひどい
[例] その会社は、激しい価格競争に負けて倒産した。
／那家公司在激烈的價格戰裡落敗而倒閉了。

1125 □□□ はさみ【鋏】 [名] 剪刀；剪票鉗

[例] 体育の授業の間に、制服をはさみでずたずたに切られた。
／在上體育課的時間，制服被人用剪刀剪成了破破爛爛的。

1126 □□□ はし【端】 [名] 開端，開始；邊緣；零頭，片段；開始，盡頭

[反] 中
[類] 縁（ふち）
[例] 道の端を歩いてください。
／請走路的兩旁。

1127 □□□ はじまり【始まり】 [名] 開始，開端；起源

[例] 宇宙の始まりは約 137 億年前と考えられています。
／一般認為，宇宙大約起源於一百三十七億年前。

1128 □□□ はじめ【始め】 [名・接尾] 開始，開頭；起因，起源；以…為首

[反] 終わり
[類] 起こり
[例] こんな厚い本、始めから終わりまで全部読まなきゃなんないの？
／這麼厚的書，真的非得從頭到尾全部讀完才行嗎？

1129 □□□	はしら 【柱】	名・接尾（建）柱子；支柱；（轉）靠山

例 この柱は、地震が来たら倒れるおそれがある。
/萬一遇到了地震，這根柱子<u>有可能會</u>倒塌。

▶ 表示有發生某種消極
事件的可能性。只限於
用在不利的事件。

1130 □□□	はずす 【外す】	他五 摘下，解開，取下；錯過，錯開；落後，失掉； 避開，躲過

類 とりのける
例 マンガでは、眼鏡を外したら実は美人、ということがよくある。
/在漫畫中，經常出現女孩拿下眼鏡後其實是個美女的情節。

1131 □□□	バスだい 【bus 代】	名 公車（乘坐）費

類 バス料金
例 鈴木さんが私のバス代を払ってくれました。
/鈴木小姐幫我代付了公車費。

1132 □□□	パスポート 【passport】	名 護照；身分證

例 パスポートと搭乗券を出してください。
/請出示護照和登機證。

1133 □□□	バスりょうきん 【bus 料金】	名 公車（乘坐）費

類 バス代
例 大阪までのバス料金は 10 年間同じままです。
/搭到大阪的公車費用，這十年來都沒有漲價。

は

JLPT
209

1134 □□□ (51)	**はずれる** 【外れる】	（自下一）脫落，掉下；（希望）落空，不合（道理）； 離開（某一範圍）

　反 当たる　類 離れる（はなれる）；逃れる（それる）

例 機械の部品が、外れるわけがない。
　／機械的零件，是不可能會脫落的。

文法
わけがない［不可能…］
▶ 表示從道理上而言，
強烈地主張不可能或沒
有理由成立。

1135 □□□	**はた** 【旗】	（名）旗，旗幟；（佛）幡

例 会場の入り口には、参加する各国の旗が揚がっていた。
　／與會各國的國旗在會場的入口處飄揚。

1136 □□□	**はたけ** 【畑】	（名）田地，旱田；專業的領域

例 畑を耕して、野菜を植える。
　／耕田種菜。

1137 □□□	**はたらき** 【働き】	（名）勞動，工作；作用，功效；功勞，功績；功能， 機能

類 才能（さいのう）
例 朝ご飯を食べないと、頭の働きが悪くなる。
　／如果不吃早餐，腦筋就不靈活。

文法
ないと［不…不行］
▶ 表示受限於某個條件、
規定，必須要做某件事
情。

1138 □□□	**はっきり**	（副・自サ）清楚；直接了當

類 明らか（あきらか）
例 君ははっきり言いすぎる。
　／你說得太露骨了。

1139 □□□	**バッグ** 【bag】	（名）手提包

例 バッグに財布を入れる。
　／把錢包放入包包裡。

1140 □□□	はっけん 【発見】	名・他サ 發現

類 見つける；見つけ出す

例 博物館に行くと、子どもたちにとっていろ いろな発見があります。
／孩子們去到博物館會有很多新發現。

1141 □□□	はったつ 【発達】	名・自サ（身心）成熟，發達；擴展，進步；（機能）發達，發展

例 子どもの発達に応じて、おもちゃを与えよう。
／依小孩的成熟程度給玩具。

1142 □□□	はつめい 【発明】	名・他サ 發明

類 発案（はつあん）

例 社長は、新しい機械を発明するたびにお金 をもうけています。
／每逢社長研發出新型機器，就會賺大錢。

1143 □□□	はで 【派手】	名・形動（服裝等）鮮艷的，華麗的；（為引人注目而動作）誇張，做作

反 地味（じみ）　類 艶やか（あでやか）

例 いくらパーティーでも、そんな派手な服を 着ることはないでしょう。
／就算是派對，也不用穿得那麼華麗吧。

1144 □□□	はながら 【花柄】	名 花的圖樣

類 花模様（はなもよう）

例 花柄のワンピースを着ているのが娘です。
／身穿有花紋圖樣的連身洋裝的，就是小女。

1145
☐☐☐

はなしあう
【話し合う】

自五 對話，談話；商量，協商，談判

例 今後の計画を話し合って決めた。
／討論決定了往後的計畫。

1146
☐☐☐

はなす
【離す】

他五 使…離開，使…分開；隔開，拉開距離

反 合わせる
類 分離（ぶんり）
例 混雑しているので、お子さんの手を離さないでください。
／因為人多擁擠，請牢牢牽住孩童的手。

1147
☐☐☐

はなもよう
【花模様】

名 花的圖樣

類 花柄（はながら）
例 彼女はいつも花模様のハンカチを持っています。
／她總是帶著綴有花樣的手帕。

1148
☐☐☐

はなれる
【離れる】

自下一 離開，分開；離去；距離，相隔；脫離（關係），背離

反 合う　類 別れる
例 故郷を離れる前に、みんなに挨拶をして回りました。
／在離開故鄉之前，和大家逐一話別了。

1149
☐☐☐

はば
【幅】

名 寬度，幅面；幅度，範圍；勢力；伸縮空間

類 広狭（こうきょう）
道路の幅を広げる工事をしている。
／正在進行拓展道路的工程。

1150
☐☐☐

はみがき
【歯磨き】

名 刷牙；牙膏，牙膏粉；牙刷

例 毎食後に歯磨きをする。
／每餐飯後刷牙。

1151 ☐☐☐	ばめん 【場面】	（名）場面，場所；情景，（戯劇、電影等）場景，鏡頭；市場的情況，行情

➡光景（こうけい）；シーン

例とてもよい映画で、特に最後の場面に感動した。

／這是一部非常好看的電影，尤其是最後一幕更是感人肺腑。

1152 ☐☐☐	はやす 【生やす】	（他五）使生長；留（鬍子）

例恋人にいくら文句を言われても、彼はひげを生やしている。

／就算被女友抱怨，他依然堅持蓄鬍。

1153 ☐☐☐	はやる 【流行る】	（自五）流行，時興；興旺，時運佳

➡広まる（ひろまる）；流行する（りゅうこうする）

例こんな商品がはやるとは思えません。

／我不認為這種商品會流行。

1154 ☐☐☐	はら 【腹】	（名）肚子；心思，內心活動；心情，心緒；心胸，度量；胎內，母體內

⇔背（せ）　➡腹部（ふくぶ）；お腹（おなか）

例あー、腹減った。飯、まだ？

／啊，肚子餓了……飯還沒煮好哦？（較為男性口吻）

1155 ☐☐☐	バラエティー 【variety】	（名）多樣化，豐富多變；綜藝節目（「バラエティーショー」之略稱）

➡多様性（たようせい）

例彼女はよくバラエティー番組に出ていますよ。

／她經常上綜藝節目唷。

1156 ☐☐☐	ばらばら（な）	（形動）分散貌；凌亂，支離破碎的

➡散り散り（ちりぢり）

例風で書類が飛んで、ばらばらになってしまった。

／文件被風吹得散落一地了。

1157
□□□
バランス
【balance】
名 平衡，均衡，均等

類 釣り合い（つりあい）
例 この食事では、栄養のバランスが悪い。
／這種餐食的營養並不均衡。

1158
□□□
はる
【張る】
自五・他五 延伸，伸展；覆蓋；膨脹，負擔過重；展平，擴張；設置，布置

類 覆う（おおう）；太る（ふとる）
例 今朝は寒くて、池に氷が張るほどだった。
／今早好冷，冷到池塘都結了一層薄冰。

> 文法
> ほど[…得]
> ▶ 用在比喻或舉出具體的例子，來表示動作或狀態處於某種程度。

1159
□□□
バレエ
【ballet】
名 芭蕾舞

類 踊り（おどり）
例 幼稚園のときからバレエを習っています。
／我從讀幼稚園起，就一直學習芭蕾舞。

1160
□□□
バン
【van】
名 大篷貨車

類 新型のバンがほしい。
／想要有一台新型貨車。

> 文法
> がほしい[想要…]
> ▶ 表示說話者希望得到某物。

1161
□□□
ばん
【番】
名・接尾・漢造 輪班；看守，守衛；（表順序與號碼）第…號；（交替）順序，次序

類 順序（じゅんじょ）、順番（じゅんばん）
例 30分並んで、やっと私の番が来た。
／排隊等了三十分鐘，終於輪到我了。

1162
□□□
はんい
【範囲】
名 範圍，界線

類 区域（くいき）
例 次の試験の範囲は、32ページから60ページまでです。
／這次考試範圍是從第三十二頁到六十頁。

| 1163 □□□ | はんせい
【反省】 | 名・他サ 反省，自省（思想與行為）；重新考慮 |

囲 省みる（かえりみる）
例 彼は反省して、すっかり元気がなくなってしまった。
／他反省過了頭，以致於整個人都提不起勁。

| 1164 □□□ | はんたい
【反対】 | 名・自サ 相反；反對 |

反 賛成（さんせい）
囲 あべこべ；否（いな）
例 あなたが社長に反対しちゃ、困りますよ。
／你要是跟社長作對，我會頭痛的。

| 1165 □□□ | パンツ
【pants】 | 名 內褲；短褲；運動短褲 |

囲 ズボン
例 子どものパンツと靴下を買いました。
／我買了小孩子的內褲和襪子。

| 1166 □□□ | はんにん
【犯人】 | 名 犯人 |

囲 犯罪者（はんざいしゃ）
例 犯人はあいつとしか考えられない。
／犯案人非他莫屬。

| 1167 □□□ | パンプス
【pumps】 | 名 女用的高跟皮鞋，淑女包鞋 |

例 入社式にはパンプスをはいていきます。
／我穿淑女包鞋參加新進人員入社典禮。

| 1168 □□□ | パンフレット
【pamphlet】 | 名 小冊子 |

補 略稱：パンフ
囲 案内書（あんないしょ）
例 社に戻りましたら、詳しいパンフレットをお送りいたします。
／我一回公司，會馬上寄給您更詳細的小冊子。

1169
□□□
52
ひ
【非】

〈名・接頭〉非，不是

例 そんなかっこうで会社に来るなんて、非常識だよ。
／居然穿這樣來公司上班，簡直沒有常識！

1170
□□□
ひ
【費】

〈漢造〉消費，花費；費用

例 大学の学費は親が出してくれている。
／大學的學費是由父母支付的。

1171
□□□
ピアニスト
【pianist】

〈名〉鋼琴師，鋼琴家

類 ピアノの演奏家（ピアノのえんそうか）

例 知り合いにピアニストの方はいますか。
／請問你的朋友中有沒有人是鋼琴家呢？

1172
□□□
ヒーター
【heater】

〈名〉電熱器，電爐；暖氣裝置

類 暖房（だんぼう）

例 ヒーターをつけたまま、寝てしまいました。
／我沒有關掉暖爐就睡著了。

1173
□□□
ビール
【(荷)bier】

〈名〉啤酒

例 ビールが好きなせいか、おなかの周りに肉
がついてきた。
／可能是喜歡喝啤酒的緣故，肚子長了一圈肥油。

文法
せいか[可能是(因為)…]
▶ 表示發生壞事或不利的
原因，但這一原因也不很
明確。

1174
□□□
ひがい
【被害】

〈名〉受害，損失

反 加害（かがい）
類 損害（そんがい）

例 悲しいことに、被害は拡大している。
／令人感到難過的是，災情還在持續擴大中。

1175
☐☐☐

ひきうける
【引き受ける】

他下一 承擔，負責；照應，照料；應付，對付；繼承

🟠 受け入れる

📝 引き受けたからには、途中でやめるわけにはいかない。
／既然已經接下了這份任務，就不能中途放棄。

文法
からには［既然…，就…］
▶ 表示既然到了這種情況，後面就要「貫徹到底」的說法

わけにはいかない［不能…］
▶ 表示由於一般常識、社會道德或經驗等，那樣做是不可能的、不能做的。

1176
☐☐☐

ひきざん
【引き算】

名 減法

反 足し算（たしざん）
🟠 減法（げんぽう）
📝 子どもに引き算の練習をさせた。
／我叫小孩演練減法。

1177
☐☐☐

ピクニック
【picnic】

名 郊遊，野餐

📝 子供が大きくなるにつれて、ピクニックに行かなくなった。
／隨著孩子愈來愈大，也就不再去野餐了。

文法
につれて［隨著…］
▶ 表示隨著前項的進展，同時後項也隨之發生相應的進展。

1178
☐☐☐

ひざ
【膝】

名 膝，膝蓋

🟢 一般指膝蓋，但跪坐時是指大腿上側。例：「膝枕（ひざまくら）」枕在大腿上。
📝 膝を曲げたり伸ばしたりすると痛い。
／膝蓋彎曲和伸直時會痛。

1179
☐☐☐

ひじ
【肘】

名 肘，手肘

📝 テニスで肘を痛めた。
／打網球造成手肘疼痛。

1180 □□□	びじゅつ【美術】	名 美術

● 類 芸術（げいじゅつ）、アート

● 例 中国を中心として、東洋の美術を研究しています。
／目前正在研究以中國為主的東洋美術。

文法
を中心として[以…為中心]
▶ 表示前項是後項行為、狀態的中心。

1181 □□□	ひじょう【非常】	名・形動 非常，很，特別；緊急，緊迫

● 類 特別

● 例 そのニュースを聞いて、彼は非常に喜んだに違いない。
／聽到那個消息，他一定會非常的高興。

文法
に違いない[一定是]
▶ 說話者根據經驗或直覺，做出非常肯定的判斷。

1182 □□□	びじん【美人】	名 美人，美女

● 例 やっぱり美人は得だね。
／果然美女就是佔便宜。

1183 □□□	ひたい【額】	名 前額，額頭；物體突出部分

● 類 おでこ（口語用，並只能用在人體）

● 例 畑仕事をしたら、額が汗びっしょりになった。
／下田做農活，忙得滿頭大汗。

1184 □□□	ひっこし【引っ越し】	名 搬家，遷居

● 例 ３月は引っ越しをする人が多い。
／有很多人都在三月份搬家。

1185 □□□	ぴったり	副・自サ 緊緊地，嚴實地；恰好，正適合；說中，猜中

● 類 ちょうど

● 例 そのドレス、あなたにぴったりですよ。
／那件禮服，真適合你穿啊！

| 1186 □□□ | ヒット
【hit】 | (名・自サ) 大受歡迎，最暢銷；(棒球) 安打 |

🏷 大当たり（おおあたり）
🔵 90年代にヒットした曲を集めました。
　　/這裡面彙集了九〇年代的暢銷金曲。

| 1187 □□□ | ビデオ
【video】 | (名) 影像，錄影；錄影機；錄影帶 |

🔵 録画したけど見ていないビデオがたまる
　　一方だ。
　　/雖然錄下來了但是還沒看的錄影帶愈堆愈多。

> **文法**
> いっぽう
> 一方だ［不斷地…；越來越…］
> ▶ 某狀況一直朝一個方向不斷發展。多用於消極的、不利的傾向。

| 1188 □□□ | ひとさしゆび
【人差し指】 | (名) 食指 |

🏷 食指（しょくし）
🔵 彼女は、人差し指に指輪をしている。
　　/她的食指上帶著戒指。

| 1189 □□□ (53) | ビニール
【vinyl】 | (名) (化) 乙烯基；乙烯基樹脂；塑膠 |

🔵 本当はビニール袋より紙袋のほうが環境に悪い。
　　/其實紙袋比塑膠袋更容易造成環境污染。

| 1190 □□□ | ひふ
【皮膚】 | (名) 皮膚 |

🔵 冬は皮膚が乾燥しやすい。
　　/皮膚在冬天容易乾燥。

| 1191 □□□ | ひみつ
【秘密】 | (名・形動) 秘密，機密 |

🔵 これは二人だけの秘密だよ。
　　/這是只屬於我們兩個的秘密喔。

> **文法**
> だけ［只有］
> ▶ 表示除此之外，別無其他。

1192 □□□
ひも【紐】
[名]（布、皮革等的）細繩，帶

[例] 靴（くつ）のひもがほどけてしまったので、結（むす）び直（なお）した。
／鞋子的綁帶鬆了，於是重新綁了一次。

1193 □□□
ひやす【冷やす】
[他五] 使變涼，冰鎮；（喻）使冷靜

[例] 冷蔵庫（れいぞうこ）に麦茶（むぎちゃ）が冷（ひ）やしてあります。
／冰箱裡冰著麥茶。

1194 □□□
びょう【秒】
[名·漢造]（時間單位）秒

[例] 僕（ぼく）は 100 m（メートル）を 12 秒（びょう）で走（はし）れる。
／我一百公尺能跑十二秒。

[文法]
れる［會…］
▶ 表示技術上、身體的能力上，是具有某種能力的。

1195 □□□
ひょうご【標語】
[名] 標語

[例] 交通安全（こうつうあんぜん）の標語（ひょうご）を考（かんが）える。
／正在思索交通安全的標語。

1196 □□□
びようし【美容師】
[名] 美容師

[例] 人気（にんき）の美容師（びようし）さんに髪（かみ）を切（き）ってもらいました。
／我找了極受歡迎的美髮設計師幫我剪了頭髮。

1197 □□□
ひょうじょう【表情】
[名] 表情

[例] 表情（ひょうじょう）が明（あか）るく見（み）えるお化粧（けしょう）のしかたが知（し）りたい。
／我想知道怎麼樣化妝能讓表情看起來比較開朗。

[文法]
たい［想要…］
▶ 表示說話者的內心想做、想要的。

| 1198 □□□ | ひょうほん
【標本】 | 名 標本；（統計）樣本；典型 |

❷ ここには珍しい動物の標本が集められています。
／這裡蒐集了一些罕見動物的標本。

| 1199 □□□ | ひょうめん
【表面】 | 名 表面 |

類 表（おもて）
❷ 地球の表面は約7割が水で覆われている。
／地球表面約有百分之七十的覆蓋面積是水。

| 1200 □□□ | ひょうろん
【評論】 | 名・他サ 評論，批評 |

類 批評（ひひょう）
❷ 雑誌に映画の評論を書いている。
／為雜誌撰寫影評。

| 1201 □□□ | びら | 名（宣傳、廣告用的）傳單 |

❷ 駅前で店の宣伝のびらをまいた。
／在車站前分發了商店的廣告單。

| 1202 □□□ | ひらく
【開く】 | 自五・他五 綻放；開，拉開 |

類 開ける
❷ ばらの花が開きだした。
／玫瑰花綻放開來了。

| 1203 □□□ | ひろがる
【広がる】 | 自五 開放，展開；（面積、規模、範圍）擴大，
蔓延，傳播 |

反 狭まる（はさまる）
類 拡大（かくだい）
❷ 悪い噂が広がる一方だ。
／負面的傳聞，越傳越開了。

文法
一方だ［越來越…］
▶ 狀況一直朝著一個方向不斷發展。多用於消極、不利的傾向。

| 1204 ☐☐☐ | ひろげる
【広げる】 | (他下一) 打開，展開；（面積、規模、範圍）擴張，發展 |

(反) 狭まる（せばまる）　(類) 拡大

(例) 犯人が見つからないので、捜査の範囲を広げるほかはない。

/因為抓不到犯人，所以只好擴大搜查範圍了。

> **文法**
> ほかはない [只好…]
> ▶ 表示雖然心裡不願意，但又沒有其他方法，只有這唯一的選擇，別無它法。

| 1205 ☐☐☐ | ひろさ
【広さ】 | (名) 寬度，幅度，廣度 |

(例) その森の広さは3万坪ある。

/那座森林有三萬坪。

| 1206 ☐☐☐ | ひろまる
【広まる】 | (自五) （範圍）擴大；傳播，遍及 |

(類) 広がる

(例) おしゃべりな友人のせいで、うわさが広まってしまった。

/由於一個朋友的多嘴，使得謠言散播開來了。

> **文法**
> せいで [由於]
> ▶ 發生壞事或會導致某種不利情況或責任的原因。

| 1207 ☐☐☐ | ひろめる
【広める】 | (他下一) 擴大，增廣；普及，推廣；披漏，宣揚 |

(類) 普及させる（ふきゅうさせる）

(例) 祖母は日本舞踊を広める活動をしています。

/祖母正在從事推廣日本舞踊的活動。

| 1208 ☐☐☐ | びん
【瓶】 | (名) 瓶，瓶子 |

(例) 缶ビールより瓶ビールの方が好きだ。

/比起罐裝啤酒，我更喜歡瓶裝啤酒。

| 1209 ☐☐☐ | ピンク
【pink】 | (名) 桃紅色，粉紅色；桃色 |

(例) こんなピンク色のセーターは、若い人向きじゃない？

/這種粉紅色的毛衣，不是適合年輕人穿嗎？

| 1210 □□□ | びんせん
【便箋】 | 名 信紙，便箋 |

🔄 レターペーパー

例 便箋と封筒を買ってきた。
/我買來了信紙和信封。

| 1211 □□□
54 | ふ
【不】 | 接頭・漢造 不；壞；醜；笨 |

例 不老不死の薬なんて、あるわけがない。
/這世上怎麼可能會有長生不老的藥。

文法
わけがない [不可能…]
▶ 表示從道理上而言，
強烈地主張不可能或沒
有理由成立。

| 1212 □□□ | ぶ
【部】 | 名・漢造 部分；部門；冊 |

例 君はいつもにこにこしているから営業部向きだよ。
/你總是笑咪咪的，所以很適合業務部的工作喔！

| 1213 □□□ | ぶ
【無】 | 接頭・漢造 無，沒有，缺乏 |

例 無遠慮な質問をされて、腹が立った。
/被問了一個沒有禮貌的問題，讓人生氣。

| 1214 □□□ | ファストフード
【fast food】 | 名 速食 |

例 ファストフードの食べすぎは体によくないです。
/吃太多速食有害身體健康。

| 1215 □□□ | ファスナー
【fastener】 | 名（提包、皮包與衣服上的）拉鍊 |

🔄 チャック；ジッパー

例 このバッグにはファスナーがついています。
/這個皮包有附拉鍊。

1216
□□□

ファックス
【fax】

名・サ変 傳真

例 地図をファックスしてください。
／請傳真地圖給我。

1217
□□□

ふあん
【不安】

名・形動 不安，不放心，擔心；不穩定

類 心配

例 不安のあまり、友達に相談に行った。
／因為實在是放不下心，所以找朋友來聊聊。

1218
□□□

ふうぞく
【風俗】

名 風俗；服裝，打扮；社會道德

例 日本各地には、それぞれ土地風俗がある。
／日本各地有不同的風俗習慣。

1219
□□□

ふうふ
【夫婦】

名 夫婦，夫妻

例 夫婦になったからには、一生助け合って生きていきたい。
／既然成為夫妻了，希望一輩子同心協力走下去。

文法
からには［既然…，就…］
▶ 表示既然到了這種情況，後面就要「貫徹到底」的說法

たい［想要…］
▶ 表示說話者的內心想做、想要的。

1220
□□□

ふかのう（な）
【不可能（な）】

形動 不可能的，做不到的

類 できない
反 できる
例 1週間でこれをやるのは、経験からいって不可能だ。
／要在一星期內完成這個，按照經驗來說是不可能的。

文法
からいって［從…來說］
▶ 表示站在某一立場上來進行判斷。相當於「…から考えると」。

| 1221 □□□ | ふかまる 【深まる】 | 自五 加深，變深 |

❷ このままでは、両国の対立は深まる一方だ。
／再這樣下去，兩國的對立會愈來愈嚴重。

文法
一方だ［越來越…]
▶ 狀況一直朝著一個方向不斷發展。多用於消極、不利的傾向。

| 1222 □□□ | ふかめる 【深める】 | 他下一 加深，加強 |

❷ 日本に留学して、知識を深めたい。
／我想去日本留學，研修更多學識。

文法
たい［想要…]
▶ 表示說話者的內心想做、想要的。

| 1223 □□□ | ふきゅう 【普及】 | 名・自サ 普及 |

❷ 当時は、テレビが普及しかけた頃でした。
／當時正是電視開始普及的時候。

| 1224 □□□ | ふく 【拭く】 | 他五 擦，抹 |

❸ 拭う（ぬぐう）
❷ 教室と廊下の床は雑巾で拭きます。
／用抹布擦拭教室和走廊的地板。

| 1225 □□□ | ふく 【副】 | 名・漢造 副本，抄件；副；附帶 |

❷ 町長にかわって副町長が式に出席した。
／由副鎮長代替鎮長出席了典禮。

文法
にかわって［代替…]
▶ 表示應該由某人做的事，改由其他的人來做。

| 1226 □□□ | ふくむ 【含む】 | 他五・自四 含（在嘴裡）；帶有，包含；瞭解，知道；含蓄；懷（恨）；鼓起；（花）含苞 |

❸ 包む（つつむ）
❷ 料金は、税・サービス料を含んでいます。
／費用含稅和服務費。

| 1227 ☐☐☐ | **ふくめる**
【含める】 | 他下一 包含，含括；囑咐，告知，指導 |

類 入れる

例 東京駅での乗り換えも含めて、片道約3時間かかります。
／包括在東京車站換車的時間在內，單程大約要花三個小時。

| 1228 ☐☐☐ | **ふくろ・ぶくろ**
【袋】 | 名 袋子；口袋：囊 |

例 買ったものを袋に入れる。
／把買到的東西裝進袋子裡。

| 1229 ☐☐☐ | **ふける**
【更ける】 | 自下一 （秋）深；（夜）闌 |

例 夜が更けるにつれて、気温は一段と下がってきた。
／隨著夜色漸濃，氣溫也降得更低了。

文法
につれて［隨著…］
▶ 表示隨著前項的進展，同時後項也隨之發生相應的進展。

| 1230 ☐☐☐ | **ふこう**
【不幸】 | 名 不幸，倒楣；死亡，喪事 |

例 夫にも子供にも死なれて、私くらい不幸な女はいない。
／死了丈夫又死了孩子，天底下再沒有像我這樣不幸的女人了。

文法
くらい…はない［沒有…比…的了］
▶ 表示前項程度極高，別的事物都比不上。

| 1231 ☐☐☐ | **ふごう**
【符号】 | 名 符號，記號；（數）符號 |

例 移項すると符号が変わる。
／移項以後正負號要相反。

| 1232 ☐☐☐ | **ふしぎ**
【不思議】 | 名・形動 奇怪，難以想像，不可思議 |

類 神秘（しんぴ）

例 ひどい事故だったので、助かったのが不思議なくらいです。
／因為是很嚴重的事故，所以能得救還真是令人覺得不可思議。

1233 ☐☐☐

ふじゆう
【不自由】

> (名・形動・自サ) 不自由，不如意，不充裕；(手腳) 不聽使喚；不方便

國 不便（ふべん）

例 学校生活が、不自由でしょうがない。
/學校的生活令人感到極不自在。

1234 ☐☐☐

ふそく
【不足】

> (名・形動・自サ) 不足，不夠，短缺；缺乏，不充分；不滿意，不平

反 過剰（かじょう） 類 足りない（たりない）

例 ダイエット中は栄養が不足しがちだ。
/減重時容易營養不良。

> **文法**
> がちだ [容易…]
> ▶ 表示即使是無意的，也容易出現某種傾向。一般多用於負面。

1235 ☐☐☐

ふた
【蓋】

> (名) (瓶、箱、鍋等) 的蓋子；(貝類的) 蓋

反 身 類 覆い（おおい）

例 ふたを取ったら、いい匂いがした。
/打開蓋子後，聞到了香味。

1236 ☐☐☐

ぶたい
【舞台】

> (名) 舞台；大顯身手的地方

類 ステージ

例 舞台に立つからには、いい演技をしたい。
/既然要站上舞台，就想要展露出好的表演。

> **文法**
> からには [既然…，就…]
> ▶ 表示既然有了這種情況，後面就要「貫徹到底」的說法。
>
> たい [想要…]
> ▶ 表示說話者的內心想做、想要的。

1237 ☐☐☐

ふたたび
【再び】

> (副) 再一次，又，重新

類 また

例 この地を再び訪れることができるとは、夢にも思わなかった。
/作夢都沒有想過自己竟然能重返這裡。

| 1238 □□□ | ふたて
【二手】 | 名 兩路 |

例 道が二手に分かれている。
/道路分成兩條。

| 1239 □□□ | ふちゅうい（な）
【不注意（な）】 | 形動 不注意，疏忽，大意 |

類 不用意（ふようい）
例 不注意な言葉で妻を傷つけてしまった。
/我脫口而出的話傷了妻子的心。

| 1240 □□□ | ふちょう
【府庁】 | 名 府辦公室 |

例 府庁へはどのように行けばいいですか。
/請問該怎麼去府廳（府辦公室）呢？

| 1241 □□□ | ぶつ
【物】 | 名・漢造 大人物；物，東西 |

例 飛行機への危険物の持ち込みは制限されている。
/禁止攜帶危險物品上飛機。

| 1242 □□□ | ぶっか
【物価】 | 名 物價 |

類 値段
例 物価が上がったせいか、生活が苦しいです。
/或許是物價上漲的關係，生活很辛苦。

文法 せいか[可能是（因為）…]
▶ 表示發生壞事或不利的原因，但這一原因也不很明確。

| 1243 □□□ | ぶつける | 他下一 扔，投；碰，撞，（偶然）碰上，遇上；正當，恰逢；衝突，矛盾 |

類 打ち当てる（うちあてる）
例 車をぶつけて、修理代を請求された。
/撞上了車，被對方要求求償修理費。

1244 ☐☐☐ 55	ぶつり 【物理】	ⓝ（文）事物的道理；物理（學）

例 物理の点が悪かったわりには、化学はまあまあだった。

/物理的成績不好，但比較起來化學是算好的了。

文法
わりには [但是相對之下還算⋯]
▶ 表示結果跟前項條件不成比例、有出入，或不相稱。

1245 ☐☐☐	ふなびん 【船便】	ⓝ 船運

例 船便だと一ヶ月以上かかります。

/船運需花一個月以上的時間。

1246 ☐☐☐	ふまん 【不満】	ⓝ・形動 不滿足，不滿，不平

反 満足（まんぞく）
類 不平（ふへい）

例 不満そうだな。文句があるなら言えよ。

/你好像不太服氣哦？有意見就說出來啊！

1247 ☐☐☐	ふみきり 【踏切】	ⓝ（鐵路的）平交道，道口；（轉）決心

例 車で踏切を渡るときは、手前で必ず一時停止する。

/開車穿越平交道時，一定要先在軌道前停看聽。

1248 ☐☐☐	ふもと 【麓】	ⓝ 山腳

例 青木ヶ原樹海は富士山の麓に広がる森林である。

/青木原樹海是位於富士山山麓的一大片森林。

1249 ☐☐☐	ふやす 【増やす】	他五 繁殖；增加，添加

反 減らす（へらす）
類 増す（ます）

例 LINE の友達を増やしたい。

/我希望增加 LINE 裡面的好友。

文法
たい [想要⋯]
▶ 表示說話者的內心想做、想要的。

1250 □□□	**フライがえし** 【fry 返し】	名（把平底鍋裡煎的東西翻面用具）鍋鏟

🟰 ターナー

例 このフライ返しはとても使いやすい。
／這把鍋鏟用起來非常順手。

1251 □□□	**フライトアテンダント** 【flight attendant】	名 空服員

例 フライトアテンダントを目指して、英語を勉強している。
／為了當上空服員而努力學習英文。

1252 □□□	**プライバシー** 【privacy】	名 私生活，個人私密

🟰 私生活（しせいかつ）

例 自分のプライバシーは自分で守る。
／自己的隱私自己保護。

1253 □□□	**フライパン** 【frypan】	名 平底鍋

例 フライパンで、目玉焼きを作った。／我用平底鍋煎了荷包蛋。

1254 □□□	**ブラインド** 【blind】	名 百葉窗，窗簾，遮光物

例 姉の部屋はカーテンではなく、ブラインドを掛けています。
／姊姊的房間裡掛的不是窗簾，而是百葉窗。

1255 □□□	**ブラウス** 【blouse】	名（多半為女性穿的）罩衫，襯衫

例 お姉ちゃん、ピンクのブラウス貸してよ。
／姊姊，那件粉紅色的襯衫借我穿啦！

1256 □□□	**プラス** 【plus】	名・他サ（數）加號，正號，正數；正數；有好處，利益； 加（法）；陽性

反 マイナス　🟰 加算（かさん）

例 アルバイトの経験は、社会に出てからきっとプラスになる。
／打工時累積的經驗，在進入社會以後一定會有所助益。

| 1257 □□□ | プラスチック
【plastic・plastics】 | 名(化)塑膠，塑料 |

例 これはプラスチックをリサイクルして作った服です。
／這是用回收塑膠製成的衣服。

| 1258 □□□ | プラットホーム
【platform】 | 名 月台 |

補 略称：ホーム

例 プラットホームでは、黄色い線の内側を歩いてください。
／在月台上行走時請勿超越黄線。

| 1259 □□□ | ブランド
【brand】 | 名(商品的)牌子；商標 |

類 銘柄（めいがら）

例 ブランド品はネットでもたくさん販売されています。
／有很多名牌商品也在網購或郵購通路上販售。

| 1260 □□□ | ぶり
【振り】 | 接語 様子，状態 |

例 彼は、勉強ぶりの割には大した成績ではない。
／他儘管很用功，可是成績卻不怎麼樣。

| 1261 □□□ | ぶり
【振り】 | 接語 相隔 |

例 人気俳優のブルース・チェンが5年ぶりに来日した。
／當紅演員布魯斯・陳時隔五年再度訪日。

| 1262 □□□ | プリペイドカード
【prepaid card】 | 名 預先付款的卡片（電話卡、影印卡等） |

例 これは国際電話用のプリペイドカードです。
／這是可撥打國際電話的預付卡。

あ

か

さ

た

な

は

ま

や

ら

わ

ん

練習

| 1263 □□□ | プリンター
【printer】 | ㊂ 印表機；印相片機 |

㊟ 新しいプリンターがほしいです。
／我想要一台新的印表機。

> **文法**
> がほしい[想要…]
> ▶ 表示說話者希望得到某物。

| 1264 □□□ | ふる
【古】 | ㊂・漢造 舊東西；舊，舊的 |

㊟ 古新聞をリサイクルに出す。
／把舊報紙拿去回收。

| 1265 □□□ | ふる
【振る】 | ㊄ 揮，搖；撒，丟；(俗) 放棄，犧牲 (地位等)；謝絕，拒絕；派分；在漢字上註假名；(使方向) 偏於 |

㊣ 振るう
㊟ バスが見えなくなるまで手を振って見送った。
／不停揮手目送巴士駛離，直到車影消失了為止。

| 1266 □□□ | フルーツ
【fruits】 | ㊂ 水果 |

㊣ 果物（くだもの）
㊟ 10 年近く、毎朝フルーツジュースを飲んでいます。
／近十年來，每天早上都會喝果汁。

| 1267 □□□ | ブレーキ
【brake】 | ㊂ 煞車；制止，控制，潑冷水 |

㊣ 制動機（せいどうき）
㊟ 何かが飛び出してきたので、慌ててブレーキを踏んだ。
／突然有東西跑出來，我便緊急地踩了煞車。

| 1268 □□□ | ふろ（ば）
【風呂（場）】 | ㊂ 浴室，洗澡間，浴池 |

㊣ バス
㊣ 風呂（ふろ）：澡堂；浴池；洗澡用熱水。
㊟ 風呂に入りながら音楽を聴くのが好きです。
／我喜歡一邊泡澡一邊聽音樂。

1269 □□□ ふろや【風呂屋】

[名] 浴池，澡堂

[例] 家の風呂が壊れたので、生まれてはじめて風呂屋に行った。

／由於家裡的浴室故障了，我有生以來第一次上了大眾澡堂。

1270 □□□ ブログ【blog】

[名] 部落格

[例] このごろ、ブログの更新が遅れがちです。

／最近部落格似乎隔比較久才發新文。

1271 □□□ プロ【professional 之略】

[名] 職業選手，專家

[反] アマ

[類] 玄人（くろうと）

[例] この店の商品はプロ向けです。

／這家店的商品適合專業人士使用。

1272 □□□ ぶん【分】

[名·漢造] 部分；份；本分；地位

[例] わーん！お兄ちゃんが僕の分も食べたー！

／哇！哥哥把我的那一份也吃掉了啦！

1273 □□□ ぶんすう【分数】

[名]（數學的）分數

[例] 小学４年生のときに分数を習いました。

／我在小學四年級時已經學過「分數」了。

1274 □□□ ぶんたい【文体】

[名]（某時代特有的）文體；（某作家特有的）風格

[例] 漱石の文体をまねる。

／模仿夏目漱石的文章風格。

1275 □□□ ぶんぼうぐ【文房具】

[名] 文具，文房四寶

[例] 文房具屋さんで、消せるボールペンを買ってきた。

／去文具店買了可擦拭鋼珠筆。

1276 ☐☐☐	**へいき**【平気】	(名・形動) 鎮定,冷靜;不在乎,不介意,無動於衷

56

❸ 平静（へいせい）

❹ たとえ何を言われても、私は平気だ。
／不管別人怎麼說，我都無所謂。

文法
たとえ…ても[即使…也…]
▶ 表示讓步關係，即使是在前項極端的條件下，後項結果仍然成立。

1277 ☐☐☐	**へいきん**【平均】	(名・自サ・他サ) 平均;（數）平均值;平衡,均衡

❸ 均等（きんとう）

❹ 集めたデータの平均を計算しました。／計算了彙整數據的平均值。

1278 ☐☐☐	**へいじつ**【平日】	(名) (星期日、節假日以外) 平日;平常,平素

❽ 休日（きゅうじつ） ❸ 普段（ふだん）

❹ デパートは平日でさえこんなに込んでいるのだから、日曜日はすごいだろう。
／百貨公司連平日都那麼擁擠，禮拜日肯定就更多吧。

文法
でさえ[連;甚至]
▶ 用在理所當然的都不能了，其他的是就更不用說了。

1279 ☐☐☐	**へいたい**【兵隊】	(名) 士兵,軍人;軍隊

❹ 祖父は兵隊に行っていたときに死にかけたそうです。
／聽說爺爺去當兵時差點死了。

1280 ☐☐☐	**へいわ**【平和】	(名・形動) 和平,和睦

❽ 戦争（せんそう） ❸ 太平（たいへい）；ピース

❹ 広島で、原爆ドームを見て、心から世界の平和を願った。
／在廣島參觀了原爆圓頂館，由衷祈求世界和平。

1281 ☐☐☐	**へそ**【臍】	(名) 肚臍;物體中心突起部分

❹ おへそを出すファッションがはやっている。
／現在流行將肚臍外露的造型。

| 1282 □□□ | べつ
【別】 | 名・形動・漢造 分別，區分；分別 |

●お金が足りないなら、別の方法が<u>ないこと</u>もない。
／如果錢不夠的話，也不是沒有其他辦法。

文法
ないこともない[並不是不…]
▶ 使用雙重否定，表示雖然不是全面肯定，但也有那樣的可能性。

| 1283 □□□ | べつに
【別に】 | 副（後接否定）不特別 |

翻特に
●別に教えてくれなくてもかまわないよ。
／不教我也沒關係。

| 1284 □□□ | べつべつ
【別々】 | 形動 各自，分別 |

翻それぞれ
●支払いは別々にする。／各付各的。

| 1285 □□□ | ベテラン
【veteran】 | 名 老手，內行 |

翻達人（たつじん）
●<u>たとえ</u>ベテランだった<u>としても</u>、この機械を修理するのは難しいだろう。
／修理這台機器，即使是內行人也感到很棘手的。

文法
たとえ…ても[即使…也…]
▶ 表示讓步關係，即使在前項極端的條件下，後項結果仍然成立。

としても[即使…，也…]
▶ 表示假設前項是事實或成立，後項也不會起有效的作用。

| 1286 □□□ | へやだい
【部屋代】 | 名 房租；旅館住宿費 |

●部屋代は前の月の終わりまでに払う<u>ことに</u>なっている。
／房租規定必須在上個月底前繳交。

文法
ことになっている[按規定…]
▶ 表示約定或約束人們生活行為的各種規定、法律以及一些慣例。

1287 □□□	へらす 【減らす】	他五 減，減少；削減，縮減；空（腹）

反 増やす（ふやす）
類 削る（けずる）
例 あまり急に体重を減らすと、体を壊すおそれがある。
／如果急速減重，有可能把身體弄壞了。

文法
恐れがある [恐怕會…]
► 表示有發生某種消極事件的可能性。只限於用在不利的事件。

1288 □□□	ベランダ 【veranda】	名 陽台；走廊

類 バルコニー
例 母は朝晩必ずベランダの花に水をやります。
／媽媽早晚都一定會幫種在陽台上的花澆水。

1289 □□□	へる 【経る】	自下一（時間、空間、事物）經過，通過

例 終戦から 70 年を経て、当時を知る人は少なくなった。
／二戰結束過了七十年，經歷過當年那段日子的人已愈來愈少了。

1290 □□□	へる 【減る】	自五 減，減少；磨損；（肚子）餓

反 増える（ふえる）
類 減じる（げんじる）
例 運動しているのに、思ったほど体重が減らない。
／明明有做運動，但體重減輕的速度卻不如預期。

文法
ほど…ない [沒那麼…]
► 表示程度並沒有那麼高。

1291 □□□	ベルト 【belt】	名 皮帶；（機）傳送帶；（地）地帶

類 帯（おび）
例 ベルトの締め方によって、感じが変わりますね。
／繫皮帶的方式一改變，整個感覺就不一樣了。

1292 □□□	ヘルメット 【helmet】	名 安全帽；頭盔，鋼盔

例 自転車に乗るときもヘルメットをかぶった方がいい。
／騎自行車時最好也戴上安全帽。

1293 □□□	へん 【偏】	名・漢造 漢字的（左）偏旁；偏，偏頗

例 衣偏は、「衣」という字と形がだいぶ違います。
/衣字邊和「衣」的字形差異很大。

1294 □□□	へん 【編】	名・漢造 編，編輯；（詩的）卷

例 駅には県観光協会編の無料のパンフレットが置いてある。
/車站擺放著由縣立観光協會編寫的免費宣傳手冊。

1295 □□□	へんか 【変化】	名・自サ 變化，改變；（語法）變形，活用

類 変動（へんどう）

例 街の変化はとても激しく、別の場所に来たのかと思うぐらいです。
/城裡的變化，大到幾乎讓人以為來到別處似的。

文法
ぐらい［幾乎…］
▶ 進一步説明前句的動作或狀態的程度，舉出具體事例來。相當於「…ほど」。

1296 □□□	ペンキ 【(荷)pek】	名 油漆

例 ペンキが乾いてからでなければ、座れない。
/不等油漆乾就不能坐。

文法
てからでなければ［不…就不能…］
▶ 表示如果不先做前項，就不能做後項。

1297 □□□	へんこう 【変更】	名・他サ 變更，更改，改變

類 変える

例 予定を変更することなく、すべての作業を終えた。
/一路上沒有更動原定計畫，就做完了所有的工作。

1298 □□□	べんごし 【弁護士】	名 律師

例 将来は弁護士になりたいと考えています。
/我以後想要當律師。

文法
たい［想要…］
▶ 表示説話者前心內心想做、想要的。

| 1299 □□□ | ベンチ
【bench】 | 图 長凳，長椅；（棒球）教練、選手席 |

類 椅子

例 公園には小さなベンチがありますよ。

/公園裡有小型的長條椅喔。

| 1300 □□□ | べんとう
【弁当】 | 图 便當，飯盒 |

例 外食は高いので、毎日お弁当を作っている。

/由於外食太貴了，因此每天都自己做便當。

ほ

| 1301
57 | ほ・ぽ
【歩】 | 图・漢造 步，步行；（距離單位）步 |

例 友達以上恋人未満の関係から一歩進みたい。

/希望能由目前「是摯友但還不是情侶」的關係再更
進一步。

文法
たい［想要…］
▶ 表示說話者的內心想
做、想要的。

| 1302 □□□ | ほいくえん
【保育園】 | 图 幼稚園，保育園 |

類 保育所（ほいくしょ）

比 保育園：通稱。多指面積較大、私立。
保育所：正式名稱。多指面積較小、公立。

例 妹は２歳から保育園に行っています。

/妹妹從兩歲起就讀育幼園。

| 1303 □□□ | ほいくし
【保育士】 | 图 保育士 |

例 あの保育士は、いつも笑顔で元気がいいです。

/那位幼教老師的臉上總是帶著笑容、精神奕奕的。

| 1304 □□□ | ぼう
【防】 | 漢造 防備，防止；堤防 |

例 病気はできるだけ予防することが大切だ。

/盡可能事先預防疾病非常重要。

1305 ☐☐☐	ほうこく 【報告】	名·他サ 報告，匯報，告知

類 報知（ほうち）；レポート
例 忙しさのあまり、報告を忘れました。
　／因為太忙了，而忘了告知您。

1306 ☐☐☐	ほうたい 【包帯】	名·他サ （醫）繃帶

例 傷口を消毒してガーゼを当て、包帯を巻いた。
　／將傷口消毒後敷上紗布，再纏了繃帶。

1307 ☐☐☐	ほうちょう 【包丁】	名 菜刀；廚師；烹調手藝

類 ナイフ
例 刺身を包丁でていねいに切った。
　／我用刀子謹慎地切生魚片。

1308 ☐☐☐	ほうほう 【方法】	名 方法，辦法

類 手段（しゅだん）
例 こうなったら、もうこの方法しかありません。
　／事已至此，只能用這個辦法了。

1309 ☐☐☐	ほうもん 【訪問】	名·他サ 訪問，拜訪

類 訪れる（おとずれる）
例 彼の家を訪問したところ、たいそう立派な家だった。
　／拜訪了他家，這才看到是一棟相當氣派的宅邸。

1310 ☐☐☐	ぼうりょく 【暴力】	名 暴力，武力

例 親に暴力をふるわれて育った子供は、自分も暴力をふるいがちだ。
　／在成長過程中受到家暴的孩童，自己也容易有暴力傾向。

文法
がちだ［容易…］
▶ 表示即使是無意的，也容易出現某種傾向。一般多用於負面。

ほお～ポリエステル

1311 □□□ ほお【頬】 [名] 頰，臉蛋

[類] ほほ

[例] この子はいつもほおが赤い。
／這孩子的臉蛋總是紅通通的。

1312 □□□ ボーナス【bonus】 [名] 特別紅利，花紅；獎金，額外津貼，紅利

[例] ボーナスが出ても、使わないで貯金します。
／就算領到獎金也沒有花掉，而是存起來。

1313 □□□ ホーム【platform 之略】 [名] 月台

[類] プラットホーム

[例] ホームに入ってくる快速列車に飛び込みました。
／趁快速列車即將進站時，一躍而下（跳軌自殺）。

1314 □□□ ホームページ【homepage】 [名] 網站，網站首頁

[例] 詳しくは、ホームページをご覧ください。
／詳細內容請至網頁瀏覽。

1315 □□□ ホール【hall】 [名] 大廳；舞廳；（有舞台與觀眾席的）會場

[例] 新しい県民会館には、大ホールと小ホールがある。
／新落成的縣民會館裡有大禮堂和小禮堂。

1316 □□□ ボール【ball】 [名] 球；（棒球）壞球

[例] 東日本大震災で流されたサッカーボールが、アラスカに着いた。
／在日本三一一大地震中被沖到海裡的足球漂到了阿拉斯加。

1317 □□□ ほけんじょ【保健所】 [名] 保健所，衛生所

[例] 保健所で健康診断を受けてきた。
／在衛生所做了健康檢查。

1318 □□□	ほけんたいいく 【保健体育】	名（國高中學科之一）保健體育

例 保健体育の授業が一番好きです。
／我最喜歡上健康體育課。

1319 □□□	ほっと	副・自サ 嘆氣貌；放心貌

類 安心する（あんしんする）

例 父が今日を限りにたばこをやめたので、ほっとした。
／聽到父親決定從明天起要戒菸，著實鬆了一口氣。

1320 □□□	ポップス 【pops】	名 流行歌，通俗歌曲（「ポピュラーミュージック」之略稱）

例 80年代のポップスが最近またはやり始めた。
／最近又開始流行起八〇年代的流行歌了。

1321 □□□	ほね 【骨】	名 骨頭；費力氣的事

例 風呂場で滑って骨が折れた。
／在浴室滑倒而骨折了。

1322 □□□	ホラー 【horror】	名 恐怖，戰慄

例 ホラー映画は好きじゃありません。
／不大喜歡恐怖電影。

1323 □□□	ボランティア 【volunteer】	名 志願者，志工

例 ボランティアで、近所の道路のごみ拾いをしている。
／義務撿拾附近馬路上的垃圾。

1324 □□□	ポリエステル 【polyethylene】	名（化學）聚乙稀，人工纖維

例 ポリエステルの服は汗をほとんど吸いません。
／人造纖維的衣服幾乎都不吸汗。

1325 □□□	ぼろぼろ（な）	名・副・形動 （衣服等）破爛不堪；（粒狀物）散落貌

例 ぼろぼろな財布ですが、お気に入りのものなので捨てられません。
／我的錢包雖然已經變得破破爛爛的了，可是因為很喜歡，所以捨不得丟掉。

1326 □□□	ほんじつ 【本日】	名 本日，今日

類 今日

例 こちらが本日のお薦めのメニューでございます。
／這是今日的推薦菜單。

1327 □□□	ほんだい 【本代】	名 買書錢

例 一ヶ月の本代は 3,000 円ぐらいです。
／我每個月大約花三千日圓買書。

1328 □□□	ほんにん 【本人】	名 本人

類 当人（とうにん）

例 本人であることを確認してからでないと、書類を発行できません。
／如尚未確認他是本人，就沒辦法發放這份文件。

文法
てからでないと［不…就不能…］
▶ 表示如果不先做前項，就不能做後項。

1329 □□□	ほんねん 【本年】	名 本年，今年

類 今年

例 昨年はお世話になりました。本年もよろしくお願いいたします。
／去年承蒙惠予照顧，今年還望您繼續關照。

1330 □□□	ほんの	連体 不過，僅僅，一點點

類 少し

例 お米があとほんの少ししかないから、買ってきて。
／米只剩下一點點而已，去買回來。

讀書計劃：
□□□
□□□
□□□

Japanese-Language Proficiency Test
N3
242

1331 □□□ **58**	まい 【毎】	接頭 毎

例 子どものころ毎朝牛乳を飲んだ割には、背が伸びなかった。
/儘管小時候每天早上都喝牛奶,可是還是沒長高。

1332 □□□	マイク 【mike】	名 麥克風

例 彼は、カラオケでマイクを握ると離さない。
/一旦他握起麥克風,就會忘我地開唱。

1333 □□□	マイナス 【minus】	名・他サ (數)減,減法;減號,負數;負極;(溫度)零下

反 プラス　類 差し引く（さしひく）

例 この問題は、わが社にとってマイナスになるに決まっている。
/這個問題,對我們公司而言肯定是個負面影響。

> **文法**
> に決まっている[肯定是…]
> ▶ 說話者根據事物的規律,覺得一定是這樣,充滿自信的推測。

1334 □□□	マウス 【mouse】	名 滑鼠;老鼠

類 ねずみ

例 マウスを持ってくるのを忘れました。
/我忘記把滑鼠帶來了。

1335 □□□	まえもって 【前もって】	副 預先,事先

例 いつ着くかは、前もって知らせます。
/會事先通知什麼時候抵達。

1336 □□□	まかせる 【任せる】	他下一 委託,託付;聽任,隨意;盡力,盡量

類 委託（いたく）

例 この件については、あなたに任せます。
/關於這一件事,就交給你了。

1337 □□□	**まく** 【巻く】	自五・他五 形成漩渦；喘不上氣來；捲；纏繞；上發條；捲起；包圍；（登山）迂迴繞過險處；（連歌，俳諧）連吟

類 丸める

例 今日は寒いからマフラーを巻いていこう。
／今天很冷，裏上圍巾再出門吧。

1338 □□□	**まくら** 【枕】	名 枕頭

例 ホテルで、枕が合わなくて、よく眠れなかった。
／旅館裡的枕頭睡不慣，沒能睡好。

1339 □□□	**まけ** 【負け】	名 輸，失敗；減價；（商店送給客戶的）贈品

反 勝ち 類 敗 (はい)

例 今回は、私の負けです。
／這次是我輸了。

1340 □□□	**まげる** 【曲げる】	他下一 彎，曲，歪，傾斜；扭曲，歪曲，改變，放棄；（當舖裡的）典當；偷，竊

類 折る

例 膝を曲げると痛いので、病院に行った。
／膝蓋一彎就痛，因此去了醫院。

1341 □□□	**まご** 【孫】	名・造語 孫子；隔代，間接

例 孫がかわいくてしょうがない。
／孫子真是可愛極了。

1342 □□□	**まさか**	副（後接否定語氣）絕不…，總不會…，難道；萬一 一旦

類 いくら何でも

例 まさか彼が来るとは思わなかった。
／萬萬也沒料到他會來。

| 1343 ☐☐☐ | まざる
【混ざる】 | 自五 混雜，夾雜 |

類 混入（こんにゅう）
比 混合後沒辦法區分出原來的東西。例：混色、混音。
例 いろいろな絵の具が混ざって、不思議な色になった。
／裡面夾帶著多種水彩，呈現出很特別的色彩。

| 1344 ☐☐☐ | まざる
【交ざる】 | 自五 混雜，交雜，夾雜 |

類 交じる（まじる）
比 混合後仍能區分出各自不同的東西。例：長白髮、卡片。
例 ハマグリのなかにアサリが一つ交ざっていました。
／在這鍋蛤蜊的裡面摻進了一顆蛤蜊。

| 1345 ☐☐☐ | まし（な） | 形動（比）好些，勝過；像樣 |

例 もうちょっとましな番組を見たらどうですか。
／你難道不能看比較像樣一些的電視節目嗎？

| 1346 ☐☐☐ | まじる
【混じる・交じる】 | 自五 夾雜，混雜；加入，交往，交際 |

類 混ざる（まざる）
例 ご飯の中に石が交じっていた。
／米飯裡面摻雜著小的石子。

| 1347 ☐☐☐ | マスコミ
【mass communication
之略】 | 名（透過報紙、廣告、電視或電影等向群眾進行的）大規模宣傳；媒體（「マスコミュニケーション」之略稱） |

例 マスコミに追われているところを、うまく逃げ出せた。
／順利擺脫了蜂擁而上的採訪媒體。

| 1348 ☐☐☐ | マスター
【master】 | 名・他サ 老闆；精通 |

例 日本語をマスターしたい。
／我想精通日語。

文法
たい［想要…］
▶ 表示說話者的內心想做、想要的。

| 1349 □□□ | **ますます**【益々】 | 剾 越發，益發，更加 |

劁 どんどん

囫 若者向けの商品が、ますます増えている。
　　/迎合年輕人的商品是越來越多。

文法
向けの［適合於～的］
▶ 表示以前項為對象，而做後項的事物。

| 1350 □□□ | **まぜる**【混ぜる】 | 他下一 混入；加上，加進，攙；攪，攪拌 |

劁 混ぜ合わせる

囫 ビールとジュースを混ぜるとおいしいです。
　　/將啤酒和果汁加在一起很好喝。

| 1351 □□□ | **まちがい**【間違い】 | 图 錯誤，過錯；不確實 |

囫 試験で時間が余ったので、間違いがないか見直した。
　　/考試時還有多餘的時間，所以檢查了有沒有答錯的地方。

| 1352 □□□ | **まちがう**【間違う】 | 他五・自五 做錯，搞錯；錯誤 |

劁 誤る（あやまる）

囫 緊張のあまり、字を間違ってしまいました。
　　/太過緊張，而寫錯了字。

| 1353 □□□ | **まちがえる**【間違える】 | 他下一 錯；弄錯 |

囫 先生は、間違えたところを直してくださいました。
　　/老師幫我訂正了錯誤的地方。

| 1354 □□□ | **まっくら**【真っ暗】 | 图・形動 漆黑；（前途）黯淡 |

囫 日が暮れるのが早くなったねえ。もう真っ暗だよ。
　　/太陽愈來愈快下山了呢。已經一片漆黑了呀。

| 1355 □□□ | **まっくろ**【真っ黒】 | 图・形動 漆黑，烏黑 |

囫 日差しで真っ黒になった。/被太陽晒得黑黑的。

1356 □□□

まつげ
【まつ毛】

[名] 睫毛

Track 59

[例] まつ毛がよく抜けます。
／我常常掉睫毛。

1357 □□□

まっさお
【真っ青】

[名·形動] 蔚藍，深藍；（臉色）蒼白

[例] 医者の話を聞いて、母の顔は真っ青になった。
／聽了醫師的診斷後，媽媽的臉色變得慘白。

1358 □□□

まっしろ
【真っ白】

[名·形動] 雪白，淨白，皓白

[反] 真っ黒（まっくろ）

[例] 雪で辺り一面真っ白になりました。
／雪把這裡變成了一片純白的天地。

[文法]
▶ [近] ようになる［（變得）…了］

1359 □□□

まっしろい
【真っ白い】

[形] 雪白的，淨白的，皓白的

[反] 真っ黒い（まっくろい）

[例] 真っ白い雪が降ってきた。
／下起雪白的雪來了。

1360 □□□

まったく
【全く】

[副] 完全，全然；實在，簡直；（後接否定）絕對，完全

[類] 少しも

[例] facebook で全く知らない人から友達申請が来た。
／有陌生人向我的臉書傳送了交友邀請。

1361 □□□

まつり
【祭り】

[名] 祭祀；祭日，廟會祭典

[例] 祭りは今度の金・土・日です。
／祭典將在下週五六日舉行。

1362 □□□	まとまる【纏まる】	（自五）解決，商訂，完成，談妥；湊齊，湊在一起；集中起來，概括起來，有條理

（類）調う（ととのう）

（例）みんなの意見がなかなかまとまらない。

/大家的意見遲遲無法整合。

1363 □□□	まとめる【纏める】	（他下一）解決，結束，總結，概括；匯集，收集；整理，收拾

（類）整える（ととのえる）

（例）クラス委員を中心に、意見をまとめてください。

/請以班級委員為中心，整理一下意見。

文法

を中心に［以…為中心］
▶ 表示前項為後續行為、狀態的中心。

1364 □□□	まどり【間取り】	（名）（房子的）房間佈局，採間，平面佈局

（例）このマンションは、間取りはいいが、日当たりがよくない。

/雖然這棟大廈的隔間還不錯，但是採光不太好。

1365 □□□	マナー【manner】	（名）禮貌，規矩；態度舉止，風格

（類）礼儀（れいぎ）

（例）食事のマナーは国ごとに違います。

/各個國家的用餐禮儀都不同。

1366 □□□	まないた【まな板】	（名）切菜板

（例）プラスチックより木のまな板のほうが好きです。

/比起塑膠砧板，我比較喜歡木材砧板。

1367 □□□	まにあう【間に合う】	（自五）來得及，趕得上；夠用

（類）役立つ（やくだつ）

（例）タクシーに乗らなくちゃ、間に合わないですよ。

/要是不搭程車，就來不及了唷！

文法

なくちゃ［不…不行］
▶ 表示受限於某個條件而必須要做，如果不做，會有不好的結果發生。

1368 □□□ **まにあわせる【間に合わせる】** [連語] 臨時湊合，就將；使來得及，趕出來

[例] 心配いりません。提出締切日には間に合わせます。
／不必擔心，我一定會在截止期限之前繳交的。

1369 □□□ **まねく【招く】** [他五]（搖手、點頭）招呼；招待，宴請；招聘，聘請；招惹，招致

[類] 迎える（むかえる）
[例] 大使館のパーティーに招かれた。
／我受邀到大使館的派對。

1370 □□□ **まねる【真似る】** [他下一] 模效，仿效

[類] 似せる
[例] オウムは人の言葉をまねることができる。
／鸚鵡會學人說話。

1371 □□□ **まぶしい【眩しい】** [形] 耀眼，刺眼的；華麗奪目的，鮮豔的，刺目

[類] 輝く（かがやく）
[例] 雲の間から、まぶしい太陽が出てきた。
／耀眼的太陽從雲隙間探了出來。

1372 □□□ **まぶた【瞼】** [名] 眼瞼，眼皮

[例] まぶたを閉じると、思い出が浮かんできた。
／闔上眼瞼，回憶則一一浮現。

1373 □□□ **マフラー【muffler】** [名] 圍巾；（汽車等的）滅音器

[例] 暖かいマフラーをもらった。
／我收到了暖和的圍巾。

1374 □□□	**まもる** 【守る】	他五 保衛，守護；遵守，保守；保持（忠貞）；（文）凝視

類 保護（ほご）
例 心配いらない。君は僕が守る。
／不必擔心，我會保護你。

1375 □□□	**まゆげ** 【眉毛】	名 眉毛

例 息子の眉毛は主人にそっくりです。
／兒子的眉毛和他爸爸長得一模一樣。

1376 □□□	**まよう** 【迷う】	自五 迷，迷失；困惑；迷戀；（佛）執迷；（古）（毛線、線繩等）紊亂，錯亂

反 悟る（さとる）　類 惑う（まどう）
例 山の中で道に迷う。
／在山上迷路。

1377 □□□	**まよなか** 【真夜中】	名 三更半夜，深夜

類 夜
反 真昼
例 大きな声が聞こえて、真夜中に目が覚めました。
／我在深夜被提高嗓門說話的聲音吵醒了。

1378 □□□	**マヨネーズ** 【mayonnaise】	名 美乃滋，蛋黃醬

例 マヨネーズはカロリーが高いです。
／美奶滋的熱量很高。

1379 □□□	**まる** 【丸】	名・造語・接頭・接尾 圓形，球狀；句點；完全

例 テスト、丸は三つだけで、あとは全部ばつだった。
／考試只寫對了三題，其他全部是錯的。

> **文法**
> だけ［只；僅僅］
> ▶ 表示只限於某範圍，除此以外沒有別的了。

1380 □□□	まるで	圓（後接否定）簡直，全部，完全；好像，宛如，恰如

圓 さながら
例 そこはまるで夢のように美しかった。
／那裡簡直和夢境一樣美麗。

文法
ように [如同…]
▶ 說話者以其他具體的人事物為例來陳述某件事物的性質。

1381 □□□	まわり 【回り】	名・接尾 轉動；走訪，巡迴；周圍；周，圈

圓 身の回り
例 日本の回りは全部海です。
／日本四面環海。

1382 □□□	まわり 【周り】	名 周圍，周邊

圓 周囲（しゅうい）
例 周りの人のことは気にしなくてもかまわない。
／不必在乎周圍的人也沒有關係！

1383 □□□	マンション 【mansion】	名 公寓大廈；（高級）公寓

例 高級マンションに住む。／住高級大廈。

1384 □□□	まんぞく 【満足】	名・自他サ・形動 滿足，令人滿意的，心滿意足；滿足，符合要求；完全，圓滿

反 不満 圓 満悦（まんえつ）
例 社長がこれで満足するわけがない。
／總經理不可能這樣就會滿意。

文法
わけがない [不可能…]
▶ 表示從道理上而言，強烈地主張不可能或沒有理由成立。

（み）

1385 □□□ (60)	みおくり 【見送り】	名 送行；靜觀，觀望；（棒球）放著好球不打

反 迎え 圓 送る
例 彼の見送り人は 50 人以上いた。／給他送行的人有 50 人以上。

| 1386 □□□ | みおくる
【見送る】 | 他五 目送；送行，送別；送終；觀望，等待（機會） |

⑨ 私は彼女を見送るために、羽田空港へ行った。
／我去羽田機場給她送行。

| 1387 □□□ | みかける
【見掛ける】 | 他下一 看到，看出，看見；開始看 |

⑨ あの赤い頭の人はよく駅で見かける。
／常在車站裡看到那個頂著一頭紅髮的人。

| 1388 □□□ | みかた
【味方】 | 名・自サ 我方，自己的這一方；夥伴 |

⑨ 何があっても、僕は君の味方だ。
／無論發生什麼事，我都站在你這邊。

| 1389 □□□ | ミシン
【sewingmachine 之略】 | 名 縫紉機 |

⑨ ミシンでワンピースを縫った。
／用縫紉機車縫洋裝。

| 1390 □□□ | ミス
【Miss】 | 名 小姐，姑娘 |

類 嬢（じょう）

⑨ ミス・ワールド日本代表に挑戦したいと思います。
／我想挑戰看看世界小姐選美的日本代表。

文法

たい［想要…］
▶ 表示說話者的內心想做、想要的。

| 1391 □□□ | ミス
【miss】 | 名・自サ 失敗，錯誤，差錯 |

類 誤り（あやまり）

⑨ どんなに言い訳しようとも、ミスはミスだ。
／不管如何狡辯，失誤就是失誤！

| 1392 □□□ | みずたまもよう
【水玉模様】 | 名 小圓點圖案 |

⑨ 娘は水玉模様が好きです。／女兒喜歡點點的圖案。

| 1393 ☐☐☐ | みそしる
【味噌汁】 | 名 味噌湯 |

例 みそ汁は豆腐とねぎのが好きです。
／我喜歡裡面有豆腐和蔥的味噌湯。

| 1394 ☐☐☐ | ミュージカル
【musical】 | 名 音樂劇；音樂的，配樂的 |

類 芝居
例 オペラよりミュージカルの方が好きです。
／比起歌劇表演，我比較喜歡看歌舞劇。

| 1395 ☐☐☐ | ミュージシャン
【musician】 | 名 音樂家 |

類 音楽家
例 小学校の同級生がミュージシャンになりました。
／我有位小學同學成為音樂家了。

| 1396 ☐☐☐ | みょう
【明】 | 接頭 （相對於「今」而言的）明 |

例 明日はどういうご予定ですか。／請問明天有什麼預定行程嗎？

| 1397 ☐☐☐ | みょうごにち
【明後日】 | 名 後天 |

類 明後日（あさって）
例 明後日は文化の日につき、休業いたします。
／基於後天是文化日（11月3日），歇業一天。

文法
につき［因…］
► 接在名詞後面，表示
其原因、理由。

| 1398 ☐☐☐ | みょうじ
【名字・苗字】 | 名 姓，姓氏 |

例 日本人の名字は漢字の2字のものが多い。
／很多日本人名字是兩個漢字。

| 1399 ☐☐☐ | みらい
【未来】 | 名 將來，未來；（佛）來世 |

例 未来は若い君たちのものだ。／未來是屬於你們年輕人的。

1400 □□□	ミリ 【(法)millimetre 之略】	(造語·名) 毫，千分之一；毫米，公厘

㉑ 1時間 100 ミリの雨は、怖く感じる<u>ほど</u>だ。
／一小時下一百公釐的雨量，簡直讓人覺得可怕。

文法
ほど [得令人]
▶ 表示動作或狀態處於
某程度。

1401 □□□	みる 【診る】	(他上一) 診察

㉑ 風邪気味なので、医者に診てもらった。
／覺得好像感冒了，所以去給醫師診察。

文法
気味 [有點…；趨勢]
▶ 表示身心、情況等有這
種傾向，用在主觀的判斷。
多用於消極。

1402 □□□	ミルク 【milk】	(名) 牛奶；煉乳

㉑ 紅茶にはミルクをお入れしますか。
／要為您在紅茶裡加牛奶嗎？

1403 □□□	みんかん 【民間】	(名) 民間；民營，私營

㉑ 民間でできることは民間にまかせよう。
／人民可以完成的事就交給人民去做。

1404 □□□	みんしゅ 【民主】	(名) 民主，民主主義

㉑ あの国の民主主義はまだ育ち<u>かけ</u>だ。
／那個國家的民主主義才剛開始萌芽。

文法
かけた [剛…；開始…]
▶ 表示動作、行為已經
開始，正在進行途中，
但還沒有結果。

む

1405 □□□ 61	むかい 【向かい】	(名) 正對面

(類) 正面（しょうめん）
㉑ 向かいの家には、誰が住んでいますか。　／誰住在對面的房子？

| 1406
□□□ | **むかえ**
【迎え】 | ㊝ 迎接；去迎接的人；接，請 |

㊞見送り（みおくり）
㊠歓迎（かんげい）
㊞迎えの車が、なかなか来ません。／接送的車遲遲不來。

| 1407
□□□ | **むき**
【向き】 | ㊝ 方向；適合，合乎；認真，慎重其事；傾向，趨向；（該方面的）人，人們 |

㊠方向（ほうこう）
㊞この雑誌は若い女性向きです。
／這本雜誌是以年輕女性為取向。

| 1408
□□□ | **むく**
【向く】 | ㊛㊚ 朝，向，面；傾向，趨向；適合；面向，著 |

㊠対する（たいする）
㊞下を向いてスマホを触りながら歩くのは事故のもとだ。
／走路時低頭滑手機是導致意外發生的原因。

| 1409
□□□ | **むく**
【剥く】 | ㊚ 剝，削 |

㊠薄く切る（うすくきる）
㊞りんごをむいてあげましょう。
／我替你削蘋果皮吧。

| 1410
□□□ | **むける**
【向ける】 | ㊛㊚ 向，朝，對；差遣，派遣；撥用，用在 |

㊠差し向ける（さしむける）
㊞銀行強盗は、銃を行員に向けた。
／銀行搶匪拿槍對準了行員。

| 1411
□□□ | **むける**
【剥ける】 | ㊛ 剝落，脫落 |

㊞ジャガイモの皮が簡単にむける方法を知っていますか。
／你知道可以輕鬆剝除馬鈴薯皮的妙招嗎？

1412 □□□ むじ【無地】 [名] 素色

[類] 地味（じみ）

[例] 色を問わず、無地の服が好きだ。

／不分顏色，我喜歡素面的衣服。

1413 □□□ むしあつい【蒸し暑い】 [形] 悶熱的

[類] 暑苦しい（あつくるしい）

[例] 昼間は蒸し暑いから、朝のうちに散歩に行った。

／因白天很悶熱，所以趁早晨去散步。

[文法]

うちに［趁…之內］

▶ 表示在前面的環境、狀態持續的期間，做後面的動作。

1414 □□□ むす【蒸す】 [他五·自五] 蒸，熱（涼的食品）；（天氣）悶熱

[類] 蒸かす（ふかす）

[例] 肉まんを蒸して食べました。

／我蒸了肉包來吃。

1415 □□□ むすう【無数】 [名·形動] 無數

[例] 砂漠では、無数の星が空に輝いていた。

／在沙漠裡看天上，有無數的星星在閃爍。

1416 □□□ むすこさん【息子さん】 [名]（尊稱他人的）令郎

[反] お嬢さん

[類] 令息（れいそく）

[例] 息子さんのお名前を教えてください。

／請教令郎的大名。

1417 □□□ むすぶ【結ぶ】 [他五·自五] 連結，繫結；締結關係，結合，結盟；（嘴）閉緊，（手）握緊

[反] 解く [類] 締結する（ていけつする）

[例] 髪にリボンを結ぶとき、後ろだからうまくできない。

／在頭髮上綁蝴蝶結時因為是在後腦杓，所以很難綁得好看。

| 1418
☐☐☐ | **むだ**
【無駄】 | (名・形動) 徒勞，無益；浪費，白費 |

類 無益（むえき）

例 彼を説得しようとしても無駄だよ。
／你說服他是白費口舌的。

| 1419
☐☐☐ | **むちゅう**
【夢中】 | (名・形動) 夢中，在睡夢裡；不顧一切，熱中，沉醉，
著迷 |

類 熱中（ねっちゅう）

例 ゲームに夢中になって、気がついたらもう朝だった。
／沉迷於電玩之中，等察覺時已是早上了。

| 1420
☐☐☐ | **むね**
【胸】 | (名) 胸部；內心 |

例 あの人のことを思うと、胸が苦しくなる。
／一想到那個人，心口就難受。

| 1421
☐☐☐ | **むらさき**
【紫】 | (名) 紫，紫色；醬油；紫丁香 |

例 腕のぶつけたところが、青っぽい紫色になった。
／手臂撞到以後變成泛青的紫色了。

文法
っぽい[看起來好像…]
▶ 接在名詞後面作形容詞，表示有這種感覺或有這種傾向。

め

| 1422
☐☐☐
(62) | **めい**
【名】 | (名・接頭) 知名… |

例 東京の名物を教えてください。
／請告訴我東京的名產是什麼。

| 1423
☐☐☐ | **めい**
【名】 | (接尾) (計算人數) 名，人 |

例 三名一組になって作業をしてください。
／請三個人一組做作業。

めい～めんせつ

1424 □□□
めい【姪】
[名] 姪女，外甥女
[例] 今日(きょう)は姪(めい)の誕生日(たんじょうび)です。
／今天是姪子的生日。

1425 □□□
めいし【名刺】
[名] 名片
[類] 刺
[例] 名刺交換会(めいしこうかんかい)に出席(しゅっせき)した。
／我出席了名片交換會。

1426 □□□
めいれい【命令】
[名・他サ] 命令，規定；（電腦）指令
[類] 指令（しれい）
[例] プロメテウスは、ゼウスの命令(めいれい)に反(はん)して人間(にんげん)に火(ひ)を与(あた)えた。
／普羅米修斯違抗了宙斯的命令，將火送給了人類。

1427 □□□
めいわく【迷惑】
[名・自サ] 麻煩，煩擾；為難，困窘；討厭，妨礙，打擾
[類] 困惑（こんわく）
[例] 人(ひと)に迷惑(めいわく)をかけるな。
／不要給人添麻煩。

1428 □□□
めうえ【目上】
[名] 上司；長輩
[反] 目下（めした）
[類] 年上
[例] 目上(めうえ)の人(ひと)には敬語(けいご)を使(つか)うのが普通(ふつう)です。
／一般來說對上司（長輩）講話時要用敬語。

1429 □□□
めくる【捲る】
[他五] 翻，翻開；揭開，掀開
[例] 彼女(かのじょ)はさっきから、見(み)るともなしに雑誌(ざっし)をぱらぱらめくっている。
／她打從剛剛根本就沒在看雜誌，只是有一搭沒一搭地隨手翻閱。

1430 ☐☐☐	メッセージ 【message】	㊂ 電報，消息，口信，致詞，祝詞；（美國總統） 咨文

㊙ 伝言（でんごん）

㊜ 続きまして、卒業生からのメッセージです。
／接著是畢業生致詞。

1431 ☐☐☐	メニュー 【menu】	㊂ 菜單

㊜ レストランのメニューの写真は、どれもおいしそうに見える。
／餐廳菜單上的照片，每一張看起來都好好吃。

1432 ☐☐☐	メモリー・メモリ 【memory】	㊂ 記憶，記憶力；懷念；紀念品；（電腦）記憶 體

㊙ 思い出

㊜ メモリが不足しているので、写真が保存できません。
／由於記憶體空間不足，所以沒有辦法儲存照片。

1433 ☐☐☐	めん 【綿】	㊂·漢造 棉，棉線；棉織品；綿長；詳盡；棉，棉 花

㊙ 木綿（もめん）

㊜ 綿 100 パーセントの靴下を探しています。
／我正在找百分之百棉質的襪子。

1434 ☐☐☐	めんきょ 【免許】	㊂·他サ（政府機關）批准，許可；許可證，執照； 傳授秘訣

㊙ ライセンス

㊜ 学生で時間があるうちに、車の免許を取っ
ておこう。
／趁還是學生有空閒，先考個汽車駕照。

> **文法**
> うちに［趁…之內］
> ▶ 表示在前面的環境、
> 狀態持續的期間，做後
> 面的動作。

1435 ☐☐☐	めんせつ 【面接】	㊂·自サ（為考察人品、能力而舉行的）面試，接 見，會面

㊙ 面会

㊜ 優秀な人がたくさん面接に来た。
／有很多優秀的人材來接受了面試。

1436
□□□

めんどう
【面倒】

(名・形動) 麻煩，費事；繁瑣，棘手；照顧，照料

類 厄介（やっかい）

例 手伝おうとすると、彼は面倒くさげに手を振って断った。
／本來要過去幫忙，他卻一副嫌礙事般地揮手說不用了。

1437
□□□
63

もうしこむ
【申し込む】

(他五) 提議，提出；申請；報名；訂購；預約

類 申し入れる（もうしいれる）

例 結婚を申し込んだが、断られた。
／我向他求婚，卻遭到了拒絕。

1438
□□□

もうしわけない
【申し訳ない】

(寒暄) 實在抱歉，非常對不起，十分對不起

例 上司の期待を裏切ってしまい、申し訳ない気持ちでいっぱいだ。
／沒能達到上司的期待，心中滿是過意不去。

1439
□□□

もうふ
【毛布】

(名) 毛毯，毯子

例 うちの子は、毛布をかけても寝ている間に蹴ってしまう。
／我家孩子就算蓋上毛毯，睡覺時也會踢掉。

1440
□□□

もえる
【燃える】

(自下一) 燃燒，起火；（轉）熱情洋溢，滿懷希望；（轉）顏色鮮明

類 燃焼する（ねんしょうする）

例 ガスが燃えるとき、酸素が足りないと、一酸化炭素が出る。
／瓦斯燃燒時如果氧氣不足，就會釋放出一氧化碳。

1441
□□□

もくてき
【目的】

(名) 目的，目標

類 目当て（めあて）

例 情報を集めるのが彼の目的に決まっているよ。
／他的目的一定是蒐集情報啊。

文法
に決まっている
[肯定者是…]
▶ 說話者根據事物的規律，覺得一定是這樣，充滿自信的推測。

1442 □□□

もくてきち【目的地】 [名] 目的地

[例] タクシーで、目的地に着いたとたん料金が上がった。
／乘坐計程車抵達目的地的那一刻又跳錶了。

[文法] とたん［剛—…，立刻…］
▶ 表示前項動作和變化完成的一瞬間，發生了後項的動作和變化。

1443 □□□

もしかしたら [連語·副] 或許，萬一，可能，說不定

[類] ひょっとしたら

[例] もしかしたら、貧血ぎみなのかもしれません。
／可能有一點貧血的傾向。

[文法] 気味［趨勢］
▶ 表示身心、情況等有這種傾向，用在主觀的判斷。多用於消極。

1444 □□□

もしかして [連語·副] 或許，可能

[類] たぶん；ひょっとして

[例] さっきの電話、もしかして伊藤さんからじゃないですか。
／剛剛那通電話，該不會是伊藤先生打來的吧？

1445 □□□

もしかすると [副] 也許，或，可能

[類] もしかしたら；そうだとすると；ひょっとすると
[比] もしかすると：可實現性低的假定。
ひょっとすると：同上，但含事情突發性引起的驚訝感。

[例] もしかすると、手術をすることなく病気を治せるかもしれない。
／或許不用手術就能治好病情也說不定。

1446 □□□

もち【持ち】 [接尾] 負擔，持有，持久性

[例]「気は優しくて力持ち」は男性の理想像です。
／我心目中理想的男性是「個性體貼又身強體壯」。

1447 □□□

もったいない [形] 可惜的，浪費的；過份的，惶恐的，不敢當

[類] 残念（ざんねん）

[例] これ全部捨てるの？もったいない。／這個全部都要丟掉嗎？好可惜喔。

1448 ☐☐☐	**もどり** 【戻り】	② 恢復原狀；回家；歸途

例 お戻りは何時ぐらいになりますか。
／請問您大約什麼時候回來呢？

1449 ☐☐☐	**もむ** 【揉む】	他五 搓，揉；捏，按摩；（很多人）互相推擠；爭辯； （被動式型態）錘鍊，受磨練

類 按摩する（あんまする）

例 おばあちゃん、肩もんであげようか。
／奶奶，我幫您捏一捏肩膀吧？

1450 ☐☐☐	**もも** 【股・腿】	② 股，大腿

例 膝が悪い人は、ももの筋肉を鍛えるとよいですよ。
／膝蓋不好的人，鍛鍊腿部肌肉有助於復健喔！

1451 ☐☐☐	**もやす** 【燃やす】	他五 燃燒；（把某種情感）燃燒起來，激起

類 焼く（やく）

例 それを燃やすと、悪いガスが出るおそれが
ある。
／燒那個的話，有可能會產生有毒氣體。

文法
恐れがある［恐怕會…］
▸ 表示有發生某種消極事件的可能性。只限於用在不利的事件。

1452 ☐☐☐	**もん** 【問】	接尾（計算問題數量）題

例 5問のうち4問は正解だ。
／五題中對四題。

1453 ☐☐☐	**もんく** 【文句】	② 詞句，語句；不平或不滿的意見，異議

類 愚痴（ぐち）

例 私は文句を言いかけたが、彼の目を見て言葉を失った。
／我本來想抱怨，但在看到他的眼神以後，就不知道該說什麼了。

| 1454 □□□ **64** | やかん【夜間】 | 名 夜間，夜晚 |

類 夜
例 夜間は危険なので外出しないでください。 ／晚上很危險不要外出。

| 1455 □□□ | やくす【訳す】 | 他五 翻譯；解釋 |

類 翻訳する
例 今、宿題で、英語を日本語に訳している最中だ。 ／現在正忙著做把英文翻譯成日文的作業。

文法
最中だ[正在…]
► 表示某一行為、動作正在進行中。

| 1456 □□□ | やくだつ【役立つ】 | 自五 有用，有益 |

類 有益（ゆうえき）
例 パソコンの知識が就職に非常に役立った。 ／電腦知識對就業很有幫助。

| 1457 □□□ | やくだてる【役立てる】 | 他下一（供）使用，使…有用 |

類 利用
例 これまでに学んだことを実社会で役立ててください。 ／請將過去所學到的知識技能，在真實社會裡充分展現發揮。

| 1458 □□□ | やくにたてる【役に立てる】 | 慣（供）使用，使…有用 |

類 有用（ゆうよう）
例 少しですが、困っている人の役に立ててください。 ／雖然不多，希望可以幫得上需要幫助的人。

| 1459 □□□ | やちん【家賃】 | 名 房租 |

例 家賃があまり高くなくて学生向きのアパートを探しています。 ／正在找房租不太貴、適合學生居住的公寓。

文法
向きの[適合…]
► 表示為適合前面所接的名詞，而做的事物。

やぬし～ゆうしゅう

1460 □□□

やぬし【家主】

[名] 房東，房主；戶主

[類] 大家

[例] うちの家主（やぬし）はとてもいい人（ひと）です。
／我們房東人很親切。

1461 □□□

やはり・やっぱり

[副] 果然；還是，仍然

[類] 果たして（はたして）

[例] やっぱり、あなたなんかと結婚（けっこん）しなければよかった。
／早知道，我當初就不該和你這種人結婚。

[文法]
なんか［這樣的］
▸ 表示對所提到的事物或主題，帶有輕視的語氣與態度。

ばよかった［就好了］
▸ 表示說話者對於過去事物的惋惜、感慨。

1462 □□□

やね【屋根】

[名] 屋頂

[例] 屋根（やね）から落（お）ちて骨（ほね）を折（お）った。／從屋頂上掉下來摔斷了骨頭。

1463 □□□

やぶる【破る】

[他五] 弄破；破壞；違反；打敗；打破（記錄）

[類] 突破する（とっぱする）

[例] 警官（けいかん）はドアを破（やぶ）って入（はい）った。／警察破門而入。

1464 □□□

やぶれる【破れる】

[自下一] 破損，損傷；破壞，破裂，被打破；失敗

[類] 切れる（きれる）

[例] 上着（うわぎ）がくぎに引（ひ）っ掛（か）かって破（やぶ）れた。／上衣被釘子鉤破了。

1465 □□□

やめる【辞める】

[他下一] 辭職；休學

[例] 仕事（しごと）を辞（や）めて以来（いらい）、毎日（まいにち）やることがない。
／自從辭職以後，每天都無事可做。

[文法]
て以来（いらい）［自從…以來，就一直…］
▸ 表示自從過去發生某事以後，直到現在為止的整個階段。

1466 □□□	やや	副 稍微，略；片刻，一會兒

類 少し

例 スカートがやや短すぎると思います。

／我覺得這件裙子有點太短。

1467 □□□	やりとり 【やり取り】	名・他サ 交換，互換，授受

例 高校のときの友達と今でも手紙のやり取りをしている。

／到現在仍然和高中時代的同學維持通信。

1468 □□□	やるき 【やる気】	名 幹勁，想做的念頭

例 彼はやる気はありますが、実力がありません。

／他雖然幹勁十足，但是缺乏實力。

ゆ

1469 □□□ 65	ゆうかん 【夕刊】	名 晚報

例 うちでは夕刊も取っています。

／我家連晚報都訂。

1470 □□□	ゆうき 【勇気】	形動 勇敢

類 度胸（どきょう）

例 彼女に話しかけるなんて、彼にそんな勇気があるわけがない。

／說什麼和她攀談，他根本不可能有那麼大的勇氣。

文法

わけがない［不可能…］
▶ 表示從道理上而言，強烈地主張不可能或沒有理由成立。

1471 □□□	ゆうしゅう 【優秀】	名・形動 優秀

例 国内はもとより、国外からも優秀な人材を集める。

／別說國內了，國外也延攬優秀的人才。

文法

はもとより［當然；不用說］
▶ 表示一般程度的前項自然不用說，就連程度較高的後項也不例外。

| 1472 ☐☐☐ | ゆうじん
【友人】 | 名 友人・朋友 |

類 友達
例 多くの友人に助けてもらいました。
／我受到許多朋友的幫助。

| 1473 ☐☐☐ | ゆうそう
【郵送】 | 名・他サ 郵寄 |

類 送る
例 プレゼントを郵送したところ、住所が違っていて戻ってきてしまった。
／將禮物用郵寄寄出，結果地址錯了就退了回來。

| 1474 ☐☐☐ | ゆうそうりょう
【郵送料】 | 名 郵費 |

例 速達で送ると、郵送料は高くなります。
／如果以限時急件寄送，郵資會比較貴。

| 1475 ☐☐☐ | ゆうびん
【郵便】 | 名 郵政；郵件 |

例 注文していない商品が郵便で届き、代金を請求された。
／郵寄來了根本沒訂購的商品，而且還被要求支付費用。

| 1476 ☐☐☐ | ゆうびんきょくいん
【郵便局員】 | 名 郵局局員 |

例 電話をすれば、郵便局員が小包を取りに来てくれますよ。
／只要打個電話，郵差就會來取件喔。

| 1477 ☐☐☐ | ゆうり
【有利】 | 形動 有利 |

例 英語に加えて中国語もできれば就職に有利だ。
／除了英文，如果還會中文，對於求職將非常有利。

文法
に加えて［而且…］
▶ 表示在現有前項的事物上，再加上後項類似的別的事物。

1478 □□□

ゆか
【床】

[名] 地板

[例] 日本では、床に布団を敷いて寝るのは普通のことです。
／在日本，在地板鋪上墊被睡覺很常見。

1479 □□□

ゆかい
【愉快】

[名·形動] 愉快，暢快；令人愉快，討人喜歡；令人意想不到

[類] 楽しい

[例] お酒なしでは、みんなと愉快に楽しめない。
／如果沒有酒，就沒辦法和大家一起愉快的享受。

1480 □□□

ゆずる
【譲る】

[他五] 讓給，轉讓；謙讓，讓步；出讓，賣給；改日，延期

[類] 与える（あたえる）

[例] 彼は老人じゃないから、席を譲ることはない。
／他又不是老人，沒必要讓位給他。

[文法]
ことはない [用不著…]
▸ 表示鼓勵或勸告別人，沒有做某一行為的必要。

1481 □□□

ゆたか
【豊か】

[形動] 豐富，寬裕；豐盈；十足，足夠

[反] 乏しい（とぼしい）

[類] 十分

[例] 小論文のテーマは「豊かな生活について」でした。
／短文寫作的題目是「關於豐裕的生活」。

1482 □□□

ゆでる
【茹でる】

[他下一]（用開水）煮，燙

[例] この麺は３分ゆでてください。
／這種麵請煮三分鐘。

1483 □□□

ゆのみ
【湯飲み】

[名] 茶杯，茶碗

[類] 湯呑み茶碗

[例] お茶を飲みたいので、湯飲みを取ってください。
／我想喝茶，請幫我拿茶杯。

[文法]
たい [想要…]
▸ 表示說話者的內心想做、想要的。

ゆめ～よくじつ

1484 □□□

ゆめ【夢】

[名] 夢；夢想

[反] 現実

[類] ドリーム

[例] 彼(かれ)は、まだ甘(あま)い夢(ゆめ)を見続(みつづ)けている。／他還在做天真浪漫的美夢！

1485 □□□

ゆらす【揺らす】

[他五] 搖擺，搖動

[類] 動揺（どうよう）

[例] 揺(ゆ)りかごを揺(ゆ)らすと、赤(あか)ちゃんが喜(よろこ)びます。
／只要推晃搖籃，小嬰兒就會很開心。

1486 □□□

ゆるす【許す】

[他五] 允許，批准；寬恕；免除；容許；承認；委託；信賴；疏忽，放鬆；釋放

[反] 禁じる　[類] 許可する

[例] 私(わたし)を捨(す)てて若(わか)い女(おんな)と出(で)て行(い)った夫(おっと)を絶対(ぜったい)に許(ゆる)すものか。
／丈夫拋下我，和年輕女人一起離開了，絕不會原諒他這種人！

[文法]
ものか［決不…］
▶ 絕不做某事的決心、強烈否定對方的意見。

1487 □□□

ゆれる【揺れる】

[自下一] 搖晃，搖動；躊躇

[類] 揺らぐ（ゆらぐ）

[例] 大(おお)きい船(ふね)は、小(ちい)さい船(ふね)ほど揺(ゆ)れない。
／大船不像小船那麼會搖晃。

[文法]
ほど…ない［不像…那麼…］
▶ 表示兩者比較之下，前者沒有達到後者那種程度。

[よ]

1488 □□□

Track 66

よ【夜】

[名] 夜、夜晚

[例] 夜(よ)が明(あ)けて、東(ひがし)の空(そら)が明(あか)るくなってきた。
／天剛破曉，東方的天空泛起魚肚白了。

1489 □□□

よい【良い】

[形] 好的，出色的；漂亮的；（同意）可以

[例] 良(よ)い子(こ)の皆(みな)さんは、まねしないでください。
／各位乖寶寶不可以做這種事喔！

1490 □□□	よいしょ	感（搬重物等吆喝聲）嘿咻

例「よいしょ」と立ち上がる。／一聲「嘿咻」就站了起來。

1491 □□□	よう 【様】	造語・漢造 樣子，方式；風格；形狀

例 N1に合格して、彼の喜び様はたいへんなものだった。
／得知通過了N1級測驗，他簡直喜不自勝。

1492 □□□	ようじ 【幼児】	名 學齡前兒童，幼兒

類 赤ん坊
例 幼児は無料で利用できます。／幼兒可免費使用。

1493 □□□	ようび 【曜日】	名 星期

例 ごみは種類によって出す曜日が決まっている。
／垃圾必須按照分類規定，於每週固定的日子幾丟棄。

文法
によって［按照…］
▶ 表示所依據的方法、方式、手段。

1494 □□□	ようふくだい 【洋服代】	名 服裝費

類 衣料費
例 子どもたちの洋服代に月2万円もかかります。
／我們每個月會花高達兩萬日圓添購小孩們的衣物。

1495 □□□	よく 【翌】	漢造 次，翌，第二

例 酒を飲みすぎて、翌朝頭が痛かった。／喝了太多酒，隔天早上頭痛了。

1496 □□□	よくじつ 【翌日】	名 隔天，第二天

類 明日 反 昨日
例 必ず翌日の準備をしてから寝ます。
／一定會先做好隔天出門前的準備才會睡覺。

よせる
【寄せる】

(自下一・他下一) 靠近，移近；聚集，匯集，集中；加；投靠，寄身

類 近づく

例 皆様のご意見をお寄せください。
／請先彙整大家的意見。

1498
□□□
よそう
【予想】

(名・自サ) 預料，預測，預計

類 予測

例 こうした問題が起こることは、十分予想できた。
／完全可以想像得到會發生這種問題。

1499
□□□
よのなか
【世の中】

(名) 人世間，社會；時代，時期；男女之情

類 世間（せけん）

例 世の中の動きに伴って、考え方を変えなければならない。
／隨著社會的變化，想法也得要改變才行。

文法
に伴って [隨著…]
► 表示隨著前項事物的變化而進展。

1500
□□□
よぼう
【予防】

(名・他サ) 預防

類 予め（あらかじめ）

例 病気の予防に関しては、保健所に聞いてください。
／關於生病的預防對策，請你去問保健所。

文法
に関しては [關於…]
► 表示就前項有關的問題，做出「解決問題」性質的後項行為。

1501
□□□
よみ
【読み】

(名) 唸，讀；訓讀；判斷，盤算

例 この字の読みは、「キョウ」「ケイ」の二つです。
／這個字的讀法有「キョウ」和「ケイ」兩種。

1502
□□□
よる
【寄る】

(自五) 順道去…；接近

類 近寄る

例 彼は、会社の帰りに飲みに寄りたがります。
／他下班回家時總喜歡順道去喝兩杯。

| 1503 ☐☐☐ | よろこび
【喜び】 | ㊂ 高興，歡喜，喜悅；喜事，喜慶事；道喜，賀喜 |

㋬ 悲しみ　㋭ 祝い事（いわいごと）

㋑ 子育ては、大変だけれど喜びも大きい。

／養育孩子雖然辛苦，但也相對得到很多喜悅。

| 1504 ☐☐☐ | よわまる
【弱まる】 | ㊀五 變弱，衰弱 |

㋑ 雪は、夕方から次第に弱まるでしょう。

／到了傍晚，雪勢應該會愈來愈小吧。

| 1505 ☐☐☐ | よわめる
【弱める】 | ㊡下一 減弱，削弱 |

㋑ 水の量が多すぎると、洗剤の効果を弱めることになる。

／如果水量太多，將會減弱洗潔劑的效果。

1506 ☐☐☐ 67	ら【等】	接尾（表示複數）們；（同類型的人或物）等

例 君ら、まだ中学生だろ？たばこなんか吸っていいと思ってるの？
/你們還是中學生吧？以為自己有資格抽香菸什麼的嗎？

文法
なんか［什麼的］
▶ 表示從各種事物中例舉其一。

1507 ☐☐☐	らい【来】	接尾 以來

例 彼とは10年来の付き合いだ。/我和他已經認識十年了。

1508 ☐☐☐	ライター【lighter】	名 打火機

例 ライターで火をつける。/用打火機點火。

1509 ☐☐☐	ライト【light】	名 燈，光

例 このライトは暗くなると自動でつく。
/這盞燈只要周圍暗下來就會自動點亮。

1510 ☐☐☐	らく【楽】	名・形動・漢造 快樂，安樂，快活；輕鬆，簡單；富足，充裕

類 気楽（きらく）
例 生活が、以前に比べて楽になりました。
/生活比過去快活了許多。

文法
に比べて［與…相比］
▶ 表示比較、對照。

1511 ☐☐☐	らくだい【落第】	名・自サ 不及格，落榜，沒考中；留級 反 合格

類 不合格
例 彼は落第したので、悲しげなようすだった。
/他因為落榜了，所以很難過的樣子。

1512 ☐☐☐	ラケット【racket】	名（網球、乒乓球等的）球拍

例 ラケットを張りかえた。
/重換網球拍。

1513 □□□	ラッシュ 【rush】	名（眾人往同一處）湧現；蜂擁，熱潮

類 混雑（こんざつ）

例 28日ごろから帰省ラッシュが始まります。
／從二十八號左右就開始湧現返鄉人潮。

1514 □□□	ラッシュアワー 【rushhour】	名 尖峰時刻，擁擠時段

例 ラッシュアワーに遇う。／遇上交通尖峰。

1515 □□□	ラベル 【label】	名 標籤，籤條

例 警告用のラベルを貼ったところで、事故は防げない。
／就算張貼警告標籤，也無法防堵意外發生。

> 文法
> たところで［結果…］
> ► 表示因某種目的去作某一動作，在契機下得到後項的結果。

1516 □□□	ランチ 【lunch】	名 午餐

例 ランチタイムにはお得なセットがある。／午餐時段提供優惠套餐。

1517 □□□	らんぼう 【乱暴】	名・形動・自サ 粗暴，粗魯；蠻橫，不講理；胡來，胡亂，亂打人

類 暴行（ぼうこう）

例 彼の言い方は乱暴で、びっくりするほどだった。／他的講話很粗魯，嚴重到令人吃驚的程度。

> 文法
> ほど［得令人］
> ► 表示動作或狀態處於某種程度。

り

1518 □□□ 68	リーダー 【leader】	名 領袖，指導者，隊長

例 山田さんは登山隊のリーダーになった。／山田先生成為登山隊的隊長。

1519 □□□	りか 【理科】	名 理科（自然科學的學科總稱）

例 理科系に進むつもりだ。／準備考理科。

1520 ☐☐☐	りかい 【理解】	(名・他サ) 理解，領會，明白；體諒，諒解

⊜ 誤解（ごかい）　뒓 了解（りょうかい）

例 彼がなんであんなことをしたのか、全然理解できない。
／完全無法理解他為什麼會做出那種事。

1521 ☐☐☐	りこん 【離婚】	(名・自サ)（法）離婚

例 あんな人とは、もう離婚するよりほかない。
／和那種人除了離婚以外，再也沒有第二條路了。

文法
よりほかない[除了…
之外沒有…]
▶ 後面伴隨著否定，表
示這是唯一解決問題的
辦法。

1522 ☐☐☐	リサイクル 【recycle】	(名・サ変) 回收，（廢物）再利用

例 このトイレットペーパーは牛乳パックをリサイクルして作ったものです。／這種衛生紙是以牛奶盒回收再製而成的。

1523 ☐☐☐	リビング 【living】	(名) 起居間，生活間

例 伊藤さんのお宅のリビングには大きな絵が飾ってあります。
／伊藤先生的住家客廳掛著巨幅畫作。

1524 ☐☐☐	リボン 【ribbon】	(名) 緞帶，絲帶；髮帶；蝴蝶結

例 こんなリボンがついた服、子供っぽくない？
／這種綴著蝴蝶結的衣服，不覺得孩子氣嗎？

1525 ☐☐☐	りゅうがく 【留学】	(名・自サ) 留學

例 アメリカに留学する。／去美國留學。

1526 ☐☐☐	りゅうこう 【流行】	(名・自サ) 流行，時髦，時興；蔓延

뒓 はやり

例 去年はグレーが流行したかと思ったら、今年はピンクですか。
／還在想去年是流行灰色，今年是粉紅色啊？

| 1527 □□□ | りょう
【両】 | 漢造 雙，兩 |

例 パイプオルガンは、両手ばかりでなく両足も
使って演奏する。
／管風琴不單需要雙手，還需要雙腳一起彈奏。

文法
ばかりでなく[不僅…
而且…]
▶ 表示除前項的情況之
外，還有後項程度更甚
的情況。

| 1528 □□□ | りょう
【料】 | 接尾 費用，代價 |

例 入場料が高かった割には、大したことのない展覧会だった。
／這場展覽的門票儘管很貴，但是展出內容卻不怎麼樣。

| 1529 □□□ | りょう
【領】 | 名・接尾・漢造 領土；胯領；首領 |

例 プエルトリコは、1898 年、スペイン領から米国領になった。
／波多黎各從一八九八年起，由西班牙領土成了美國領土。

| 1530 □□□ | りょうがえ
【両替】 | 名・他サ 兌換，換錢，兌幣 |

例 円をドルに両替する。
／日圓兌換美金。

| 1531 □□□ | りょうがわ
【両側】 | 名 兩邊，兩側，兩方面 |

類 両サイド
例 川の両側は崖だった。
／河川的兩側是懸崖。

| 1532 □□□ | りょうし
【漁師】 | 名 漁夫，漁民 |

類 漁夫（ぎょふ）
例 漁師の仕事をしていると、家を留守にしがち
だ。／如果從事漁夫工作，往往無法待在家裡。

文法
がちだ[往往會…]
▶ 表示即使是無意到，
也容易出現某種傾向。
一般多用於負面。

1533
□□□

りょく
【力】

漢造 力量

例 集中力がある反面、共同作業は苦手だ。
／雖然具有專注力，但是不擅長通力合作。

文法
はんめん
反面 [另一方面…]
▶ 表示同一種事物，同時兼具兩種不同性格的兩個方面。

1534
□□□

69

ルール
【rule】

名 規章，章程；尺，界尺

類 規則（きそく）

例 自転車も交通ルールを守って乗りましょう。
／騎乗自行車時也請遵守交通規則。

1535
□□□

るすばん
【留守番】

名 看家，看家人

例 子供が留守番の最中にマッチで遊んで火事
になった。
／孩子單獨看家的時候玩火柴而引發了火災。

文法
さいちゅう
最中に [正在…]
▶ 表示某一行為在進行中。常用在突發什麼事的場合。

1536
□□□
70

れい
【礼】

名・漢造 禮儀，禮節，禮貌；鞠躬；道謝，致謝；敬禮；禮品

類 礼儀（れいぎ）

例 いろいろしてあげたのに、礼も言わない。
／我幫他那麼多忙，他卻連句道謝的話也不說。

1537
□□□

れい
【例】

名・漢造 慣例；先例；例子

例 前例がないなら、作ればいい。
／如果從來沒有人做過，就由我們來當開路先鋒。

1538
□□□

れいがい
【例外】

名 例外

類 特別

例 これは例外中の例外です。／這屬於例外中的例外。

| 1539 ☐☐☐ | **れいぎ**
【礼儀】 | 名 禮儀，禮節，禮法，禮貌 |

類 礼節（れいせつ）

例 部長のお子さんは、まだ小学生なのに礼儀正しい。
／總理的孩子儘管還是小學生，但是非常有禮貌。

| 1540 ☐☐☐ | **レインコート**
【raincoat】 | 名 雨衣 |

例 レインコートを忘れた。／忘了帶雨衣。

| 1541 ☐☐☐ | **レシート**
【receipt】 | 名 收據；發票 |

類 領収書（りょうしゅうしょ）

例 レシートがあれば返品できますよ。／有收據的話就可以退貨喔。

| 1542 ☐☐☐ | **れつ**
【列】 | 名・漢造 列，隊列，隊；排列；行，列，級，排 |

類 行列（ぎょうれつ）

例 ずいぶん長い列だけれど、食べたいんだから並ぶしかない。／雖然排了長長一條人龍，但是因為很想吃，所以只能跟著排隊了。

文法

たい［想要…］
▶ 表示說話者的內心想做、想要的。

しかない［只好…］
▶ 表示只有這唯一可行的，沒有別的選擇。

| 1543 ☐☐☐ | **れっしゃ**
【列車】 | 名 列車，火車 |

類 汽車

例 列車に乗ったとたんに、忘れ物に気がついた。
／一踏上火車，就赫然發現忘記帶東西了。

文法

とたんに［剛…就…］
▶ 表示前項動作和變化完成的一瞬間，發生了後項的動作和變化。

| 1544 ☐☐☐ | **レベル**
【level】 | 名 水平，水準；水平線；水平儀 |

類 平均，水準（すいじゅん）

例 失業して、生活のレベルを維持できない。
／由於失業而無法維持以往的生活水準。

| 1545 ☐☐☐ | **れんあい**【恋愛】 | （名・自サ）戀愛 |

類 恋
例 同僚に隠れて社内恋愛中です。／目前在公司裡偷偷摸摸地和同事談戀愛。

| 1546 ☐☐☐ | **れんぞく**【連続】 | （名・他サ・自サ）連續，接連 |

類 引き続く（ひきつづく）
例 うちのテニス部は、3 年連続して全国大会に出場している。
／我們的網球隊連續三年都參加全國大賽。

| 1547 ☐☐☐ | **レンタル**【rental】 | （名・サ変）出租，出賃；租金 |

例 車をレンタルして、旅行に行くつもりです。／我打算租輛車去旅行。

| 1548 ☐☐☐ | **レンタルりょう**【rental 料】 | （名）租金 |

類 借り賃（かりちん）
例 こちらのドレスのレンタル料は、5 万円です。
／擺在這邊的禮服，租用費是五萬圓。

ろ

| 1549 ☐☐☐ (71) | **ろうじん**【老人】 | （名）老人，老年人 |

類 年寄り（としより）
例 老人は楽しそうに、「はっはっは」と笑った。
／老人快樂地「哈哈哈」笑了出來。

| 1550 ☐☐☐ | **ローマじ**【Roma 字】 | （名）羅馬字 |

例 ローマ字入力では、「を」は「wo」と打つ。
／在羅馬拼音輸入法中，「を」是鍵入「wo」。

| 1551 ☐☐☐ | **ろくおん**【録音】 | （名・他サ）錄音 |

例 彼は録音のエンジニアだ。／他是錄音工程師。

1552 □□□	ろくが 【録画】	(名・他サ) 錄影

例 大河ドラマを録画しました。／我已經把大河劇錄下來了。

1553 □□□	ロケット 【rocket】	(名) 火箭發動機；(軍) 火箭彈；狼煙火箭

例 火星にロケットを飛ばす。／發射火箭到火星。

1554 □□□	ロッカー 【locker】	(名)（公司、機關用可上鎖的）文件櫃；（公共場所用可上鎖的）置物櫃，置物箱，櫃子

例 会社のロッカーには傘が入れてあります。／有擺傘在公司的置物櫃裡。

1555 □□□	ロック 【lock】	(名・他サ) 鎖，鎖上，閉鎖

類 鍵

例 ロックが壊れて、事務所に入れません。
／事務所的門鎖壞掉了，我們沒法進去。

1556 □□□	ロボット 【robot】	(名) 機器人；自動裝置；傀儡

例 家事をしてくれるロボットがほしいです。
／我想要一個會幫忙做家事的機器人。

文法
がほしい [想要…]
▶ 表示說話者希望得到某物。

1557 □□□	ろん 【論】	(名・漢造・接尾) 論，議論

例 一般論として、表現の自由は認められるべきだ。
／一般而言，應該要保障言論自由。

文法 として [作為…]
▶ 表示身份、地位、資格、立場、種類、作用等。有格助詞作用。

べきだ [應當…]
▶ 表示那樣做是應該的、正確的。常用在勸告、禁止及命令的場合。

1558 □□□	ろんじる・ろんずる 【論じる・論ずる】	(他上一) 論，論述，闡述

類 論争する（ろんそうする） 活 サ行変格活用

例 国のあり方を論じる。／談論國家的理想樣貌。

| 1559 □□□ (72) | わ 【羽】 | 接尾 （數鳥或兔子）隻 |

例 〔早口言葉〕裏庭には２羽、庭には２羽、鶏がいる。
／〔繞口令〕後院裡有兩隻雞、院子裡有兩隻雞。

| 1560 □□□ | わ 【和】 | 名 日本 |

例 伝統的な和菓子には、動物性の材料が全く入っていません。
／傳統的日式糕餅裡完全沒有摻入任何動物性的食材。

| 1561 □□□ | ワイン 【wine】 | 名 葡萄酒；水果酒；洋酒 |

例 ワインをグラスにつぐ。
／將紅酒倒入杯子裡。

| 1562 □□□ | わが 【我が】 | 連体 我的，自己的，我們的 |

例 何の罪もない我が子を殺すなんて、許せない。
／竟然殺死我那無辜的孩子，絕饒不了他！

| 1563 □□□ | わがまま | 名・形動 任性，放肆，肆意 |

類 自分勝手（じぶんかって）

例 わがままなんか言ってないもん。
／人家才沒有耍什麼任性呢！

文法
なんか［什麼的］
▶ 表示從各種事物中例舉其一。

もん［因為…嘛］
▶ 多用在會話。語氣帶有不滿、反抗的情緒。多用於年輕女性或小孩。

| 1564 □□□ | わかもの 【若者】 | 名 年輕人，青年 |

類 青年
反 年寄り

例 最近、若者たちの間で農業の人気が高まっている。
／最近農業在年輕人間很受歡迎。

| 1565 □□□ | **わかれ**
【別れ】 | 名 別，離別，分離；分支，旁系 |

類 分離（ぶんり）

例 別れが悲しくて、涙が出てきた。

／由於離別太感傷，不禁流下了眼淚。

| 1566 □□□ | **わかれる**
【分かれる】 | 自下一 分裂；分離，分開；區分，劃分；區別 |

例 意見が分かれてしまい、とうとう結論が出なかった。

／由於意見分歧，終究沒能做出結論。

| 1567 □□□ | **わく**
【沸く】 | 自五 煮沸，煮開；興奮 |

類 沸騰（ふっとう）

例 お湯が沸いたから、ガスをとめてください。

／水煮開了，請把瓦斯關掉。

| 1568 □□□ | **わける**
【分ける】 | 他下一 分，分開；區分，劃分；分配，分給；分開，
排開，擠開 |

類 分割する（ぶんかつする）

例 5回に分けて支払う。

／分五次支付。

| 1569 □□□ | **わずか**
【僅か】 | 副・形動（數量、程度、價值、時間等）很少，僅僅；
一點也（後加否定） |

類 微か（かすか）

例 貯金があるといっても、わずかなものです。

／雖說有儲蓄，但只有一點點。

| 1570 □□□ | **わび**
【詫び】 | 名 賠不是，道歉，表示歉意 |

類 謝罪（しゃざい）

例 丁寧なお詫びの言葉をいただいて、かえって恐縮いたしました。

／對方畢恭畢敬的賠不是，反倒讓我不好意思了。

1571 ☐☐☐	**わらい** 【笑い】	㊋ 笑；笑聲；嘲笑，譏笑，冷笑

㊐ 微笑み（ほほえみ）

㊂ おかしくて、笑いが止まらないほどだった。
／實在是太好笑了，好笑到停不下來。

> 文法
> ほど［得令人］
> ▶ 表示動作或狀態處於某種程度。

1572 ☐☐☐	**わり** 【割り・割】	㊥ 分配；（助數詞用）十分之一，一成；比例；得失

㊐ パーセント

㊂ いくら4割引きとはいえ、やはりブランド品は高い。
／即使已經打了六折，名牌商品依然非常昂貴。

1573 ☐☐☐	**わりあい** 【割合】	㊋ 比例；比較起來

㊐ 比率（ひりつ）

㊂ 一生結婚しない人の割合が増えている。
／終生未婚人口的比例愈來愈高。

1574 ☐☐☐	**わりあて** 【割り当て】	㊋ 分配，分擔

㊂ 仕事の割り当てをする。
／分派工作。

1575 ☐☐☐	**わりこむ** 【割り込む】	㊎ 擠進，插隊；闖進；插嘴

㊂ 列に割り込まないでください。
／請不要插隊。

1576 ☐☐☐	**わりざん** 【割り算】	㊋（算）除法

㊐ 掛け算

㊂ 小さな子どもに、割り算は難しいよ。
／對年幼的小朋友而言，除法很難。

1577 ☐☐☐	わる 【割る】	他五 打，劈開；用除法計算

例 卵を割って、よくかき混ぜてください。

／請打入蛋後攪拌均勻。

1578 ☐☐☐	わん 【湾】	名 灣，海灣

例 東京湾にも意外とたくさんの魚がいる。

／沒想到東京灣竟然也有很多魚。

1579 ☐☐☐	わん 【椀・碗】	名 碗，木碗；（計算數量）碗

例 和食では、汁物はお椀を持ち上げて口をつけて飲む。

／享用日本料理時，湯菜類是端碗就口啜飲的。

MEMO

讀書計劃：□□／□□

日檢單字

N3

新制對應！

第一回　新制日檢模擬考題　文字・語彙
第二回　新制日檢模擬考題　文字・語彙
第三回　新制日檢模擬考題　文字・語彙

＊以「國際交流基金日本國際教育支援協會」的「新しい『日本語能力試驗』ガイドブック」為基準的三回「文字・語彙　模擬考題」。

問題 1　漢字讀音問題 應試訣竅

　　這道題型要考的是漢字讀音問題，新制日檢出題形式改變了一些，但考點與舊制是一樣的。問題預估為8題。

　　漢字讀音分音讀跟訓讀，預估音讀跟訓讀將各佔一半的分數。音讀中要注意的有濁音、長短音、促音、撥音…等問題。而日語固有讀法的訓讀中，也要注意特殊的讀音單字。當然，發音上有特殊變化的單字，出現比率也不低。我們歸納分析一下：

1. 音讀：接近國語發音的音讀方法。如：「花」唸成「か」、「犬」唸成「けん」。

2. 訓讀：日本原來就有的發音。如：「花」唸成「はな」、「犬」唸成「いぬ」。

3. 熟語：由兩個以上的漢字組成的單字。如：練習、切手、每朝、見本等。
   其中還包括日本特殊的固定讀法，就是所謂的「熟字訓読み」。如：「小豆」（あずき）、「土產」（みやげ）、「海苔」（のり）等。

4. 發音上的變化：字跟字結合時，產生發音上變化的單字。如：春雨（はるさめ）、反応（はんのう）、酒屋（さかや）等。

問題1 ＿＿＿のことばの読み方として最もよいものを1・2・3・4から
　　　　一つ選びなさい。

1 ここの景色は、いつ見ても最高です。
　1 けいいろ　　　2 けいしょく　　3 けしき　　　4 けいしき

2 伊藤さんは非常に熱心に発音のれんしゅうをしています。
　1 ひじょう　　　2 ひじょお　　　3 ひじょ　　　4 ひしょう

3 私が納得し得る説明をしてくださいませんか。
　1 なつとく　　　2 のうとく　　　3 なとく　　　4 なっとく

4 医学に興味がありますが、医学部入るのはとてもむずかしいです。
　1 きょおみ　　　2 きょふみ　　　3 きょうみ　　　4 きょみ

5 会社の周りはちかてつもあり、交通がとても便利です。
　1 まはり　　　　2 まわり　　　　3 まはあり　　　4 まわあり

6 優勝を祝って、チームのみんなと乾杯しました。
　1 さわって　　　2 うたって　　　3 あたって　　　4 いわって

7 警察にもきかれましたが、あのお嬢さんとわたしは何の関係もありません。
　1 おしょうさん　2 おぼうさん　　3 おひめさん　　4 おじょうさん

8 タクシーの運転手さんに住所をいい間違えた。
　1 まちかえた　　2 まてがえた　　3 まちがえた　　4 までがえた

問題2　漢字書寫問題　應試訣竅

這道題型要考的是漢字書寫問題，新制日檢出題形式改變了一些，但考點與舊制是一樣的。問題預估為6題。

這道題要考的是音讀漢字跟訓讀漢字，預估將各佔一半的分數。音讀漢字考點在識別詞的同音異字上，訓讀漢字考點在掌握詞的意義，及該詞的表記漢字上。

解答方式，首先要仔細閱讀全句，從句意上判斷出是哪個詞，浮想出這個詞的表記漢字，確定該詞的漢字寫法。也就是根據句意確定詞，根據詞意來確定字。如果只看畫線部分，很容易張冠李戴，要小心喔。

問題2 ＿＿＿＿のことばを漢字で書くとき、最もよいものを1・2・3・4
から一つ選びなさい。

9 われわれは<u>しぜん</u>の恩恵を受けて生きているのだから、感謝しなければなり
ません。
1 天然　　　　　　2 自然　　　　　3 天燃　　　　　4 自燃

10 今日からタイプを<u>とくべつ</u>練習することにしました。
1 得別　　　　　　2 特別　　　　　3 侍別　　　　　4 特另

11 夏休みの<u>けいかく</u>については、あとでお父さんと相談します。
1 計画　　　　　　2 什画　　　　　3 辻画　　　　　4 汁画

12 陽気で誰とでもすぐに仲良くなれる子だから、ここを<u>はなれても</u>笑顔でやっ
ていくでしょう。
1 遠れて　　　　　2 別れて　　　　3 離れて　　　　4 隔れて

13 発想の<u>ゆたかな</u>人が周りにいると、良い刺激をうけることができる。
1 豊　　　　　　　2 豊な　　　　　3 豊かな　　　　4 豊たかな

14 3年生の学生は2時になったら講堂に<u>あつまって</u>ください。
1 集まって　　　　2 寄まって　　　3 合まって　　　4 群って

問題3　選擇符合文脈的詞彙問題　應試訣竅

　　這道題型要考的是選擇符合文脈的詞彙問題。這是延續舊制的出題方式，問題預估為11題。

　　這道題主要測試考生是否能正確把握詞義，如類義詞的區別運用能力，及能否掌握日語的獨特用法或固定搭配等等。預測名詞、動詞、形容詞、副詞的出題數都有一定的分配。另外，外來語也估計會出一題，要多注意。

　　由於我們的國字跟日本的漢字之間，同形同義字占有相當的比率，這是我們得天獨厚的地方。但相對的也存在不少的同形不同義的字，這時候就要注意，不要太拘泥於國字的含義，而混淆詞義。應該多像像「自覚が足りない」（覺悟不夠）、「絶対安静」（得多靜養）、「口が堅い」（口風很緊）等日語固定的搭配，或獨特的用法來做練習才是。這樣才能加深對詞義的理解、並達到豐富詞彙量的目的。

問題3　（　　　　　）に入れるのに最もよいものを、1・2・3・4から一つ選びなさい。

15　退職したら、田舎に帰って（　　　　）した生活を送りたい。
　1　のんびり　　　2　のろのろ　　　3　まごまご　　　4　うっかり

16　おとうさんは50歳をすぎてからだんだん（　　　　）だしました。
　1　増え　　　　2　太り　　　　3　壊れ　　　　4　足り

17　教会に（　　　）つづけて、もう15年になります。
　1　むかえ　　　2　かよい　　　3　けいけんし　　　4　とおり

18　ストレスが（　　　）と、体に色々な症状が出てきます。
　1　ためる　　　2　とどまる　　　3　たまる　　　4　たくわえる

19 きょうは寒いので（　　　）にします。
　1　スリッパ　　　　　2　セーター　　　3　サンダル　　　4　ガソリン

20 母への（　　　）を選び終わったら、食事にしましょうか。
　1　コンサート　　　　2　プレゼント　　　3　グラム　　　　4　エレベーター

21 うちの猫は暗くてせまいところに入りたがりますが、（　　　）ですか。
　1　りゆう　　　　　　2　げんいん　　　3　なぜ　　　　　4　わけ

22 夫婦として（　　　）やっていくにはどうすればいいのでしょうか。
　1　うまく　　　　　　2　あまく　　　　3　ほしく　　　　4　すごく

23 家族で（　　　）が見えるホテルに泊まろうと思う。
　1　おみやげ　　　　　2　もめん　　　　3　みずうみ　　　4　いっぱん

24 （　　　）を送ったのに、届いていなかったようです。
　1　いいわけ　　　　　2　でんごん　　　3　でんわ　　　　4　でんぽう

25 半分も使わずに捨ててしまうなんて、（　　　）といったらないですよ。
　1　でたらめ　　　　　2　のろい　　　　3　やかましい　　4　もったいない

這道題型要考的是替換同義詞的問題，這是延續舊制的出題方式，問題預估為5題。

這道題的題目會給一個較難的詞彙，請考生從四個選項中，選出意思相近的詞彙來。選項中的詞彙一般比較簡單。也就是把難度較高的詞彙，改成較簡單的詞彙。

預測名詞、動詞、形容詞、副詞的出題數都有一定的配分。另外，外來語估計也會出一題，要多注意。

針對這道題，準備的方式是，將詞義相近的字一起記起來。這樣，透過聯想記憶來豐富詞彙量，並提高答題速度。

問題4　＿＿＿＿のことばに最も近いものを、１・２・３・４から一つ選びなさい。

26　時々寒い日があるので、まだストーブは<u>しまっ</u>ていません。
　　1　つかって　　　　2　もちいて　　　　3　かたづけて　　　4　すませて

27　伊藤さんのコミュニケーションの技術は<u>大したもの</u>だ。
　　1　おおきい　　　　2　すごい　　　　　3　じゅうぶん　　　4　いだい

28　先輩として<u>アドバイス</u>するとしたら、みなさんにはぜひ柔軟性を身につけてほしいですね。
　　1　責任　　　　　　2　忠告　　　　　　3　指導　　　　　　4　説明

29　この広告の主な<u>狙い</u>は、若者の関心を引くことにあります。
　　1　役割　　　　　　2　目標　　　　　　3　役目　　　　　　4　目的

30　どういう状況でけがをしたのか、<u>おおよその</u>様子を話してください。
　　1　はっきりした　　2　だいたいの　　　3　ほぼの　　　　　4　本当の

問題5　判斷詞彙正確的用法　應試訣竅

　　這道題型要考的是判斷詞彙正確用法的問題，這是延續舊制的出題方式，問題預估為5題。

　　詞彙在句子中怎樣使用才是正確的，是這道題主要的考點。預測名詞、動詞、形容詞、副詞的出題數都有一定的配分。名詞以2個漢字組成的詞彙為主，動詞有漢字跟純粹假名的，副詞就舊制的出題形式來看，也有一定的比重。

　　針對這一題型，該怎麼準備呢？方法是，平常背詞彙的時候，多看例句，多唸幾遍例句，最好是把單字跟例句一起背起來。這樣，透過仔細觀察單字在句中的用法與搭配的形容詞、動詞、副詞…等，可以有效增加自己的「日語語感」。而該詞彙是否適合在該句子出現，很容易就能感覺出來了。

問題5　つぎのことばの使い方として最もよいものを、1・2・3・4から一つ選びなさい。

31 かみ

1　<u>かみ</u>がずいぶん長くなったので、切ろうと思います。

2　ご飯を食べた後は<u>かみ</u>をきれいに磨きます。

3　小さいごみが<u>かみ</u>に入って、痛いです。

4　風邪を引かないように家に着いたら、<u>かみ</u>を洗いましょう。

32 ひろう

1　鈴木さんがかわいいギターを<u>私にひろいました</u>。

2　学校へ行く途中500円<u>ひろいました</u>。

3　いらなくなった本は友達に<u>ひろいます</u>。

4　燃えないごみは火曜日の朝に<u>ひろいます</u>。

33 たおれる

1 今日は道が<u>たおれ</u>やすいので、気をつけてね。

2 高校の横の大きな木が<u>たおれ</u>ました。

3 コンピューターが水に濡れて<u>たおれ</u>てしまいました。

4 消しゴムが机から<u>たおれ</u>ました。

34 もっとも

1 意見を言っても、<u>もっとも</u>聞いてもらえないなら、言うだけ無駄でしょう。

2 <u>もっとも</u>だから、普段あまり食べられないものをいただきましょうよ。

3 冷静に考えれば、彼女が反発を覚えるのも<u>もっとも</u>です。

4 日帰り旅行でも、家族と一緒に行ければ、それだけで<u>もっとも</u>嬉しいです。

35 少なくとも

1 この対策で<u>少なくとも</u>効果が出るとは限らない。

2 事件の影響を受けて、<u>少なくとも</u>5000万円の損失が見込まれている。

3 人気の俳優が出演していると言っても、<u>少なくとも</u>面白い作品だろう。

4 彼は製品の特徴どころか、<u>少なくとも</u>商品名さえ覚えていない。

問題1　＿＿＿＿のことばの読み方として最もよいものを1・2・3・4から
一つ選びなさい。

1 あには<u>政治</u>や法律を勉強しています。
　1　せいじ　　　　2　せえじ　　　　3　せっじ　　　　4　せじ

2 <u>信用</u>していたからこそ、裏切られた悲しみが、次第に恨みにかわっていっ
　た。
　1　しんよう　　　2　しよう　　　　3　しいよう　　　4　しうよう

3 どういうわけか<u>夜間</u>のほうが日中より集中して、暗記することができます。
　1　やま　　　　　2　よるま　　　　3　やかん　　　　4　よるかん

4 警官に<u>事故</u>のことをいろいろ話しました。
　1　じこう　　　　2　じっこ　　　　3　じこ　　　　　4　じこお

5 火事の<u>原因</u>は煙草だと分かりました。
　1　げえいん　　　2　げんいん　　　3　げへいん　　　4　げえい

6 朝から<u>首</u>の具合がわるいので、病院に行きたいです。
　1　くび　　　　　2　ぐび　　　　　3　くひ　　　　　4　ぐひ

7 引っ越し会社の工員から上手な運搬の方法を<u>教わった</u>ところです。
　1　おさわった　　2　おしわった　　3　おせわった　　4　おそわった

8 社長からの贈り物は<u>今夜届く</u>ことになっています
　1　ととく　　　　2　どどく　　　　3　どとく　　　　4　とどく

問題2　＿＿＿のことばを漢字で書くとき、最もよいものを1・2・3・4から一つ選びなさい。

9 台風のせいで水道も<u>でんき</u>もとまってしまいました。

1　電池　　　　　　2　電気　　　　　　3　電機　　　　　　4　電器

10 送別会が始まると同時に、卒業生が立ち上がって、先生に向かって<u>おじぎ</u>をした。

1　お辞儀　　　　2　お自儀　　　　3　お辞義　　　　4　お辞議

11 作品ごとに<u>くべつ</u>して、書道はこちら、彫刻はあちらに展示しています。

1　区別　　　　2　区分　　　　3　工別　　　　4　工分

12 <u>まぶた</u>を閉じると、悲劇がまるで昨日のことのように浮かんできます。

1　瞳　　　　　2　目　　　　　3　眼　　　　　4　瞼

13 私の家では夕食の時間は8時と<u>きまっています</u>。

1　決っています　　　　　　　　　　2　決ています

3　決まっています　　　　　　　　　4　決めています

14 太鼓のリズムに合わせて、幕が少しずつ<u>おろされ</u>ます。

1　垂ろされ　　　　2　下ろされ　　　　3　落ろされ　　　　4　卸ろされ

問題3　（　　　）に入れるのに最もよいものを、1・2・3・4から一つ選びなさい。

15 台風のせいで、水は止まるし、（　　　）し、散々な一日でした。
1 ていしゃする　　2 ていしする　　3 ていでんする　　4 きゅうがくする

16 勉強しているところ、（　　　）してすみません。
1 不便　　　　　2 適当　　　　　3 邪魔　　　　　4 複雑

17 珍しいものがたくさん展示してあると聞いたので、ちょっと（　　　）させてくださいませんか。
1 紹介　　　　　2 拝見　　　　　3 案内　　　　　4 用意

18 どこからかパンを（　　　）匂いがします。
1 やける　　　　2 かわく　　　　3 わかす　　　　4 やく

19 部品に問題があることが分かったので、発売日が（　　　）ことになりました。
1 変化する　　　2 変化される　　3 変更する　　　4 変更される

20 どの（　　　）を使うか今日中に決めなくちゃいけない。
1 アルバイト　　2 テキスト　　　3 サンドイッチ　　4 テスト

21 今から明日提出する（　　　）の資料をさがして、まとめないといけません。
1 レポート　　　2 リード　　　　3 クリーニング　　4 サイン

22 学ぶことの（　　　）がやっと分かってきました。
1 おかしさ　　　　2 たのしさ　　　3 さびしさ　　　4 うまさ

23 こんな平和な時代に、（　　　）戦争が起きるなんて、夢にも思わなかった。
1 まさか　　　　　2 もしかすると　　3 まさに　　　　4 さすが

24 出かけようと思っていたところ、私の（　　　）がお腹が痛いといいだした。
1 むすめ　　　　　2 じんこう　　　　3 ぼく　　　　　4 ひと

25 彼女ができてからというもの、山田君はずいぶん（　　　）が悪くなった。
1 交際　　　　　　2 付き合い　　　　3 往復　　　　　4 交流

問題4 _____ のことばに最も近いものを、1・2・3・4から一つ選びな
さい。

26 幼稚園児にはこのスカートは<u>やや</u>大きい。
1 ずいぶん　　　2 かなり　　　3 少し　　　4 相当

27 <u>冷まして</u>から食べた方が、味が良く染みておいしいですよ。
1 こごえて　　　2 ふるえて　　　3 こおらせて　　　4 つめたくして

28 野球の場内<u>アナウンス</u>をやらせてもらいました。
1 案内　　　2 放送　　　3 警備　　　4 裁判

29 プールに入る人は、壁に貼ってある<u>決まり</u>を守らなければいけません。
1 義務　　　2 決定　　　3 注文　　　4 規則

30 小犬が<u>しきりに</u>足を動かしている。
1 たちまち　　　2 ごういんに　　　3 そっと　　　4 絶えず

問題5　つぎのことばの使い方として最もよいものを、1・2・3・4から
　　　　一つ選びなさい。

31 おれい
1 すみません。私の間違いでした。ここに<u>おれい</u>させていただきます。
2 合格できたのはあなたのおかげです。ぜひ<u>おれい</u>させてください。
3 駅まで鈴木さんを<u>おれい</u>にいってきます。
4 事故にあった友人の<u>おれい</u>に病院へ行きます。

32 つつむ
1 そこにある野菜を全部なべに<u>つつんで</u>ください。
2 旅行の荷物は全部かばんに<u>つつみましょう</u>ね。
3 プレゼントをきれいな紙で<u>つつみました</u>。
4 お店の品物は棚に<u>つつんで</u>あります。

33 あく
1 水曜日なら時間が<u>あいて</u>います。
2 お腹がとても<u>あいたので</u>、なにか食べたいです。
3 テストの点数が<u>あいたので</u>お母さんに怒られました。
4 風邪を引いてすこし<u>あいて</u>しまったようです。

34 果たして
1 吹雪は今夜から<u>果たして</u>ひどくなるでしょう。
2 教授の指示通りにすれば、実験が<u>果たして</u>成功するはずです。
3 摂取するカロリーを制限して、夏までに体重を<u>果たして</u>45キロにします。
4 この成績で<u>果たして</u>希望する大学に合格できるのだろうか。

35 ますます

1 映画館の入り口で<u>ますます</u>大学時代の友人に会って、びっくりしました。

2 機器を最新のものに取り換えたおかげで、<u>ますます</u>仕事の効率が上がりました。

3 10時間に及んだ手術が<u>ますます</u>終了するそうです。

4 種を植えて、大切に育てたトマトを昨日<u>ますます</u>収穫しました。

問題1　＿＿＿＿のことばの読み方として最もよいものを1・2・3・4から一つ選びなさい。

1　30歳という年齢の割に、彼は驚くほど幼稚です。
　　1　ようぢ　　　　　2　ようち　　　　3　よおち　　　　4　よっち

2　さきほどの手品は誰にも真似できない高度なものだそうです。
　　1　まに　　　　　　2　しんに　　　　3　もことに　　　4　まね

3　どうやら希望したとおり、薬局に就職することができそうです。
　　1　しゅしょく　　　2　しゅうじょく　3　しゅうしょく　4　しゅっしょく

4　経済のことなら伊藤さんに伺ってください。彼の専門ですから。
　　1　せんも　　　　　2　せえもん　　　3　せいもん　　　4　せんもん

5　世界のいろんなところで戦争があります。
　　1　せんそお　　　　2　せんぞう　　　3　せんそう　　　4　せんそ

6　母が郵送してくれた箱の中身は、産地直送の果実でした。
　　1　なかしん　　　　2　ちゅうしん　　3　なかみ　　　　4　ちゅうみ

7　母は隣の寺の木を大切に育てています。
　　1　おてら　　　　　2　てら　　　　　3　おでら　　　　4　おってら

8　大きな鏡が応接間のよこにかけてあります。
　　1　がかみ　　　　　2　かかみ　　　　3　かがみ　　　　4　かっかみ

問題2 _____のことばを漢字で書くとき、最もよいものを1・2・3・4から一つ選びなさい。

9 芝居があまりに下手だったので、盛り上がるはずの<u>ばめん</u>も静かなものでした。

1 場面　　　　2 馬面　　　　3 場緬　　　　4 場所

10 <u>おしょうがつ</u>には食卓にお餅が上ります。

1 お明月　　　2 お正月　　　3 お疋月　　　4 お互月

11 この1ヶ月の間に<u>たいじゅう</u>が5キロも増加してしまいました。

1 体積　　　　2 体重　　　　3 休重　　　　4 体薫

12 大きな地震がおきて、たくさんの家が<u>こわれました</u>。

1 損れました　2 壊れました　3 破れました　4 障れました

13 このままだと、弟に<u>おいこされて</u>しまうんじゃないかしら。

1 抜越されて　2 追い越されて　3 通り越されて　4 追い超されて

14 <u>いなか</u>のほうが都会より安全といえますか。

1 田舎　　　　2 村里　　　　3 田園　　　　4 港町

問題3　（　　　　）に入れるのに最もよいものを、1・2・3・4から一つ選びなさい。

15 ざんねんですが、入学説明会へのしゅっせきは（　　　）させていただきます。
1　遠慮　　　　　　2　考慮　　　　　3　利用　　　　　4　心配

16 忘れたいことを（　　　）しまった。
1　起こして　　　　2　捕まえて　　　3　思って　　　　4　思い出して

17 古いカメラですが、（　　　）するまで使いつづけるつもりです。
1　しっぱい　　　　2　ゆしゅつ　　　3　りよう　　　　4　こしょう

18 もしあと1時間遅く病院についていたら、（　　　）でしょうと言われました。
1　助からなかった　2　助けなかった　3　望めなかった　4　望まなかった

19 おにぎりを作るご飯はもう（　　　）ある？
1　ゆでて　　　　　2　炊いて　　　　3　煮て　　　　　4　焦げて

20 高校生になったら（　　　）をしたいとかんがえています。
1　オートバイ　　　2　アルバイト　　3　テキスト　　　4　テニスコート

21 明日の待ち合わせ場所は駅の改札にしますか。それとも（　　　）にしますか。
1　プラスチック　　　　　　　　　2　プラットホーム
3　パターン　　　　　　　　　　　4　セメント

22 こちらが今日の（　　）メニューでございます。
1 しんせつ　　　2 だいじ　　　3 とくべつ　　　4 じゅうぶん

23 注意しても（　　）親のいうことを聞きません。
1 きっと　　　2 ちっとも　　　3 だいたい　　　4 とうとう

24 娘は反抗期に入ったのか、あれがいい、これが嫌だと（　　）を言うように
なりました。
1 皮肉　　　2 問い　　　3 わがまま　　　4 独り言

25 私が手を振って（　　）したら、撮影を開始してください。
1 看板　　　2 合図　　　3 目印　　　4 標識

問題4 ＿＿＿＿のことばに最も近いものを、1・2・3・4から一つ選びなさい。

26 もし遠足が延期になったら、それはそれでやっかいだ。
1 からっぽ　　　　　2 いたずら　　　　　3 いじわる　　　　　4 めんどう

27 春から転勤されることは、鈴木より承っております。
1 係って　　　　　　2 話して　　　　　　3 聞いて　　　　　　4 拝んで

28 スポーツでプロ選手とアマチュア選手の違いってどこだと思いますか。
1 専門家　　　　　　2 達人　　　　　　　3 玄人　　　　　　　4 愛好家

29 こういう柄のシャツは珍しいから、少しぐらい高くても買いたいです。
1 色　　　　　　　　2 模様　　　　　　　3 スタイル　　　　　4 様子

30 何度も話し合いを重ねて、ようやく計画の方向が見えてきました。
1 たちまち　　　　　2 おそらく　　　　　3 やっと　　　　　　4 きっと

問題5　つぎのことばの使い方として最もよいものを、1・2・3・4から
　　　　一つ選びなさい。

31 したぎ

1　したぎの下にセーターを着るとあたたかいです。

2　太陽が強い日はしたぎをかぶりなさい。

3　したぎを右と左、はき間違えました。

4　したぎは毎日かえなさい。

32 たな

1　すみません、たなからお茶碗をとってくれませんか。

2　スーパーで買ってきたお肉やお魚はたなに入れてあります。

3　どうぞたなに座ってゆっくりしてください。

4　ご飯ができましたから、たなに運んでいただきましょう。

33 ふえる

1　よく食べるので、だんだん体がふえてきました。

2　成績がふえたのでお父さんが褒めてくれました。

3　政治に興味がない人がふえています。

4　最近ガソリンの値段がふえました。

34 所々

1　長い間休んでいないので、今月は休暇を所々とることにします。

2　彼は家族や友人など所々の人にとても愛されています。

3　孫が遊びに来ると、所々遊園地に行ったり動物園に行ったりします。

4　所々空席が見られますが、初日としては観客も多く、好調な出だしといえる
　　でしょう。

[35] まるで

1 解決してしまうと、あんなに悩んでいたのが<u>まるで</u>嘘のように感じられます。

2 フランス語が話せると言っても、<u>まるで</u>簡単な挨拶ができるだけです。

3 さっきテレビに映っていたのは、<u>まるで</u>おじいちゃんに違いない。

4 私の記憶が正しければ、ゆきちゃんは<u>まるで</u>上司の遠い親戚ですよ。

あ
か
さ
た
な
は
ま
や
ら
わ
ん

第一回

問題1

1 3	2 1	3 4	4 3	5 2
6 4	7 4	8 3		

問題2

9 2	10 2	11 1	12 3	13 3
14 1				

問題3

15 1	16 2	17 2	18 3	19 2
20 2	21 3	22 1	23 3	24 4
25 4				

問題4

26 3	27 2	28 2	29 4	30 2

問題5

31 1	32 2	33 2	34 3	35 2

第二回

問題1

1 1	2 1	3 3	4 3	5 2
6 1	7 4	8 4		

練習

問題2

9 2	10 1	11 1	12 4	13 3
14 2				

問題3

15 3	16 3	17 2	18 4	19 4
20 2	21 1	22 2	23 1	24 1
25 2				

問題4

26 3	27 4	28 2	29 4	30 4

問題5

31 2	32 3	33 1	34 4	35 2

第三回

問題1

1 2	2 4	3 3	4 4	5 3
6 3	7 2	8 3		

問題2

9 1	10 2	11 2	12 2	13 2
14 1				

問題3

15 1	16 4	17 4	18 1	19 2
20 2	21 2	22 3	23 2	24 3
25 2				

問題4

|26| 4 |27| 3 |28| 4 |29| 2 |30| 3

問題5

|31| 4 |32| 1 |33| 3 |34| 4 |35| 1

◎精修版◎

新制對應 絕對合格！
日檢必背單字 [50K＋MP3]

N3
袖珍本

【日檢珍智庫 03】

- ■ 發行人／林德勝
- ■ 著者／山田社日檢題庫小組・吉松由美・田中陽子・西村惠子
- ■ 主編／王柔涵
- ■ 出版發行／**山田社文化事業有限公司**
  地址　臺北市大安區安和路一段112巷17號7樓
  電話　02-2755-7622
  傳真　02-2700-1887
- ■ 郵政劃撥／19867160號　大原文化事業有限公司
- ■ 總經銷／聯合發行股份有限公司
  地址　新北市新店區寶橋路235巷6弄6號2樓
  電話　02-2917-8022
  傳真　02-2915-6275
- ■ 印刷／上鎰數位科技印刷有限公司
- ■ 法律顧問／林長振法律事務所　林長振律師
- ■ 書＋MP3／定價　新台幣259元
- ■ 初版／2016年10月

© ISBN : 978-986-246-236-2
2016, Shan Tian She Culture Co., Ltd.